A

piece of the

world

小小的
世界

[英] 克里斯蒂娜·贝克·克兰（Christina Baker Kline）———— 著

刘勇军————译

湖南文艺出版社
HUNAN LITERATURE AND ART PUBLISHING HOUSE

博集天卷
CS-BOOKY

图书在版编目（CIP）数据

　　小小的世界 /（英）克里斯蒂娜·贝克·克兰（Christina Baker Kline）著；刘勇军译. — 长沙：湖南文艺出版社，2019.2
　　书名原文：A piece of the world
　　ISBN 978-7-5404-8875-8

　　Ⅰ. ①小… Ⅱ. ①克… ②刘… Ⅲ. ①长篇小说—英国—现代 Ⅳ. ① I561.45

中国版本图书馆 CIP 数据核字（2018）第 239165 号

著作权合同登记号：图字 18-2018-110

A PIECE OF THE WORLD by Christina Baker Kline
Copyright © 2017 by Christina Baker Kline
Published by arrangement with William Morrow, an imprint of HarperCollins Publishers.

上架建议：畅销·外国文学

XIAOXIAO DE SHIJIE
小小的世界

著　　者：[英] 克里斯蒂娜·贝克·克兰（Christina Baker Kline）
译　　者：刘勇军
出 版 人：曾赛丰
责任编辑：薛　健　　刘诗哲
监　　制：蔡明菲　　邢越超
策划编辑：马冬冬　　文雅茜
特约编辑：朱冰芝
版权支持：张雪珂
营销支持：文刀刀　　张锦涵　　傅婷婷
版式设计：李　洁
封面设计：利　锐
出版发行：湖南文艺出版社
　　　　　（长沙市雨花区东二环一段 508 号　邮编：410014）
网　　址：www.hnwy.net
印　　刷：三河市百盛印装有限公司
经　　销：新华书店
开　　本：880mm × 1230mm　1/32
字　　数：199 千字
印　　张：9
版　　次：2019 年 2 月第 1 版
印　　次：2019 年 2 月第 1 次印刷
书　　号：ISBN 978-7-5404-8875-8
定　　价：45.00 元

封面图片来源：Stocksy

若有质量问题，请致电质量监督电话：010-59096394
团购电话：010-59320018

谨以此书献给我的父亲

是他带我领略这个世界

"我们之间有一种非常奇怪的联系。像是发生了异乎寻常的碰撞。我们有点相像；我自小身体不好，只能一直留在家中。我们之间有一种无以言表的奇妙感觉，那种感觉非常自然。我们同坐几个小时，连一个字都不说。然后，她说话，我回答她。一个记者曾问她我们都聊些什么，她这样答：'反正不说蠢话。'"

——安德鲁·怀斯

目 录

Contents

后来，他告诉我，他害怕给我看那幅画。他觉得我肯定不喜欢他给我画的肖像画。画中的我拖着身躯穿过田野，手下是泥土，双腿抽动着。长满了麦草和梯牧草的田野犹如干旱的月球表面。远景中破败的祖屋隐隐呈现，犹如一个不甘被隐藏的秘密。远处的窗户并不透明，看起来模模糊糊。看不见的车在尖草丛上留下了车辙，一直延伸向虚无。天空的颜色犹如洗碗水。

人们都觉得这是一幅肖像画，但它不是。不完全是。他甚至都不在田野里；他是在祖屋的一个房间里想象出了整幅画面，他的角度完全不同。他没有画岩石、树木和户外棚屋。畜棚的比例并不符合实际。而且，我不是那个弱不禁风的少女，我只是个人到中年的老处女。其实那也不是我的身体，就连头也不是我的。

他确实画对了一点：山上的那栋房子始终是我的家，只是那里有时如同避难所，有时却像极了监狱。终其一生，我既对那里充满了向往，也想要从那里逃离。它控制着我，让我麻痹。（多年以来，我明白了一点，使人丧失活动能力的方法有很多种，麻痹的形式多种多样）我的祖先从塞勒姆逃到了缅因州，但和任何试图逃离过往的人一样，他们都把往事带在了身边。一些无可改变的东西早已自行在你出生的地方生根发芽。你不可能逃离家族历史的纽带，不管你走得多远都无济于事。一栋房屋的骨架可以将以往一切的精髓融入它的骨骼之中。

你是谁，克里斯蒂娜·奥尔森？ 有一次，他这么问我。

没人问过我这个问题。我不得不思考一番。

如果你真想了解我，我说，我们必须从女巫讲起。然后是那几个淹死的男孩子。来自远方的贝壳，摆满了整整一个房间。有个瑞典水手被困在了冰上。我还需要给你讲讲一个带着一脸假笑的哈佛学生，波士顿的医生虽然聪明却束手无策，干草堆上的平底小船和沉入海底的轮椅。

最后——尽管我们当时还不知道——我们会讲到这个地方，讲到画内与画外的这个世界。

门口的陌生人

1939 年 ///

7月一个明媚的午后，我在厨房里补被子，旁边的桌上放着小块方布、针垫和剪刀。这时候，我听到了汽车引擎的轰鸣声。

我望向窗外的海湾，就在一百码开外，一辆旅行车驶进了田野。引擎熄灭，乘客门打开，贝琪·詹姆斯下了车，她一边笑一边大声说着什么。自从去年夏天以来，我还没见过她。她穿着白色吊带衫和牛仔短裤，脖子上系着一条红色印花大手帕。我看着她向房子走过来，惊诧于她竟然变化这么大。她从前那张可爱的圆脸不仅瘦了，也变长了。她那头栗色头发又长又密，垂在肩膀上。她那对深色的眼睛闪闪发光。她涂着大红色的唇膏。我想到了九岁时的她，那时候她第一次来这里，在门前露台上，她坐在我后面，用小小的手指灵巧地为我编辫子。如今她已经十七岁，突然就出落成了女人。

"嘿，克里斯蒂娜。"她站在纱门边说，有些上气不接下气，"好久不见！"

"进来吧。"我坐在椅子上说，"我不起来了，你不介意吧。"

"当然不。"她走进来，屋里立马充满了玫瑰香气。（贝琪是从什么时候开始喷香水的？）她昂首走到我的椅子边，搂住我的肩膀。"我们几天前就到了。能回来，我真是太高兴了。"

"看得出来你很高兴。"

她笑了，脸颊上露出两抹红晕："你和艾尔怎么样？"

"啊，很好。还是老样子。"

"还是老样子就好，对吗？"

我笑了。当然，老样子就好。

"你干什么呢？"

"干点零活。缝一床婴儿被。罗拉又怀孕了。"

"你这个姑妈真慷慨啊。"她伸手拿起一块方形被面，那是块印花棉布，底色是棕色，上面印着粉花和绿叶，"我认得这块布。"

"我拆了我的一条旧裙子。"

"我记得那条裙子。小小的白扣子，宽下摆伞裙，对吧？"

我想起母亲带了巴特里克裁剪图册、彩虹色的扣子和花布回家。我想起沃尔顿第一次看到我穿那条裙子时的情形。他说："你真是美得惊艳呀。"

"那都是很久以前的事了。"

"真不错，旧裙子焕发了新生机。"她轻轻地把方被面放回桌上，翻看其他的布：白色平纹细布、深蓝色棉布、带着淡淡墨水痕迹的条纹布，"这些布都是一小块一小块的，你是在做传家宝呀。"

"我不知道什么传家宝不传家宝的。"我说，"就是一些碎布头而已。"

"对一个人来说是没用的东西……"她哈哈笑了起来，瞥向窗外，"瞧我这记性！我就是来讨水的。你不介意吧。"

"你坐吧，我给你倒杯水。"

"不是我喝。"她指指田野里的旅行车，"我朋友想画祖屋，不过他需要点水才能画。"

我眯眼瞧着那辆车。一个男孩坐在车顶上望着天空。他一只手拿着一个很大的白色速写簿，另一只手里的东西像是一支铅笔。

"他是 N.C. 怀斯的儿子。"贝琪低声说道，好像有人会听见似的。

"谁？"

"N.C. 怀斯。著名插图画家。就是画《金银岛》的那个。"

啊，《金银岛》。"艾尔很喜欢那本书。估摸我们现在还留着呢。"

"我觉得美国的男孩子人手一本吧。他儿子也是个画家。我今天才认识他。"

"你今天才认识他，就和他坐车到处走了？"

"是呀，他……我不知道。他看起来挺可靠的。"

"你父母不介意？"

"他们不知道。"她腼腆地笑了，"他今天早晨去我家找我爸，但我爸妈都坐船出海了。我开的门。后来，我们就来这里了。"

"这种事情倒是很常见。"我说道，"他是从哪里来的？"

"宾夕法尼亚州。他们家在克莱德港有避暑别墅。"

"你好像很了解他呀。"我挑起一边眉毛说。

她也挑起一边眉毛："我打算了解更多。"

贝琪拿着一杯水走回旅行车。看她走路的样子，肩膀挺直，下巴向前探，我就知道，她知道他在看着她。而且，她喜欢他看着她。她把水杯交给男孩，爬到车顶，和他坐在一起。

"谁呀？"我弟弟艾尔站在后门，用一块抹布擦着手。我向来都不清楚他是什么时候过来的，他走路就跟狐狸一样轻。

"是贝琪。还有个男孩。她说他要画我们的房子。"

"他为什么画我们的房子？"

我耸耸肩："人一向都是奇怪的。"

"确实如此。"艾尔坐在摇椅上，掏出烟斗和烟叶。他把烟叶装好，把烟斗点燃，我们两个都看着窗外的贝琪和男孩，还假装我们都没有在看人家。

过了一会儿，男孩爬下来，把速写簿放在引擎盖上。他把手伸向贝琪，后者滑到了他怀里。即便距离这么远，我也能感觉到他们之间洋溢着热烈的情感。他们站在那里聊了一会儿，然后，贝琪拉住他的手，拉着他……老天，她竟然拉着他向祖屋走了过来。有那么一瞬间，我慌了神：地板上积满了灰尘，我的裙子上污渍斑斑，我的头发蓬乱邋遢。艾尔的那件连体服上溅满了泥点。我已经很久都没担心过自己在陌生人眼中的样子了。然而，在他们向祖屋走来的时候，看到男孩注视贝琪的目光，我才意识到我无须担心。他的眼里只有她一个人。

此时，他站在纱门边，踩着门槛。他身材瘦长，填满了整个门口，他的脸上带着笑容，像是拥有无穷的活力。"这栋房子太奇特了。"他一边喃喃说着，一边打开纱门，抻长脖子打量房间，"这里的光线棒极了。"

"克里斯蒂娜、艾尔瓦诺，这位是安德鲁。"贝琪说，在他后面走了进来。

他点头致意："但愿你们不介意我不请自来。贝琪说不要紧。"

"不必拘礼。"我弟弟说，"我叫艾尔。"

"正合我意。请叫我安迪吧。"

"我是克里斯蒂娜。"我说。

"我叫她克里斯蒂，不过别人都不这么叫。"艾尔又说。

"那我也叫你克里斯蒂娜吧。"安迪注视着我说。从他的目光中，我没有看出任何评价，只有对人的好奇。然而，在他的灼灼目光下，我还是脸红了。

我扭头看着艾尔，立即说："还记得《金银岛》那本书吗？贝琪说，里面的插图就是他父亲画的。"

"真的吗？"艾尔面露喜色，"那些插图真是叫人难忘啊。那本书我都看了十几遍了，现在想想，那可能是我真正看完的唯一一本书了。我以前还想当个海盗呢。"

安迪咧开嘴笑了。他的牙齿又大又白，就跟电影明星的牙齿一样："我也是。事实上，我现在还这么想呢。"

贝琪一直拿着那个很大的速写簿。她带着类似初为人母的骄傲，把画拿过来给我看："克里斯蒂娜，来看看安迪用这么点时间都画了什么吧。"

画纸依然潮湿。安迪用粗线条勾勒出了祖屋，看起来就像个面朝大海、带有两面山墙的白盒子。田野是黄绿色的，到处都有粗糙刀片一样的野草直立着。冷杉接近黑色，紫色的线条勾出了群山，还有湿润的云。这幅水彩画虽然是在仓促间完成的，却用技巧表现出了风的痕迹，显然这个男孩是个行家。窗户只是隐约可见，你却有种特别的感觉：你能看到窗户里面。祖屋似乎扎根在地上。

"这就是一幅草图。"安迪走到我身边说，"我还要继续完善。"

"看起来倒像个宜人的住所。"我说。画中的房子看起来舒适惬意，就好像我和艾尔住的那栋房子的童话版，房子唯一衰败的迹象便是青棕色的污迹。

安迪笑了起来。"这事是你说了算啊。"他一边用两根手指抚摩画纸，一边说，"线条多么鲜明。这个地方有种不一样的感觉……你在这里住很久了？"

我点点头。

"那我的感觉没错。这里是个有故事的地方。我敢说光是画这里，我就能画上一百年，而且绝对不会厌烦。"

"啊，你迟早会烦的。"

我们都笑了起来。

安迪一拍手掌："嘿，你们知道吗？今天是我生日。"

"真的吗？"贝琪问，"你都没告诉我。"

他一把搂住她，将她拉到怀里："我没有吗？我感觉你已经了解我的一切。"

"还没有。"她说。

"你多大了？"我问他。

"二十二。"

"二十二！贝琪才十七岁。"

"人家虽然只有十七岁，但已经是个大姑娘了。"贝琪脱口而出，双颊立刻浮现出两抹红晕。安迪似乎被逗乐了。"我不在乎年龄。更不在乎你是不是成熟。"

"那你要怎么庆祝？"我问。

他扬起一边眉毛看着贝琪："就在这里庆祝好了。"

几个星期后，贝琪才再次露面。她冲进厨房，轻快地走了过来。"克里斯蒂娜，我们订婚了。"她紧紧抓着我的手，上气不接下气地说。

"订婚？！"

她点点头："你能相信吗？"

你还这么年轻，我本想说，这也太快了，你们都还不了解彼此……然后，我想到了我自己的生活。那么多年的时光，那么久的等待，都白费了。我曾见过他们在一起的情形。他们之间碰撞着火花。我感觉你已经了解我的一切。"我当然相信了。"我说。

十个月后，一张明信片飘然而至。贝琪和安迪结婚了。在他们返回缅因州避暑之际，我送了贝琪一份结婚礼物：我亲手做的两个枕头套。我还在上面绣了花。我一共花了四天时间，才制作出了雏菊图案的法式花心结，还在扣眼处绣了小小的树叶。我的手都是僵硬的，指关节凸出，再也不像从前那么灵活了。

贝琪仔细看着刺绣图案，把枕头套捧在胸前："我一定会好好保存的。真是太完美了。"

我对她微微一笑。枕头套并不完美。上面的线高低不平，花瓣长而尖，也太大了；棉布上还留有扯断的线。

贝琪一直都这么善良。

　　她给我看他们在纽约州北部举办婚礼的照片：安迪穿着礼服，贝琪身着白色婚纱，头发上别着栀子花，他们两个都快乐地笑着。她告诉我，他们出去度了五天蜜月，回来后，她以为他们会开车去加拿大参加一个好朋友的婚礼，但安迪说他要继续工作。"他在我们结婚前就和我说过会这样。"她说，"但我一直都不信。"

　　"那你自己去吗？"

　　她摇摇头："我和他待在一起。我领了结婚证书，就要遵守承诺。工作就是一切。"

　　透过厨房的窗户，我看到安迪吃力地穿过田野，向祖屋走来，他蹒跚着迈出一条腿，再拖动另一条腿，步伐有些摇晃。说来也怪，我以前竟没注意到这一点。现在，他站在门口，穿着溅满颜料的靴子，白色棉布衬衫袖子向上卷到手肘，胳膊下面夹着速写簿。他敲了两下门，敲门声十分沉稳。然后，他拉开纱门："贝琪还有些事要办。我能不能在这里待会儿？"

　　我尽量表现得若无其事，但我的心在突突狂跳。我想不起上次我单独和除艾尔以外的男人相处是什么时候："随你高兴。"

　　他走了进来。

　　他比我记忆中还要高大英俊，留着沙棕色的头发，一对蓝色的眼眸十分锐利。看他扬头和倒换双脚的样子，和马儿很像，仿佛可以触动人的心弦。

　　在贝壳屋，他抚摩着壁炉架，将尘土拂掉。他拿起母亲那把布满裂纹的白色茶壶，在手里翻转着看。他把外婆的珍珠鹦鹉螺捧在手里，翻开她那本黑色旧《圣经》的薄纸页。从我可怜的舅舅艾尔瓦诺淹死之后，已经几十年都没人打开过他的水手储物箱了。安迪掀开盖子，箱子发出了吱吱的响声。他拿起一张镶在贝壳相框里的林肯照片，仔细看了看，把它放下。"在这栋房子里，可以感觉到过往。"他说，"这里有数代人的积淀。看到这里，我就想起了《七角屋》。那本书里有句话是这样说的，*太多人类的丰富经历在那里传递，每一块木料都湿淋淋的，如同一颗湿淋淋的心脏。*"

这话听来很耳熟。我想起很久以前，我曾在学校里读过那本书。"我们和纳撒尼尔·霍桑其实是亲戚。"我告诉他。

"有意思。啊，是的，哈索恩。"他走到窗边，指了指田野，"我看到那边的墓地里有墓碑。霍桑是不是在缅因州住过？"

"我不知道。"我承认，"我们的祖先是从马萨诸塞州迁到这里的。那是将近两百年前的事了。三个男人，在冰天雪地里赶路。"

"马萨诸塞州的什么地方？"

"塞勒姆。"

"他们来这里做什么？"

"外婆说他们是为了断绝与约翰·霍索恩的亲戚关系，他们都以他为耻。这个人是女巫审判的首席法官。他们来到缅因州后，就改姓哈索恩了。"

"断绝亲戚关系？"

我耸耸肩："大概是这样。"

"我想起来啦。"他说，"纳撒尼尔·霍桑也离开了塞勒姆，也改了姓氏。但他的很多小说都是改编自他的家族历史。我是说，你们的家族历史。他写的都是些道德寓言故事，讲的是人们打定主意根除别人心中的邪恶，却否认自己的内心也是邪恶的。"

"其实，"我告诉他，"有这么一个传说，一个已被判处死刑的女巫站在绞刑台上，等待被执行绞刑。忽然，她说出了诅咒：'愿上帝报复约翰·霍索恩的家人。'"

"这么说，你的家族受到了诅咒？"他高兴地说。

"也许吧。谁知道呢？外婆以前总说，哈索恩家的祖先把女巫从塞勒姆带到了这里。她一直都开着厨房和棚屋之间的门，让女巫进进出出。"

他环顾贝壳屋，说："你怎么看，你觉得是真的吗？"

"我从没见过女巫，"我告诉他，"但我也一直开着那扇门。"

日复一日，家族史中的故事就好像生了根，代代相传。在传承的过程中，内容和意义都不断增加。我们必须学会筛选，分得清现实和猜想，辨别出哪些有可能是真的，哪些不可置信。

而据我了解，有些时候，最难以置信的故事却是真实的。

1896—1900年 ///

母亲把拧干的布搭在我的额头上。凉水从我的太阳穴流到枕头上，我扭过头，把水蹭掉。我注视着她那双灰色的眼睛，她担心地眯起眼，双眼之间有一道竖线。她那噘起的嘴边有细小的皱纹。我看着我弟弟艾尔瓦诺，他站在她身边，只有两岁大的他瞪大眼睛，表情很严肃。

她用白茶壶往杯里倒了点水："喝吧，克里斯蒂娜。"

"你要对她笑，卡蒂。"外婆特莱菲娜告诉她，"恐惧是会传染的。"外婆牵着艾尔瓦诺走出房间，母亲拉住我的手，对我笑笑，但笑意只停留在她的唇边。

那一年，我三岁。

我的骨头很疼。我闭上眼，感觉自己在坠落。那种感觉真的很不舒服，就像在水中下沉。我闭着眼，眼前却出现了紫色和锈色。我的脸滚烫，以至于母亲抚摩我脸颊的手是那么冰冷。我深吸一口气，闻到了柴烟和烤面包的香气，我仿佛在飘浮。房子吱吱嘎嘎地响，像是在移动。另一个房间里有鼾声响起。入骨的痛楚把我逼回了现实。等我睁开眼，我什么都看不到，但我知道母亲不在了。我浑身冰冷，感觉再也暖和不过来了。我的牙齿咯咯直响，在一片沉寂中显得那么清晰。我听到自己在呜咽，就好像那个声音是别人发出来的。我不清楚我发出这种声音有多久了，但我从中得到了安慰，可以暂时忘记痛苦。

被子掀了起来，外婆说："好了，克里斯蒂娜，嘘。我在这里。"她上床躺在我旁边，她穿着厚法兰绒睡衣，把我拉向她。我贴着她的双腿，头枕在她的胸部，她那柔软丰满的手臂放在我的脖子下面。她抚摩着我冰冷的胳膊，我在一个温暖的"蚕茧"里睡着了，那里弥漫着爽身粉、亚麻籽油和小苏打的香气。

从我有记忆以来，我就叫外婆曼密。在西印度群岛有一种树也叫这个名字，她曾和外公塞姆·霍索恩船长去过那里，他们夫妇二人经常外出。曼密树的树干又矮又粗，只有数根大树枝，绿色的叶子尖尖的，枝杈的末端长着白花。这种树花开四季，果实在不同的时间成熟。外公和外婆在圣卢西亚岛上住了几个月，外婆用曼密树果实做果酱，吃起来就跟熟透了的覆盆子一个味。"果实越是成熟，吃起来就越甜。就跟我一样。"她说，"以后别叫我外婆了。就叫我曼密吧，这个名字很适合我。"

有时候，我看到她独自坐在贝壳屋里凝视窗外，那里是我们的前客厅，用来展示六代水手在航行世界的过程中装在水手储物箱里带回家的宝贝。我知道她很怀念外公，在我出生的前一年，他在这栋房子里去世了。"找到生命中的挚爱是一件可怕的事，克里斯蒂娜。"她说，"等你失去了他，你会感觉整个人都被掏空了。"

"你还有我们。"我说。

"我对你外公的爱，比贝壳屋里的所有贝壳还要多。"她说，"比田野里的所有青草还要浓。"

说起外公的航海生涯，他和他的父亲、祖父一样，都是一步步从船上侍者升为船长的。他娶了我外婆，便带她一起出海，把冰从缅因州运往菲律宾、澳大利亚、巴拿马、维尔京群岛，回来的时候，则在船上装满了白兰地、糖、香料和朗姆酒。他的异国之旅成了家族传奇。几十年里，她和他一起航行，甚至还会带上他们的三个儿子和一个女儿。后来，南北战争打得如火如荼，他便坚持让他们待在家里。南部联邦的武装民船在东海岸肆虐，就跟大肆劫掠的海盗一样，没有船只能够幸免。

然而，外公虽然小心谨慎，但也没能保护家人周全：他的三个儿子全都少年早逝。一个死于猩红热；他有个儿子与他同名，叫塞米，四岁那年，在10月的一天淹死了，而当时塞姆船长正在海上。直到3月，外婆才把噩耗通知外公。"我们亲爱的小儿子离开人世了。"她在信中写道，"在我写信的时候，泪水模糊了我的眼睛。只有一个小男孩看到塞米落水，便跑去通知他的母亲。但是，生命的火花已经消逝了。亲爱的丈夫，我描述不出我的悲伤，但想必你一定可以了解。"十四年后，他们的儿子艾尔瓦诺已是个少年，在科德角海岸附近的一艘纵帆船上当水手。在一次暴风雨中，他掉进了海里。他的死讯是用电报发来的，言辞生硬，毫无人情味。他们一直没有找到他的尸体。几个星期后，他们把艾尔瓦诺的水手储物箱送到了哈索恩角，箱盖上的复杂图案都是他亲手雕刻的。外婆沉浸在丧子之痛中，一连好几个小时用指尖抚摩雕刻图案，图案中的少女穿着带裙撑的裙子，都袒胸露背。

我的卧室安静明亮。光线从曼密用钩针编织的蕾丝窗帘照射进来，在地板上形成了复杂的图案。尘螨缓慢地飘动着。我摊开手脚躺在床上，把手臂从被子下面伸出来。不疼了。我很害怕，不敢挪动双腿，不敢希望自己好起来。

弟弟艾尔瓦诺摇晃着走进房间，一直握着门把手。他茫然地注视着我，然后不知道冲谁喊了起来："克里斯蒂醒啦！"他深深地看了我一眼，便关上了门。我听到他小心翼翼地走下楼梯，然后，母亲和外婆的声音响起，远处的厨房里传来了锅碗瓢盆的碰撞声，我迷迷糊糊地睡着了。我知道的下一件事，就是艾尔用他那蜘蛛猿一样的手摇晃我的肩膀，一边摇一边说："快醒醒，你这个小懒虫。"母亲挺着大大的孕肚走进来，把一个托盘放在床边的橡木圆桌上。上面摆着燕麦粥、吐司面包和牛奶。父亲在她身后，像是一道影子。我忽然觉得腹中传来一阵剧痛，那肯定是饥饿的感觉，我都记不清自己有多久吃不下东西了。

母亲露出了真心的笑容，她把两个枕头垫在我的脑后，扶我坐起来。她一勺勺喂我吃燕麦粥，我咕噜咕噜地吃着，把食物咽下去。艾尔说:"你为什么喂她,她又不是小婴儿。"母亲让他安静,但她自己又是笑又是哭,泪珠滚过她的脸颊,她只得停下一会儿,用围裙擦掉脸上的眼泪。

"你哭什么,妈妈?"艾尔问。

"因为你姐姐快好了。"

我记得她就是这么说的,但过了很多年,我才明白她的意思。她是担心我好不起来。他们都是这么担心的,但我、艾尔瓦诺和未出世的宝宝除外。我们三个都忙着成长,并没有意识到情况可以糟糕到什么程度。但他们知道。外婆失去了三个孩子,母亲是她唯一还在人世的孩子。母亲的童年充满了忧愁,她用在海中淹死的哥哥的名字给她的大儿子命名。

一天过去了,一个星期过去了,我活了下来,但有些地方很不对劲。我躺在床上,感觉自己就像一块破布,被人拧干,挂起来晾干。我坐不起来,只能勉强转动脑袋。我的双腿移动不了。外婆坐在我旁边的椅子上做钩针编织,她时不时从无框眼镜的顶端看着我。"好了,孩子。休息休息就好了。要像婴儿学步似的慢慢来。"

"克里斯蒂又不是小婴儿。"艾尔说。他趴在地上,推着绿色火车头玩具。"她比我还大呢。"

"是呀,她是个大姑娘了。但是,她需要休息,才能好起来。"

"光是休息,也太傻了。"艾尔说。他希望我能恢复健康,这样我们就能跑去畜棚,在一捆捆干草之间玩捉迷藏、用长树枝捅地鼠洞了。

我觉得他说得很对。光是休息，实在是太傻了。我早就受够了这张小窄床和床上方的小窗户了。我想到外面去，在草地上奔跑，在楼梯走上走下。睡着后，我梦到自己全速冲下小山，挥着手臂，强有力的双腿不停地奔跑，野草抽打着我的小腿，我就这样一直奔向大海。我闭着眼，仰着头，面向太阳，我健步如飞，没感觉到一点痛苦，也没有摔倒。我醒过来，发现被子都被汗浸湿了。

"我怎么了？"我问母亲，她正为我盖好干净的被子。

"上帝创造了现在的你。"

"他为什么把我做成这样？"

她的眼皮动了动，我渐渐了解到，那不是眼皮跳动，而是震惊之下的眨眼和长时间的闭眼。每每她不知道说什么才好，就会做出这样的动作。"我们必须相信他的计划。"

外婆坐在椅子上做着钩针编织，没有说话。但是，在母亲拿着湿被子下楼之后，她说："生活是一次又一次的考验。你只是比大多数人更早地了解到这一点而已。"

"为什么只有我这样？"

她哈哈大笑起来："啊，孩子，不光是你一个。"她告诉我，他们的船员里有一个独腿水手靠着一根木桦在甲板上走来走去，另一个驼背水手走起路来就像只螃蟹，还有个水手生来每只手都有六根手指。（那个年轻人打起结来非常麻利！）有个水手的一只脚就像卷心菜一样，有个水手长了一身鳞屑皮肤，活像一只爬行动物，她还在街上见过一对连体双胞胎……她说，人会生各种各样的病，如果他们脑筋正常，就不会浪费时间去怨天尤人。"我们都要承担各自的负担。"她说，"现在你知道你的负担是什么了。那很好。以后就没什么能让你措手不及了。"

曼密给我讲了一个故事，她和塞姆船长在一次暴风雨中遇到了沉船，他们坐上一艘很不牢靠的救生艇，在大海中漂浮。他们瑟瑟发抖，无依无靠，只有一点点补给品。日出日落，日落日出，他们的食物和饮用水越来越少。他们绝望了，以为自己没救了。她把衣服扯成一条一条的，把它们系在一支桨上，想方设法竖起了这个破烂的旗帜。一连好几个星期，他们连个人影都没看见。他们舔着干裂发咸的嘴唇，闭上被太阳晒伤的眼皮，屈从于几乎可以肯定的命运，等待着昏迷和死亡的降临。后来，在一个傍晚，太阳快落山了，地平线上出现了一个小黑点，原来是一艘船看到了求救的破布，径直向他们驶了过来。

"一个人所能具有的最重要的品质，便是钢铁般的意志和不屈不挠的精神。"曼密说。她说我从她身上继承了这两种品质。船只失事的时候，连一点希望都没有了，她的三个儿子死了，她以为她的心会像贝壳一样化为粉末，但她还是活了下来。她说，我跟她一样，无论如何，也会找到办法坚持下去。她说，大多数人都不会像我这样幸运，可以从如此严酷的打击中挺过来。

"她一直好好的，突然就发烧了。"母亲告诉希尔德医生，我坐在医生位于库辛的办公室的检查台上，"现在她都走不了路了。"

他给我做了仔细检查，抽了血，还给我量了体温。"我们来看看这里。"他抓着我的腿说。他用手指摸了我的皮肤，顺着我的腿，一直摸到我的双脚的骨头。

"这样啊。"他喃喃地说，"两边不一样。有意思。"

他抓住我的脚踝，告诉我母亲："很难说清是怎么回事，她的脚是畸形的。我怀疑是病毒引起的。我建议使用矫形架。不敢保证一定管用，但也许值得一试。"

母亲把嘴唇抿在一起："还有别的法子吗？"

希尔德医生夸张地皱起眉头，仿佛我们听起来有多难接受，他就有多难说出口："这就是问题所在。我认为没有其他办法了。"

希尔德医生让我用的支架紧紧夹住我的双腿，就跟中世纪的刑具差不多，在我的皮肤上留下了一道道血痕，我疼得号啕大哭。就这样熬了一个星期，母亲又带我去找希尔德医生，他撤掉了支架。她看到我的腿上布满了糜烂的血红伤口，不由得倒抽了一口气。时至今日，我的腿上依然留有伤疤。

在我的余生里，我都对医生心有余悸。希尔德医生来我家给曼密看病，为母亲做产检，治疗父亲的咳嗽，我都会躲起来，或是藏在阁楼、畜棚，或是藏在户外厕所里。

在铺着松木地板的厨房里，我练习走直线。

"先迈一只脚，再迈另一只脚，就跟走钢丝的人一样。"母亲指导我，"就像是在裂缝上走一样。"

我很难维持平衡；我只能依靠双脚外侧走路。艾尔说，如果现在是在马戏团里走钢丝，那我早就摔死十几次了。

"稳一点。"母亲说，"又不是在比赛。"

"就是在比赛。"艾尔说。他装作走在一道平行的裂缝上，迈着穿着袜子的小脚，轻快地走出精确的步伐，只过了一会儿，就走到了尽头。他举起双臂："我赢啦！"

我假装一趔趄，就在我摔倒的时候踢了他的腿一下，他一个没站稳，一屁股重重地坐在地上。"别挡路，艾尔瓦诺。"母亲责备道。他趴在地上，恶狠狠地望着我。我也瞪着他。艾尔虽然是个瘦子，却很强壮，就像是一根钢条或是一棵小树苗。他比我更顽皮，不是偷鸡蛋，就是骑奶牛。我感觉心中涌动着一个又尖又硬的东西。是嫉妒，是怨恨，还有复仇后突如其来的快感。

我经常摔倒，母亲便缝了棉布垫子戴在我的手肘和膝盖上。不管我如何练习，都不能让我的双腿按照它们应有的方式移动。但后来，我的腿总算变得足够强壮，我可以在畜棚里玩捉迷藏，还可以在院子里追着鸡跑。艾尔并不在乎我一瘸一拐的。他拉着我和他一起玩，爬树，骑棕色的老骡子丹迪，找海滨烤蛤野餐会需要的柴火。母亲总是责骂他，要他走开，不要打搅我，曼密却沉默不语。我看得出来，她认为这样对我有好处。

有一天，我在黑暗中醒来，听到雨水滴滴答答落在屋顶上，父母的卧室里传来一阵骚动。母亲呻吟不已，曼密在喃喃低语。楼下的门厅里传来父亲和另外两个男人的声音，我听不出他们是谁。我下了床，穿上羊毛裙子和厚袜子，抓着扶手，半是滚半是滑地下了楼梯。我来到楼梯底部，看到父亲和一个女人站在一起，这个女人身材粗壮，脸色红润，一头毛糙鬈发上裹着一条方头巾。

"快回床上去，克里斯蒂娜。"父亲说，"现在还是半夜。"

"婴儿可不会看时间出生。"那个女人用抑扬顿挫的声调说。她脱掉外套，交给父亲。我紧紧靠着扶栏，让她像只獾一样，缓慢吃力地走上狭窄的楼梯。

我在她后面爬上楼梯，推开母亲卧室的门。曼密在里面，俯身向床铺。我看不到高大的红木四柱床上的情形，但我能听到母亲在呻吟。

曼密扭过头。"啊，孩子。"她惊慌地说，"这里可不是你能待的地方。"

"没关系的，女孩子迟早都需要了解这个世界是怎么回事。"獾说。她冲我一点头。

"你为什么不来帮帮忙？去告诉你爸爸，让他用火炉烧热水。"

我看着母亲，只见她在不停地扭动。"她不会有事吧？"

獾沉下脸，说："你妈妈非常好。你听到我的话了吗？去烧开水。孩子就快降生了。"

我下楼来到厨房，把刚才的事对父亲说了，他把一壶水放在格伦伍德牌黑色铁炉灶上。我们在厨房里等水开，他教我玩纸牌二十一点和疯狂八点，借此打发时间。外面风吹雨打，听起来就像是干豆子在空心木棍里晃动的声音。上午，我们听到了健康的婴儿发出的尖锐啼哭。

"他叫塞缪尔。"母亲说，我爬上床，躺在她身边，"他是不是很完美？"

"嗯。"我说，不过我觉得新生儿和獾一样，都有一张红脸蛋。

"也许他会继承他祖父塞缪尔的遗志，成为一名探险家，"曼密说，"和所有扬帆出海的塞缪尔一样。"

"还是算了吧。"母亲说。

"那些扬帆出海的塞缪尔都是谁？"后来，我问曼密，母亲和小宝宝都在睡觉，贝壳屋里只有我们两个。

"他们都是你的祖先。有了他们，才有现在的你。"她说。

她给我讲了一个故事，1743 年，三个男人离开了马萨诸塞州，他们是哈索恩家的两兄弟塞缪尔、威廉以及威廉的儿子亚历山大。他们把财物装在三辆马车上，准备在隆冬时节踏上漫长的旅程，前往缅因州。他们来到了一个偏僻的半岛，两千年来，那里一直是各个印第安部落的汇聚之地，他们用兽皮在那里搭了个帐篷。他们把帐篷建造得十分坚固，足以抵挡未来几个月的冰雪严寒和泥泞的解冻期。一年后，他们砍伐了一大片林子，建起了三栋木屋。他们给缅因州库辛的这一小片土地起了个名字，叫哈索恩角。

五十年后，亚历山大的儿子塞缪尔船长在家族小屋的原址上盖起了一栋两层木结构房屋。塞缪尔结了两次婚，在这栋房子里抚养了六个孩子，七十多岁时离开了人世。他的儿子亚伦也是一位船长，在这栋房子里结了两次婚，生养了八个孩子。亚伦死后，他的遗孀决定把房子出售（选择去镇里过更简单的生活，那里距离面包店和干货店更近），听到这个消息，以航海为生的哈索恩家族都很沮丧。五年后，亚伦的儿子塞缪尔四世把房子买了回来，重新将家族的根基扎在了这片土地上。

塞缪尔四世就是我的外公。

那些船长一走就是几个月。他们的妻子和孩子在狭窄的楼梯上上下下。曼密说，时至今日，他们的幽魂依然在哈索恩角的这栋老房子里游荡。

如果你的世界很小，那你就会了解它的每一寸地方。你可以在黑暗中行走，在睡梦中也知道路在哪里。长满了粗硬野草的田野向下倾斜，向布满岩石的海岸和大海延伸，是可以藏身和玩耍的偏远地方。厨房里的黑色铁炉灶永远是温热的。窗台上的天竺葵绽放出红色的花朵，犹如魔术师的手帕。畜棚里有好多只流浪猫。空气中弥漫着松树和海藻的香气，烤炉里的烤鸡和刚刚犁过的土地的香气扑鼻而来。

在一个夏日的午后，母亲看着厨房里的潮汐表说："把鞋穿上，克里斯蒂娜，我带你去个地方。"

我系好粗革皮鞋的鞋带，跟着她穿过田野，蝉鸣阵阵，乌鸦飞来扑去。我们走进家族墓地，我的双腿现在够稳，勉强跟得上她。我抚摩着墓碑，上面长满了苔藓，一半已经坍塌，碑文难以辨认。最古老的一块石碑属于乔安妮·斯莫里·哈索恩。她死于 1834 年，死的时候只有三十三岁，是七个幼子的母亲。母亲告诉我，她快咽气的时候，央求她丈夫将她埋葬在家族的土地上，不要把她葬到几英里外的镇上墓地，方便孩子们为她扫墓。

她的孩子们也葬在了这里。在她之后，哈索恩家的每一个人都长眠于此。

我们继续向着哈索恩角南边的海滩前行，下方是亲吻湾和枫汁湾，在这里的入海口，圣乔治河汇入了马斯康格斯湾和大西洋。这里有一堆堆古老的贝壳，母亲说，是阿布纳基印第安人留下了这些贝壳，很久很久以前，他们在这里度过了无数个夏日。我尝试想象祖屋建造前这里的样子，那三座木屋建起前这里的样子，在任何移居者发现这里之前这里的样子。我想象有个阿布纳基印第安女孩和我一样，在遍布岩石的沙滩上寻找贝壳。从这片海岬可以眺望大海。她是否会注意观察地平线，看是否有人入侵？她是否知道，在入侵者到来之后，她的生活将出现多大的变化？

浪潮很低。我蹒跚着爬到岩石上，但母亲没有说话，只是停住脚步等待着。泥泞的低沼泽对面是利托尔岛，那座荒岛方圆一英亩，长满了桦树和枯草。她指着那座岛："我们要去那里。但我们不能待太久，不然一涨潮，我们就回不来了。"我们所走的小路上布满了障碍，岩石跟海藻一样滑。我缓缓地沿路而行，即便如此，我还是摔倒了好几次，在藤壶上刮破了手。水进了我的鞋子，我的脚都湿了。母亲回头看着我："快起来。就快到了。"我们来到小岛上，她把一块羊毛毯铺在干燥的海滩上。她从背包里拿出一个厚片面包鸡蛋三明治、一根黄瓜和两块苹果煎糕。她把一半三明治递给我。"闭上眼，感受一下太阳。"她说。我依言行事，靠在手肘上向后仰，仰头冲着天空。我的眼皮被晒得暖暖的，眼前是一片黄色。树木在我们身后沙沙作响，就像是浆洗过的裙子发出的声响。空气中飘浮着咸腥味。"我宁愿一辈子待在这里。"

我们吃完了就开始收集贝壳，我们找到了淡绿色的海葵和彩虹色的贻贝。"快看呀。"母亲指着一只从潮池里爬出、爬过岩石的螃蟹说，"所有的生命都在这里，都在这个地方。"她总是以她自己的方式教我人生道理。

住在农场里，就好像在与自然环境进行一场永无休止的战争，母亲如是说。我们必须掌控难以控制的户外活动，从而阻止混乱。农夫饲养骡子、奶牛和猪，耕种土地，房子必须是避难所。若非如此，我们就与野兽无异了。

母亲时时刻刻都在忙碌。扫地，拖地，烘焙，擦拭，洗衣，把床单晾在外面。早晨，她用小屋后面酵母花藤上结出的酵母烘焙面包。每次我下楼，炉灶后面总有一锅粥，粥的表面覆盖着一层薄膜，趁她不注意，我戳破薄膜，把粥喂给猫吃。有时候她会为我准备干燕麦饼和水煮蛋。小婴儿塞姆在一角的摇篮里睡觉。清洗干净早餐用的盘子，她就开始准备丰盛的午饭：鸡肉馅饼、炖肉或炖鱼、土豆泥或水煮土豆、豆子或胡萝卜。午饭有时候是新鲜的，有时候是罐头，这要看在什么季节。中午剩下的饭菜会被做成砂锅菜或是炖菜，晚上接着吃。

母亲一边工作一边唱歌。她最喜欢的歌是《红翅膀》，讲的是一个印第安少女思念着一位奔赴战场的勇士，时间过得越久，她就越失望。可悲的是，她的心上人已经战死沙场：

今夜的月光洒在美丽的红翅膀上，

微风在叹息，夜晚的鸟儿在啼叫，

在他那颗星星下方遥远的地方，她的勇士在沉睡，

红翅膀痛哭不已，伤心欲绝。

我不明白母亲为什么喜欢这样一首悲情歌曲。克洛利太太是我在库辛第四温恩学校的老师，她说，古希腊人相信，目睹艺术作品中的痛苦能让你对自己的生活感觉好一些。但是，我对母亲这么说的时候，她只是耸耸肩："我不过是喜欢这首歌的旋律，这样干起家务来能快点。"

等我长高到能够到餐桌了，我就负责摆餐具。母亲教我如何摆弄沉重的镀银餐具。

"餐叉放在左边。"她一边说一边向我展示，把餐叉放在盘子左边的正确位置上，"餐刀和勺子放在右边。"

"勺子。"我说。

"对啦。"

"还有杯子，对吗？"

"真聪明！"曼密在厨房里喊道。

到了我七岁的时候，我可以用刀子刮掉番茄的薄皮，趴在地上用漂白剂擦洗松木地板，照料棚屋后面的酵母花藤，挑选出酵母做面包。母亲教我缝补，我的手指不听使唤，连穿针都做不到，但我还是下定决心做好这件事。我试了一次又一次，食指被刺破了，线的顶端都磨损了。"我从没见过哪个人有这么大的决心。"曼密说，但母亲没

有说话。等我终于把线穿过针眼，她说："克里斯蒂娜，你必须顽强坚持，不然，你将一事无成。"

曼密并不像母亲那样爱干净。角落里落满了灰尘，碗碟放在水槽里不洗，又能怎么样呢？她喜欢陈旧的物件：老旧的格伦伍德炉灶；窗边的摇椅，藤编的座面都磨损了；一把手柄已坏的手锯，就立在厨房一角。她说，这些东西都有它们自己的故事。

曼密抚摩着贝壳屋壁炉架上的贝壳，就像考古学家在发掘废墟。有了她对它们的了解，贝壳便焕发了生机。她在她儿子艾尔瓦诺的水手储物箱里找到的贝壳在这里占据了头等重要的位置，就摆在她那本在航海途中磨损了的黑色《圣经》边上。浅色的贝壳形状不同，大小不一，摆放在地板和窗台的边缘。花瓶、雕塑、锡版相片、情人节礼物和书籍封面都装饰有贝壳；贝壳上画有家族庄园的微缩图，出自很久以前的一个亲戚之手；甚至还有一幅镶有贝壳相框的林肯总统雕版印画。

她把她最珍惜的贝壳递给我，那是她在马达加斯加海滩的一块珊瑚礁附近找到的。贝壳异常沉重，长约八英寸，如丝绸一样光滑，顶端有锈色和白色相间的斑马纹，底部是乳白色的。"这是珍珠鹦鹉螺[1]。"她说，"nautilus 这个词是希腊语，意思是'水手'。"她给我讲了一首诗，讲的是一个人在海岸上找到了一个这样的破贝壳。他注

////

[1] 名为 chambered nautilus。——译注

意到贝壳的螺旋状内腔在扩大，就想象里面的软体动物越变越大，一个空间盛不下了，就向着下一个空间拓展。

"'啊，我的灵魂，当短暂的四季掠过，为你建造更雄伟的殿宇！'"曼密伸开双手，吟诵道，"'直到你终于得到自由。让永恒动荡的生命汪洋为你脱去陈旧的躯壳。'这首诗说的是人类的天性。你可以在生来具有的躯壳里生活很长一段时间。但总有一天，那个躯壳将不再适用。"

"然后呢？"我问。

"然后，你必须找一个更大的躯壳来住。"

我想了一会儿。"可如果那个躯壳虽小，你还是想住在里面呢？"

她叹了口气："天哪，孩子，你这个问题问得太好了。我觉得吧，你要么拿出勇气，找一个新家，要么就只能住在破碎的躯壳里。"

曼密教我用小贝壳装饰书籍封面和花瓶，将一个个贝壳叠在一起，排成一条直线。我们一边用胶水粘贝壳，她一边回忆外公的英勇探险事迹，他如何智斗海盗，经历了数次海啸和沉船，依然活了下来。她再次讲到她用布条做了旗子，当时他们失去了所有希望，但奇迹出现了，他们看到远处有一艘货船过来救他们。

"不要再往我女儿的脑袋里灌输荒诞的故事了。"母亲在食品室听到我们的话，便责备道。

"根本就不是荒诞的故事，那都是真实的生活。你知道，你当时也在场。"

母亲走到门边。"你把它们说得那么神奇美妙，但你明知道大多数时候情况都是苦不堪言的。"

"的确是神奇美妙的。"曼密说,"她可能哪里都去不了。她至少应该知道,冒险精神是深入她的骨髓的。"

母亲走出去,关上门,曼密叹了口气。曼密无法相信,自己养大的这个孩子曾周游世界,现在却等着全世界的人来找。她说,要不是父亲上山来,给了母亲另一个选择,母亲肯定会终身不婚。

我知道母亲的一些事。我母亲是家中唯一活下来的孩子,一直守在家里。外公退休后不再出海,和曼密把房子改成避暑旅店,以此为生,还可以借此忘记丧子之痛。他们在房子上面加盖了一层,还建了屋顶窗。祖屋原本有十六个房间,现在又多了四个卧室。他们还在东海岸的所有报纸上登了广告。人人都说这个小旅馆可爱迷人,风景优美,自北方而来的游客络绎不绝。19世纪80年代,一家人在哈索恩旅店连吃带住一个星期,只需要十二美元。

经营旅店有很多工作要做,多到超乎了他们的想象,所以也需要母亲去帮忙。一年又一年,库辛为数不多的几个条件不错的单身汉或是成了家,或是搬走了。到了她三十五六岁的时候,她自己和其他所有人都觉得她不太可能遇到好男人,并与其坠入爱河。她会住在这栋房子里,为父母养老送终,将他们安葬在祖屋和大海之间的祖坟里。

"有句老话叫后继无人。"曼密告诉我,"你知道是什么意思吗?"

我摇摇头。

"意思是没有男性继承人来延续家族的姓氏。你母亲是库辛哈索恩家的最后一个继承人。她死后,哈索恩这个姓氏将和她一起消失。"

"哈索恩角还在呀。"

"是呀,这倒是真的。但不会再有哈索恩田庄了。现在改叫奥尔森田庄了。是根据一个比你妈妈小六岁的瑞典水手的名字命名的。"

我的大脑在快速运转："等一下，爸爸比妈妈小？"

"你不知道？"我又摇了摇头，曼密笑了起来，"孩子，你不知道的事还多着呢。他当时叫约翰·奥劳森。"我张开嘴，说了一遍这个陌生的名字。"他连一句英语都不会说。他在约翰·马洛尼船长的帆船上当下级水手，马洛尼船长和他妻子就住在远处的那栋小房子里。"她指着窗外说，"你知道我说的是谁吗？"

我点点头。那个船长人很好，留着浓密的花白胡子，牙齿就跟黄色玉米粒一样。他的妻子长了张大脸盘，脸颊红润，乳房下垂，像是她的腰部的一部分。我在海湾里见过他的船，叫"银色浪花号"。

"当时是1890年的2月。那年的冬天太冷了，像是总也没有个尽头。他们要从纽约前往托马斯顿，为那里的石灰窑运送木柴和煤炭。但他们在马斯康格斯湾抛锚后，天降暴风雨。那天晚上太冷了，船周围的冰越来越多。他们什么都做不了，他们被困住了。几天后，冰冻结实了，他们就下了船，沿冰走到岸上。就是我们这片海岸。你爸爸无处可去，只好和马洛尼夫妇一起住到冰雪消融的时候。"

"那是多久？"

"几个月吧。"

"那艘船就一直在冰上？"

"一整个冬天都是这样。"她说，"从这扇窗就能看到。"她冲食品室一扬下巴。我隐隐能听到门的另一边有碗碟的碰撞声。"他在海湾附近的那栋小屋里住了一冬天，从那里可以清楚地看到山上的这栋房子。他一定无聊透了。但他在瑞典学会了编织。客厅里的那张蓝色羊毛毯就是他和他们住在一起的时候编的，你知道吗？"

"不知道。"

"他每晚都和马洛尼夫妇坐在壁炉边。你知道，人们待在一起就喜欢说话啦，讲故事啦。啊，马洛尼夫妇就喜欢说八卦新闻。他们肯定给他讲了这栋房子后继无人，只要卡蒂结婚，她丈夫就能继承这里的一切。当然了，我也不能肯定，我只能猜测他们的对话。但他只在这里待了一个星期，就决定学英语。他去了镇里，请温恩学校的克洛利太太教他英语。"

"我的老师克洛利太太？"

"是的，她当时就是老师了。他每天都去校舍里上课。冰雪还没消融，他就把名字改成了约翰·奥尔森。后来，有一天，他穿过田野，来到这栋房子，敲敲前门，你妈妈去开门。就是这样。一年后，塞姆船长去世了，你的父母结婚了。哈索恩田庄变成奥尔森田庄。这里的一切……"她像个音乐指挥一样举起双臂，"……都是他的了。"

我想象父亲和马洛尼夫妇坐在他们那栋温馨的小屋里，他编织毯子，他们给他讲远处那栋白房子的故事：三个哈索恩家的祖先用他们的新姓氏为这片地方命名，其中一个建起了这栋房子……他们家的女儿一直未嫁，和父母一起住在那栋房子里，他们的三个儿子都死了，没有人来延续香火……

"你觉得爸爸……爱不爱妈妈？"我问。

曼密拍拍我的手。"不知道。我真的不知道。但这就是现实，克里斯蒂娜。爱和被爱的方式有很多种。不管你爸爸为什么来这里，现在，这里都成了他的生活。"

我最大的愿望就是成为父亲的骄傲，但他没有理由以我为傲。首先，我是个女孩。更糟糕的是，我并没有出落成一个美人。我已经知道这一点了，不过没人对我说过。没人的时候，我会用靠在食品室窗台上的模糊小镜子端详我的五官。灰色的小眼睛，一只眼大，一只眼小，又长又尖的鼻子，薄薄的嘴唇。"我是被你妈妈的美貌吸引的。"父亲总是这么说，尽管我现在知道那只是故事的一部分，但毫无疑问她是美丽的。高颧骨，天鹅颈，纤细的手指。在她面前，我感觉自己很丑，她就好像一只天鹅，我却像一只蹒跚的鸭子。

除此之外，就是我的病。每次和别人在一起，父亲总是紧张急躁，担心我会绊倒或撞到别人，让他尴尬。我的举止缺乏优雅，让他大为光火。他总是唠叨着给我治病。他觉得我应该一直戴腿脚矫正器。他说了，就算疼也是值得的。但他根本就不知道那种疼是什么感觉。我宁愿带着扭曲的双腿过一辈子，也不愿意再承受那种痛苦了。

他觉得我让他丢脸，我因此变得肆无忌惮。我不在乎我让他不自在。母亲说，如果我不那么任性和骄傲，可能会好点。但我的骄傲就是我的全部。

一天下午，我在厨房里剥豆子，我听到父母在门厅说话。"她一定得自己待在那里吗？"母亲问，她的声音中夹杂着担心，"约翰，她才七岁。"

"我不知道。"

"他们会怎么对她？"

"那还要看检查结果。"父亲道。

恐惧像手一样抚摩我的背。

"我们怎么承担得起?"

"如果有必要,我就卖头奶牛。"

我从厨房摇摇晃晃地向他们走去:"我不想去。"

"你都还不知道是什么……"父亲说。

"希尔德医生已经试过了。他们什么都做不了。"

他叹了口气:"我知道你害怕,克里斯蒂娜,但你必须勇敢一点。"

"我不去。"

"够了。这事由不得你。"母亲厉声道,"你只要听话就行了。"

第二天一大早,黎明的光线刚照进窗户,我就感觉有人用力推了我的肩膀,晃了晃我。过了一会儿,我的眼睛才对焦。然后,我看到了父亲的眼睛。

"快穿衣服。"他说,"到时间了。"

我感觉到一个软软的东西贴在我的脚上,暖暖的,是热水瓶,像是贴着小狗的肚子。"我不想去,爸爸。"

"都安排好了。你知道的,我和你一起去。"他说,声音轻而坚定。

外面很冷,天色还是灰蒙蒙的,父亲把我抱上马车。他把他编的蓝色毛毯和另外两张毯子盖在我身上,然后调整了一下我脑后的靠垫。马车里有股旧皮革和马身上的湿气味。父亲最喜欢的公马布莱基在不停地跺脚和嘶叫,甩着长长的鬃毛,他调整好马具。

父亲坐在驾驶座,他点燃烟斗,轻甩缰绳,我们开始沿着硬邦邦的土路行驶起来,马车不停地嘎吱响。马车颠簸,弄疼了我的关节，但很快我就适应了节奏，伴着令人平静的咚咚声睡着了。过了一会儿，我睁开眼睛，看到了春天早晨清冷的黄色光线。路上泥泞不堪，雪融化了，形成了积水。在布满雪泥的田野里，紫色、粉色和白色的耐寒番红花都发芽了。我们在路上行驶了三小时，只碰到了几个人。一条流浪狗从树林里跑出来，在我们旁边跑了一会儿，便落在了后面。父亲时不时回头看看我。我就从我的毯子安乐窝中瞪着他。

最后，他回头说："那个医生是专家，是希尔德医生介绍给我的。他说他只要做几项检查。"

"我们要在那里待多久？"

"不知道。"

"不止一天？"

"不知道。"

"他会把我开膛破肚吗？"

他扭头看了我一眼。"不知道。不要为无谓的事情担心。"

毯子贴着我的皮肤，很刺痒。我感觉肚子里空空的。"你会守着我吗？"

父亲把烟斗从嘴里拿出来，用一根手指把烟丝摁进烟斗。他把烟斗放回嘴里，抽了一口。布莱基在烂泥地里咯噔咯噔地走着，我们左摇右晃地向前驶去。

"你会吗？"我追问。

他没有回答，也没有再回头看我。

我们用了六个小时才到洛克兰。我们吃了水煮蛋和葡萄干面包，中途停过一次，让马儿歇歇脚。我们也去林子里方便了一下。距离越近，我就越是六神无主。到了目的地，布莱基的背上布满了汗珠。天很冷，我却出汗了。父亲把我抱下马车，放在地上，他把马拴好，还为它系好了饲料袋。他用一只手牵着我走过街道，用另一只手拿着医生的地址。

我头昏眼花，吓得浑身哆嗦："别逼我了，爸爸。"

"这位医生说不定会让你好起来。"

"我现在很好。我不介意。"

"你难道不希望像其他孩子那样能跑能玩吗？"

"我现在也能跑能玩。"

"你的病情在恶化。"

"我不在乎。"

"住嘴，克里斯蒂娜。我和你妈妈知道什么对你最好。"

"不，你们才不知道！"

"你怎么敢这么粗鲁地和我说话？"他低声呵斥道，然后，他飞快地看看四周，确认是否有人注意。我很清楚他有多怕出丑。

但我控制不了我自己。我号啕大哭起来："对不起，爸爸，对不起。别逼我去了，求你了。"

"我们只是想让你好起来！"他恶狠狠地轻声道，"你为什么这么害怕？"

就跟轻柔的浪潮预示着巨浪即将来袭一样，我那孩子气的抗议和叛逆暗示着此时我心里涌动着强烈的情感。我为什么这么害怕？我害怕被人当成标本，再次被人仔细检查，永远都没有止境。我害怕医生会用矫形架和夹板折磨我。我害怕他的医学实验不会让我好起来，只会加重我的病情。我害怕父亲丢下我，因为医生让我一直住在这里，我再也不能回家。

我害怕如果我这次治不好，父亲会对我更加失望。

"我不去！你不能逼我去！"我哭号道。我挣开他的手，在街上跑了起来。

"你真是比骡子还犟，比猪还蠢！"他在我身后残酷地喊道。

我躲进一条小巷，藏在一个散发着鱼腥味的桶后，蹲在烂泥中。很快，我的手就冻红了，变得麻木，我的脸刺痛不已。我时不时能看到父亲大步走过，他在找我。有一次，他停在人行道上，抻着脖子往昏暗的巷子里看，但他咕哝一声，就走开了。一个小时后，我冻得再也受不了了。我拖着双脚，走回了马车。父亲坐在驾驶座上抽烟斗，肩上搭着蓝色毛毯。

他低头看着我，脸上的表情很吓人："你准备好去见医生了吗？"

我盯着他："没有。"

父亲是个很严厉的人，但在大庭广众之下，他会表现出一丝宽容。我很清楚这一点，就好像你总会了解与你共同生活之人的弱点。他摇摇头，抽着烟斗。过了几分钟，他一言不发地忽然扭过头，跳下了马车。他把我抱到后座，系紧布莱基的缰绳，爬回驾驶座。在驱车回家的六小时里，他始终沉默不语。我凝视着鲜明的地平线，就像炭笔在白纸上留下的痕迹一样清晰。天空是铁一般的颜色，黑压压的一群乌鸦飞入天空。光秃发灰的树开始冒出嫩叶。所有的一切如同鬼魅，没有半点色彩，就连我的手也跟大理石雕塑一样。

天黑了，我们才到家。我们看到母亲在门厅，小婴儿塞姆坐在她的腿上。"他们怎么说？"她急切地问，"能治好吗？"

父亲摘掉帽子，解开围巾。母亲看看他，又看看我。我盯着地板。

"女儿不肯去。"

"什么？"

"她不肯去。我拿她没办法。"

母亲的背部变得僵硬："我没听明白。你不是带她去看医生了吗？"

"她不肯去。"

"她不肯去？"她抬高了声音，"她不肯去？她只是个孩子。"

父亲从她身边挤过去，一边走一边脱掉外套。塞姆抽泣起来。"这是她的生活，卡蒂。"

"她的生活。"母亲厉声道，"你是她的父亲！"

"她又哭又闹。我总不能逼她去。"

她突然扭头看着我："你这个傻姑娘。你浪费了你爸爸一天的时间，还拿你的未来冒险。现在，你这辈子都得当个瘸子了。你乐意这样？"

塞姆开始大哭。我痛苦地摇摇头。

母亲把哭闹的宝宝交给父亲，父亲尴尬地让宝宝在他怀里颠着玩。她蹲在我面前，摇摇一根手指。"小姑娘，你是你自己的最大敌人。而且，你是个胆小鬼。把恐惧错当成勇敢是愚蠢的。"她的温暖呼吸带着一股酵母味，拂在我的脸上，"我很为你遗憾。但仅此而已。我们该做的都做了。正如你可怜的父亲所说，这是你的人生。"

　　这之后，我早晨醒来，就会伸展手指，舒缓一整夜形成的僵硬。我绷直脚趾，感觉脚踝疼痛难忍。我绷直小腿，膝盖隐隐作痛。关节处的疼痛就像一只黏人的宠物，总缠着我不放。但我不能抱怨。我丧失了抱怨的权利。

我
写
给
世
界
的
信

小 小 的 世 界

1940 年 ///

没过多久，安迪便再次出现在门口。他笨拙地背着一个三脚架，一只胳膊下面夹着速写簿，用牙咬着画笔，活像是咬着马嚼子。"你介不介意我把画架支在这里不碍事的地方？"他问，把东西都丢在门口。

"你是说……支在屋里？"

他冲楼梯一扬下巴："我想去楼上。如果你同意的话。"

他这么有胆量，着实叫我有些惊讶。有谁会不请自来，突然造访陌生人的家，还要求进去的？"那个，我……"

"我保证不出声，你都意识不到我的存在。"

已经很多年都没人上过楼了。那里有很多空卧室。而且，事实上，我不介意有他这个伴。

我点点头。

"太好了。"他说着咧开嘴笑了。他收拾好东西："我尽量不妨碍女巫。"

他咚咚走上楼梯，来到二楼，他的脚步声很响。他把画架立在东南边的卧室里，那里曾是我的卧室。他从窗户可以看到轮船驶离克莱德港，驶向孟希根岛和开阔的海域。

透过地板，我能听到他在喃喃自语，还用脚打着拍子。他在哼歌。

几小时后，他下楼来，手上粘着颜料，因为咬过画笔，他的嘴角被染成了紫色。"我和女巫们相处得还不错。"他说。

贝琪来去匆匆。和我们一样，她知道最好不要在安迪作画时打扰他。但和我们不一样的是，她根本坐不住。她拿了一条毛巾和一桶水，擦去了窗户上的灰尘；她帮我把湿衣服甩干，晾在晾衣绳上；她穿上我的旧围裙，蹲在蔬菜园里种了一排生菜。

在温暖的晚上，安迪完成了一天的创作，贝琪就会带着篮子出现，我们去小树林边野餐。很久以前，父亲曾在那里建了个火坑，还在树干之间揳入木板当座位。我和艾尔看着贝琪和安迪收集浮木和小树枝，在一圈岩石之间点起篝火。透过篝火的火光，我们和远处祖屋之间的田野看起来犹如一片沙地。

在一个下雨的早上，贝琪出现在门口，手里拿着车钥匙，说："女士，今天是属于你的日子。你想去哪里？"

我并不确定我想要属于我的一天，尤其是那表示我必须打扮一番。我低头看着我身上那件旧便服，袜子皱巴巴地堆在脚踝处，说："喝杯茶怎么样？"

"当然好了。等回来再喝吧。我要带你去探险，克里斯蒂娜。"她大步走到炉灶边，拿起蓝色烧水壶，仔细检查了壶底，"啊哈！果然不出我所料，这个旧水壶都锈成什么样了，底都快穿了。我们去买个新的吧。"

"又没有漏水，贝琪。水壶还很好的。"

她大笑起来。"就算整栋房子在你周围塌了，你也会说很好很好。"她指着我的一只鞋，"你看鞋跟都磨破了。你看没看到艾尔的帽子上有虫蛀的眼？走吧，亲爱的，我带你去洛克兰的百货公司。森特·克莱恩百货公司，他们那里应有尽有。还有，别担心，我来付账。"

以某种抽象的方式，我觉得我早就注意到烧水壶生了锈，旧鞋子的鞋跟磨损了，艾尔的帽子上有虫眼。这些事并没有困扰我，反倒让我感觉舒服自在，就像鸟儿栖身在碎片搭成的巢里。但我知道贝琪是好意。而且，说实话，她看起来需要找点事做。"好吧。"我心软了，"我很快就好。"

毛毛雨稀稀拉拉地下着，贝琪和艾尔扶我坐进旅行车，让我舒服地坐好。然后，我们沿着长长的车道前往半小时车程外的洛克兰。在第一个红灯处停下的时候，她伸手拍拍我的膝盖。"看到了吧？很有意思，对不对？"

"这样能叫你开心，是吗，贝琪？"

"我喜欢忙碌。"她说，"我喜欢做个有用的人。我觉得这是人类的基本欲望，你说呢？"

我思考了片刻。我也是这么认为的吗？"我以前也这样想。但现在不肯定了。"

"游手好闲……"她道。

"……是堕落的开始。你就是这么觉得的吧？"

她大笑起来："我那些清教徒的祖先肯定认同。"

"我那些祖先也是。但也许他们想错了。"我注视着豆大的雨珠砸在挡风玻璃上，但它们很快被雨刷刮掉了。

贝琪斜睨了我一眼，噘起嘴，像是有话要说。但她只是轻轻一歪下巴，继续盯着公路。

一天，我们一起吃午饭。我们坐在铺在草地上的毯子上，吃火腿豌豆汤。贝琪告诉我和艾尔，安迪的父亲并不喜欢她。他反对他们订婚，还提醒安迪，婚姻会叫他分心，孩子更是事业的绊脚石。但她说她不在乎。她觉得 N.C. 怀斯这个人傲慢自大，横行霸道又专横。她认为他的用色华而不实，他笔下的人物都太卡通了，只为了迎合市场的需要。"就只能为奶油小麦公司和可口可乐画画户外广告牌。"她轻蔑地说。

在她说话的时候，我仔细端详安迪的脸色。他迷惑地注视着她。他没有点头，也没有提出异议。

贝琪告诉我们，安迪必须有他自己的艺术风格，不能和他父亲的相同。他必须更认真地对待自己，要更加努力，要敢于冒险。她觉得他应该用更为鲜明的色彩，简化构图，让色调更加分明。"你一定能做到。"她把一只手搭在他的肩膀上，告诉他，"你只是还不清楚你的能力。"

"啊，得了吧，贝琪。我就是画着玩的。我要当医生。"安迪说。

她冲我和艾尔翻翻白眼："他刚在波士顿开了个人画展，还得了奖。真搞不懂他为什么不想当画家。"

"我喜欢医学研究。"

"但那不是你热爱的事业，安迪。"

"你才是我的爱。"他搂着她的腰说，她哈哈笑了，甩脱他的手。

"去调你的蛋彩画颜料吧。"她道。

大多数早晨，安迪都独自划一艘平底小船从半英里外的克莱德港过来。他身上摇摇晃晃地挂着一个装满颜料和画笔的画具盒。在来祖屋的路上，他猫腰钻进鸡场，捡起六个鸡蛋，像是拿杂耍球一样用一只手拿着鸡蛋。他从侧门进屋，和我、艾尔聊一会儿，便上楼去。

每一件布满裂缝或褪色的家具、容器和工具都会吸引安迪的目光。曾几何时，那些东西每天都会派上用场，但现在只是作为纪念物而存在，标志着早已成为往事的生活方式。通过他的角度，熟悉的物品在我眼中变得不一样了。带有碎花图案的淡粉色壁纸，窗台上在蓝色花盆里盛开的红色天竺葵。红木栏杆，休息室里船长那块晴雨表，食品室架子上的陶罐，食品室的蓝色大门上留有的多年前狗儿的抓痕。

有些时候，安迪会带着速写簿和画具箱去户外小屋、畜棚和田野。我从厨房窗户看着他时而在土地上漫步，趔趄着穿过草地，去看墓地里的碑文；时而坐在布满鹅卵石的沙滩上，凝视泛着泡沫的海浪。他回到祖屋，我就给他吃刚从烤箱里拿出来的酵母酸面包、火腿片、黑线鳕鱼杂烩浓汤和苹果煎糕。门打开着，他坐在门前露台上，用一只手捧着碗，我坐在我的椅子上，我们聊各自的生活。

他告诉我，他家里一共有五个孩子，他是老幺，三个姐姐都很溺爱他。他的右腿畸形，臀部也有缺陷，小时候不能正常走路，连运动都做不了。"你有没有注意到我是跛脚？"他被胸腔感染困扰。他父亲是他唯一的老师。他不让他去学校，而是在他的画室里当学徒。他给他讲了艺术史，还教他混合颜料、展开画布。"我和其他孩子不一样。我格格不入。我是个怪人，不能融入周围的环境。"

难怪我们相处融洽，我心想。

"贝琪给我讲了很多你和艾尔的事。"安迪继续说，"艾尔为这条路上的每一个人砍柴。你给镇里的女士们做裙子，还做被子。"他指着我袖子上的小花："是你绣的吗？"

"是的。勿忘我。"我详加说明，因为很难分辨出我绣的是哪种花。

"有意思，人的大脑真是无所不能。"他沉思着说，伸开手，弯曲着手指，"如果你的大脑拒绝弯腰鞠躬，你的身体又如何做出反应？你送给我们的枕头上有复杂的刺绣图案，你的衬衫上也有……难以置信你的手指能做这么精细的工作。但它们之所以能做到，是因为你用意志力驱使它们去做。"他把空碗拿到厨台上，从煎锅里盛了一块苹果煎糕。"你和我一样。你做得很好。我很钦佩你。"

安迪画了很多祖屋的素描。有的是天空映衬下的轮廓，有的是烟雾从烟囱升起。有从排水管的角度看到的祖屋，有从海湾看到的祖屋，有从空中飞翔的海鸥的眼里看到的祖屋。祖屋或是孤零零地立于山上，或是周围绿树环绕。有时大如城堡，有时小得像儿童玩具屋。户外棚屋有时出现有时消失。但田野、祖屋、地平线和天空总是存在的。

田野、祖屋、地平线和天空。

"你为什么这么喜欢祖屋?"有一天,我们坐在厨房里,我问他。

"不知道。"他说着弯下了腰。他怔怔出神,用手指敲打着地板。"我想捕捉……一些东西。这个地方的感觉,而不是这个地方本身。D.H. 劳伦斯是个作家,也是个画家,他写过这么一句话:'靠近事物的躯体,那躁动就可听可闻,那躁动把我们创造又毁灭。'我想做的就是靠近事物的躯体。尽可能靠得更近。那表示要一次次地重温同一个事物,每次都要挖掘到更深的层次。"他大笑着,用一只手梳理头发,"听起来我就跟个疯子差不多吧?"

"我只是觉得那样很无聊。"

"我就知道你会这么认为。"他摇了摇头,"人人都说我是个现实主义者,但事实上,我的画从来都不……真实。我拿走了我不喜欢的,把我自己放在空出来的位置上。"

"你自己?什么意思?"

"我一直都在画我自己。"他说,"这是我的小秘密,克里斯蒂娜。"

楼上安迪放画架的房间里有一张单人床,框架都已生锈,总是嘎吱响,那是我的旧床。下午,艾尔干完了杂活,就去那里看安迪画画,然后小睡一会儿。

一天,安迪上楼前在门口与我和艾尔闲聊,他忽然提到他不喜欢被人看,希望能私下里作画。

"那我不上去了。"艾尔说。

"啊,不,我说的不是这个。"安迪说,"我喜欢你上去。"

"但他是在看你呀。"我说，"我们都在看你。"

安迪摇着头大笑起来："你们两个不一样。"

"是他自己在围着你们转。"我向贝琪转述那次谈话的时候，她说，"你和艾尔对他无所求。你们任由他随心所欲。"

"那是我们的娱乐。"我告诉她，"你知道的，我们那里一向清静。"

确实如此。在很长时间里，一直到顶楼，祖屋里都住满了人。我习惯每天早晨醒来就听到从墙壁和地板传来的各种声响：父亲洪亮的说话声，男孩子们咚咚地在楼梯跑上跑下，曼密怒斥他们，让他们慢点，狗儿狂吠，公鸡打鸣。后来，房子里变得鸦雀无声。但现在，我早晨醒来，便会想：今天安迪会来。他都还没来，我这一天就已经变得不一样了。

1900—1912 年 ///

　　冬日的午后，太阳在 3 点半就开始西沉，狂风呼啸，从缝隙吹进屋内。我们都裹着毯子，在燃木炉边挤作一团，在鲸油灯的昏暗光线下喝着温热的奶茶。父亲教我、艾尔和塞姆他当水手时学的打结方法：平式蝴蝶结，卷结，双重接绳结，雀头结，套索结。他给我们分发木针，教我们编织（不过男孩子们总是嘲笑，说什么也不肯学）。他教我们用木头做哨子和小船。我们把做出来的成品在壁炉架上排成一排，天气暖和了，我们就带着木船去海湾，看看谁的船能漂得最远。我看着父亲，他身材高大，大手大脚，一头金发十分蓬乱。他俯身向他的小船，用瑞典语念叨着，把小船放进浪涛滚滚的海水里。曼密和我说过，在我出生的几个月前，父亲的弟弟博恩特从哥德堡坐船来这里过冬，他们两个为我做了一张婴儿床，还把小床刷成了白色。博恩特是奥劳森家唯一来看过我们的人。

　　在贝壳屋的一个低矮的架子上，我在一个巨大贝壳的后面找到了一个木盒，里面装着各种小物件：一把鲸骨梳，一支马鬃牙刷，一个颜色鲜明的锡制玩具士兵。很久以前，这样的玩具士兵有一套，还有几块岩石和矿石。"这些东西是谁的？"我问曼密。

"你爸爸的。"

"这都是些什么东西？"

"那就得问他了。"

所以，那天下午晚些时候，父亲挤完奶回来，我就拿着盒子去找他。"曼密说这是你的。"

父亲耸耸肩："就是些没用的东西。我也不知道为什么还留着它们。都是我从瑞典带来的小玩意儿。"

我用手掂量着一块黑色煤炭，问："你留着它做什么？"

他伸手拿过煤块，摩挲着具有金属光泽的乌黑色表面。"这是无烟煤。"他说，"可以说是纯碳。是数百万年前的动植物在腐烂后形成的。有个老师曾教过我岩石和矿石的知识。"

"在瑞典你家乡的小村庄？"

他点点头。"亚利耶。"

"亚利耶。"我重复着这个陌生的词，"这么说，你留着它，是用来怀念家乡的？"

他重重地吁出一口气："或许吧。"

"你想家吗？"

"不太想。我觉得我是想念那里的一些东西。"

"比如呢……"

"不知道。有种面包叫黑面包，搭配大马哈鱼和酸奶油吃。我妹妹经常做的清煎土豆饼。也许还有越橘。"

"那你妹妹呢？你妈妈呢？"

就是在这个时候，他给我讲了他的故事。他们住在亚利耶村的一座小屋里，屋里很脏，天花板很低，有两个房间，他们一家十口就住在里面。他们养了一头奶牛，就是靠着这头奶牛，他们才没有饿死。他的父亲是个酒鬼，有双重性格，时而沉思时而暴怒。他和他的七个弟弟妹妹都很怕他，实在过不下去了，他父亲偶尔会去泥煤场做散工。父亲总是吃不饱肚子。他偷人家的猪肉或是枫糖浆，警察穷追不舍。他在铺了鹅卵石的街道上逃跑，把警察甩掉，就这样不止一次躲开了牢狱之灾。

他从小就知道他在亚利耶村混不出什么名堂，没有工作可做，就算在六十英里外的大城市哥德堡，他也找不到能胜任的工作。他很有悟性，却无心学业，认识的字不多。他从未学习过经商。他自学了编织，这样就能帮他母亲编织围巾、手套和帽子，赚些小钱。但他说，那不是男人该干的工作。

所以，当他听说有艘商船要前往纽约的时候，天还黑着，他就起床，第一个来到了哥德堡港的码头。

船长嘲笑他。才十五岁？太小了，还是待在妈妈身边吧。

但父亲下定了决心。她是不会想我的，他这么告诉船长。少了一张嘴吃饭，这样就能省下几分钱给其他人用。弟弟妹妹们都病了。他弟弟斯文是家里最小的孩子，只有几个月大，在一个月前饿死了。

就这样，他和船长、几个船员一起扬帆出海，辗转于世界各地。一晃几年过去了，往事渐渐变淡了。他寄钱给他母亲，而且和所有水手一样，他虽然总把回家挂在嘴边，但他离开亚利耶村的时间越久，对那里的思念就越淡。他并不想念弟弟妹妹，更不用说那头奶牛了。他并不想念那座肮脏的小屋，角落里的污水桶，以及令人窒息的体臭。船身里的空间潮湿阴冷，也好不了多少，但至少可以从船深处来到宽阔的甲板上，眺望浩瀚的夜空，凝视点点繁星和蛋黄一样的月亮。

父亲很擅长干农活，这实在不可思议，毕竟他是在一座小屋里长大的，二十来岁的时候又都是在海上度过的。母亲说，只要他肯用心，不管什么，都学得很快。他不再开旅店，将祖屋改成了居家住宅。他养了奶牛、绵羊和鸡，这样就有了牛奶、羊毛、鸡肉和鸡蛋。他在布满岩石的土地里种玉米、豌豆和土豆，每年都会轮着种。他还在农场里开了一个农场商店，出售这些东西。他的顾客都是坐船从克莱德港、圣乔治和普莱森特角来，把从他那里买来的农产品装进平底小船，然后打道回府。

父亲发现把海藻放在田野里，就能让土地保持湿润，到了夏天，野草也不会疯长，便派我、艾尔和塞姆去收集海藻，将它们摊在土地上。我和父亲两个人戴着厚棉手套，赶在退潮时推着沉重的手推车到海边。我们把海藻从岩石上扯下来，摘掉挂在上面的藤壶、螃蟹和蜗牛，装进手推车。有的绿色海藻很细，湿湿软软，末端泛着泡沫，有的又扁又宽，就像馅饼皮。手套僵硬笨重，不戴手套抓海藻反倒更容易，于是我们摘掉手套，把手浸在海水中，洗去黏液。然后，我们推着手推车上山，来到刚刚犁过的地里，抓起一大把冰冷的海藻，用手把海藻压扁，放在犁沟里。"把车推开。"父亲一边锄地一边喊，"别把秧苗压坏了。"

父亲总是可以想出各种赚钱的方法。他养的羊在逐渐长大，他把羊毛卖给当地人。但有一次，他决定把所有羊毛装箱，送到别的地方进行梳理、纺成纱和染色，再送到州外去卖，这样就能卖更高的价钱。到了第二年的夏天，他和一个邻居在伯德角和哈索恩角之间的海湾里建造了鱼梁。现在是冬天，他决定把淡水冰贮存起来，这样就能把冰装在蒸汽船上，从附近的航道运到波士顿和更远的地方。这样做非常简单，而且成本低廉。他把冰放在塞姆船长建造的却空了几十年的冰窖里。

和任何庄稼一样，冰也是非常娇贵的，被骄阳一晒，或是突然降下暴风雨，都会把冰毁掉。在波士顿收货、父亲拿到钱之前，变数随时都可能出现。他等待2月的来临，到时候，维纳尔池塘里的冰就能有十四到十六英寸厚，他出钱请其他农夫帮他用马拉犁清理掉冰上的积雪。在冰天雪地的早晨，天还没亮，他们就起来了，让耕马拉着清理刮刀。所谓清理刮刀，就是几块木板连在一起，形成一个大约八英尺宽的平底，向后倾斜，再加上一个三英尺宽的刮雪铲，割下比较重和比较湿的冰。几个人用带有 T 形长铁手柄的手锯把冰锯开，他们干活干热了，就会脱掉外套、围巾和帽子。这是非常繁重的工作，但那些人和马早已习惯了繁重的工作。

一块冰切好了，十二英寸厚的冰就漂浮在如糖浆一样的水上，人们就拿浮动钩子，也就是带有尖端的长杆，钩住他们想要的冰块。这之后就要进行单调乏味的工作了。他们要把冰切开，装在平板拖车上，由马儿拉到畜棚后面的冰窖里。在冰窖里，那些冰会被叠加着放在锯末上，有的会被放在一边，卖给当地人，其余的则要等开往马萨诸塞州的轮船在海湾里准备好。

在收冰季节的早晨，父亲出门后，天还黑着，我就起床穿衣，在长内衣外面套上一层层毛衣和裤子，还要穿两双袜子。我在楼下的走廊里和艾尔会合，我们一起走进雾中，对着彼此呼出哈气，向维纳尔池塘走去，去看套在犁上的马儿在厚冰上来回走，加深割槽。细小的雪花飘落下来，如同面粉过筛，形成雪堆。

我们看到父亲在远处，正牵着布莱基和犁在冰上走。他也看到了我们。"别到冰上来！"他喊道。我和艾尔来到池塘边缘，默默地站在那里看着他工作。布莱基甩着头，昂首阔步地走着，显得有些不安。它是一匹爱紧张的马儿，在围场，我要花几个小时才能安抚它。它戴着我几天前套在它脖子上的套索，就是为了在它受惊时控制它。

一个工人的钩子折在了冰块里，所有人都把注意力转移到了那里，纷纷开始献计献策。这时候，我注意到布莱基正缓缓地向冰的边缘滑去。忽然，一声尖锐的嘶鸣响起。它惊恐地翻着眼睛，一头扎进了令人窒息的冰水中，掉进水里后，它不停地扑腾挣扎。犁刀在冰的边缘摇摇欲坠。我想也没想就跑到冰上，向父亲跑去。

"见鬼，快回去！"父亲大喊道。

"快抓住套索。"我指着我自己的脖子喊道，"切断它的呼吸！"

父亲冲几个人打了个手势，他们立即过来帮忙。父亲站在中间，几个人拉着他的腰带。他探身向马头，紧紧抓着套索。过了一会儿，布莱基安静了下来。父亲拉着缰绳，把布莱基拉到了冰上，先是两条前腿，然后是马肚子，最后是它那强有力又沉重的臀部。有那么一会儿，马儿站在那儿，像是冻僵了，前腿和后腿分开，像一尊雕塑。然后，它垂下头，晃晃鬃毛，把水甩掉。

坐在桌边吃晚餐的时候，父亲告诉曼密和母亲，在他的孩子里，我是最固执的一个。他之所以没有因为我跑到冰上而扭断我的脖子，唯一的原因就是我的敏捷思维救了布莱基一命。我们都知道，要是马儿淹死了，可是很大的损失。

"真不知道她这样的性格是遗传了谁。"母亲说。

到了晚上，每个月有那么一两次，当地的农夫会来祖屋围着餐桌喝威士忌、玩牌。父亲和别人不一样，他很安静，带有瑞典口音。但他们都是农夫或渔民，这一点足以让他们团结在一起。母亲和曼密都上床睡觉后，我和艾尔就坐在楼梯上别人看不到的地方，听他们讲他们的事。

理查德·伍滕喝得越多，就越是絮絮叨叨。"神秘隧道里有宝藏啊，老天，大宝藏啊。我发誓，总有一天，老子要把宝藏据为己有。"

我和艾尔都为神秘隧道的传说着迷了。当地的传说是这样的：早期的移民在伯德角附近的岩壁开凿出一条两百英尺长的隧道，用来躲避路过的海盗和阿布纳基印第安人。

"有一次，我距离宝藏特别近。特别近呀。"理查德说。他的声音很轻，我靠在栏杆上才能听清。"四周黑得伸手不见五指，天空里连一颗星都没有。我举着灯悄悄地去了那里。我挖呀挖呀，天知道我挖了多久，肯定有好几小时。"

"这件事你都讲过多少次了，一百次了？"有人嘲笑道。

理查德没搭理他。"然后，我看到了：金灿灿的光芒，那可是珠宝散发出的光芒。"

"吹牛。"

"我看到了，亲眼看到的！然后……"

男人们嘟嘟囔囔，大笑起来。"啊，又来了！""他又开始吹牛了。"

"有什么就说吧，理查德。"父亲说。

"它消失了。就像是……那样。"我听到他打了一声响指，"就在我伸手去抓财宝的时候，它消失了。前一秒它还在那里，下一秒它就消失了。"

"真倒霉。"一个男人喊道，"敬宝藏！"

"敬宝藏！"

第二天晚上，我和艾尔拿着一根蜡烛残根，偷偷溜出家，去了伯德角。隧道的边缘黑漆漆的，看起来非常神秘，闪烁的蜡烛偏偏总是灭掉。我们一路深入，四周安静到了可怕的地步。往隧道里走了大约五十英尺，坍塌的岩石挡住了路。我体会到了一种异样的轻松感，不然的话，我们肯定会继续往前走的。我们会找到埋藏起来的宝藏吗？还是我们会消失在隧道深处，再也没人能找到我们？

我和艾尔去了所有可能找到宝藏的地方探险。几个星期后，他三更半夜把我叫醒，用一根手指抵在嘴唇上，小声说："跟我来。"我在睡衣外面套了件家常便服，穿上袜子又穿上旧皮鞋，离开了温暖蚕茧一样的床。一到外面，我就看到几百码以外的港口里有一个发光的橙色圆球，水面上映衬着光球的倒影。然后，我才明白过来发生了什么事：有艘船着火了。

"已经烧了好几个小时了。"艾尔说，"是一艘运石灰的货船。肯定是开往托马斯顿的。"

"我们是不是该去叫醒爸爸？"

"不要。"

"他说不定能帮上忙。"

"刚才有几个人驾驶一艘平底小船上岸了。现在谁都没办法了。"

我们在草地里坐了半个多小时。轮船在黑暗中燃烧，它的毁灭看起来竟是那么美。我注视着艾尔，只见他的脸被火光照亮。我想到了他最喜欢的书《金银岛》，讲的是一个少年到海上寻宝的故事。克洛利太太看到艾尔经常翻看她书架上的这本书，就在学校放暑假时把书送给了他。"献给热爱航海的艾尔瓦诺。"她用整齐的笔迹在内封里写道，"愿你可以四处探险。"

几个月后，每逢退潮，就可以看到那艘石灰运输船的骨架。父亲带艾尔划船到失事船边上，扯掉龙骨上的橡木木板。他们把木板堆在一起，将它们弄平，用来改造冰窖的地面。

从星期一到星期五，我和艾尔都要一起跋涉一英里半，去库辛的第四温恩学校上学。我走路一瘸一拐，要很久才能走到。我试着将注意力都放在我的脚步上，但我经常摔倒。我戴着棉垫子，但我的膝盖和手肘上总是带着瘀青和擦伤。我的双脚都磨出了老茧。

艾尔一路上不停地抱怨。"天哪，连奶牛都比你快。要是我自己，都走一个来回了。"

"那你先走吧。"我告诉他，不过他从未丢下我先走。

如果我摇摆着身体往前走，伸开双臂保持平衡，倒是会好一些，不过这种办法不是每次都管用。我摔倒了，艾尔就叹息着说"快点啦，这下我们真要迟到了"。但他每次都是全力把我拉起来。

有时候，我们会和邻居康诺家的两个小姑娘安妮和玛丽一起走，但每次都是因为她们的母亲坚持。我绊倒落在后面，她们就会咂舌，踢开小树枝。"老天，又来了？"玛丽嘟囔，然后她们两个就交头接耳，不让我和艾尔听到。

来到学校，我总要等到衣帽间没人了，才摘掉膝盖和手臂上的垫子，把它们藏在午餐盒里。其他孩子都很坏。莱斯利·布朗在我走过过道去拿书的时候故意把我绊倒，结果我撞到了格特鲁德·吉本斯的书桌。"注意点，笨蛋。"格特鲁德小声说。

有些事我要说明一下。我们这些第四温恩学校的学生都与完美的生活无缘。格特鲁德·吉本斯的母亲和一个在奥古斯塔造纸厂打工的男人私奔去了波特兰，再也没有回来。莱斯利的继父用皮带抽他。康诺家的两姐妹没有父亲，他没有走，也不在这里。我们所住的是一个小镇，对彼此都有很深的了解，尽管我们都不希望这样。

一天下午，我和艾尔拿着午餐盒坐在操场一棵榆树的阴影下，这时候，莱斯利和另一个男孩开始围着我们转圈，讥讽我。"你是怎么啦？你知道你不正常吗？"

艾尔的耳朵尖都变红了，但他没有说话。他又瘦又小，根本不是那些嚼烟草的大块头男孩的对手。反正我也不想让他保护我。我可是比他大一岁多呢。

和我同年级的一个女孩沙蒂·哈姆走了过来。她很瘦，却很不好惹，就像向日葵花茎一样坚强。她有一双棕色的眼睛，圆圆的脸蛋，一头鬈发犹如向日葵的花瓣。她双手叉腰，冲那两个男孩一扬下巴："够了。"

"原来是咸猪肉沙蒂呀。"莱斯利冷笑一声说，"你是叫这个名字吧？"

"莱斯利·布朗，我觉得你肯定不想和我玩名字游戏。"沙蒂转身看着我和艾尔，说，"我和你们一起，可以吗？"

艾尔看起来不太情愿，但我拍拍草地。

沙蒂和我分吃她的三明治，就是面包夹薄片烘肉卷和黄油。她告诉我们，她和两个姐姐住在药店上面的一个公寓里，而她的一个姐姐就在药店当服务员。她没有提到她的父母，我也没问。

"你们介不介意我明天也和你们一起？"她问。

艾尔瞪了我一眼。我没搭理他。"当然可以。"我说。

很久以来，艾尔都是我唯一的伙伴。他对我来说是那么熟悉，就好像我对厨房的墙壁和通往畜棚小路的熟悉一样。有个朋友，想必会很好。

在陆地上，艾尔非常害羞，老是局促不安。他不爱多说话。和一群人在一起，他好像恨不得马上离开，去其他任何地方都可以。他不清楚该把手放在哪里，而他的手就像过大的手套一样，垂在手腕下方。但到了海上，我们去追赶父亲那些在水上漂浮的蓝白浮漂，他是那么坚定自信。只要飞快地猛拉绳子，他就能知道海水深处的捕虾网捉到了多少龙虾。

艾尔一直以来的梦想就是做个捕龙虾的渔民。这个夏天他就八岁了，父亲认为他已经到年纪，可以学习捕龙虾了。每个星期，他都会找几天下午带艾尔划一艘旧艇出海，有时我和他们一起去。我们会划出去很远，白色的祖屋看起来就像山上的一个小点。乘坐小船待在无边无际的大海上，我很紧张，毕竟我在陆地上平衡感就不好。我们周围的海水幽深漆黑，船上的木板非常粗糙，咸咸的海水积聚在船身的肋材之间，刺痛了我的赤脚，打湿了我的裙摆。我坐立不安，叹气连连，恨不得马上回去。艾尔却得心应手。

父亲交给我们每人一根钓丝。这个渔具非常简单，就是把涂了亚麻籽油的棉线系在木棒上。他把木棒两端都削尖，方便抓握。钓丝的末端绑着一个大钩子和一个铅坠，好使钓丝下沉。他教我们把鱼饵挂在钩上，而鱼饵都放在旧桶里，上面盖着木板。我们缓缓地放下钓丝，接下来就是等待了。我什么都钓不上来，艾尔的钓丝却像是有魔力。是他绑诱饵有绝招吗？还是因为他经常拉动钓线，让鱼儿相信鱼饵是活的？要不就是因为他相信鱼儿会上钩？有五六次，艾尔的食指和拇指之间的线出现了几乎无法察觉的抽动，他就会猛拉钓丝，双手倒换着从海里拉上来一条扑腾的黑线鳕或鳕鱼，从舷缘把鱼弄到船里。

他就像医生一样，把钓钩从鱼嘴里摘下来，把钓丝整理通顺。他非要独自划船回去。我们回到码头，他就举起通红且擦掉皮的手掌，咧开嘴大笑。他以手上的水泡为傲。

短短几年间，艾尔便修好了父亲的旧艇，学习建造和操纵他自己的捕网，用废木材做支架，用麻绳编织网的顶部，用岩石当压重物将捕网沉下水。他吹嘘说他造的捕网比父亲的要好，事实也的确如此：网上挂满了龙虾。他在畜棚后面建了一栋渔具屋，用来存放捕龙虾网、鱼饵桶、捻缝材料、浮漂、渔网和钉子。没过多久，他就接管了父亲的蓝白浮漂，开始把龙虾卖给库辛和远至克莱德港的顾客。

艾尔恨不得不再读书。他说他只是在静候时机，数着日子过，等时候一到，他就可以整天待在他那艘宝贵的船上了。

克洛利太太告诉过我，我是她教过的最聪明的学生之一。这是别人对我说过的最好听的话了。阅读和做算术，别人都还在做，我就已经做完了。她总是多出题让我做，还让我多读书。我很感激她称赞我，但如果我能像其他孩子那样奔跑玩耍，我必定也会像他们那样不耐烦学习，精神不集中。事实上，我沉浸在书中的世界，就不会被手臂和双腿毫无征兆产生的疼痛折磨得那么痛苦不堪了。

我们在学校里了解到了塞勒姆女巫审判。克洛利太太告诉我们，在1692—1693年间，有两百五十名女性被控使用巫术，其中一百五十人被监禁，十九人被绞死。一个控告者声称她们化为了幽灵，仅凭这样的"幽灵证据"，或是痣、疣这种"女巫的标志"，她们就会被定罪。八卦、传闻和谣言都被当成证据。首席法官约翰·霍索恩手段凶残，臭名昭著。他的所作所为更像个检察官，而不是公正的法官。

"你知道的，他和我们是亲戚。"放学后，我给曼密讲了这节课的内容，她这么告诉我。我们两个坐在厨房里的格伦伍德炉灶边上织补袜子。"还记得哈索恩家的三个祖先在隆冬季节离开塞勒姆的事吗？那是女巫审判的五十年后。他们希望远离耻辱。"

曼密一边从一堆袜子里又拿出一只，一边告诉我，客栈老板娘布丽奇特·毕晓普被指控偷鸡蛋和把自己变成了一只猫。布丽奇特是个怪人，她爱穿色彩鲜艳的衣服，尤其是布满花边的红色紧身马甲，而这被当成了邪恶的标志。在两次被指参与女巫大聚会后，她被捕并被丢进了潮湿的牢房，只能吃腐烂的马铃薯块茎和肉汤。曼密告诉我，在这样的环境下，不出几天，一个原本正派的女人就能变成一头绝望的困兽。

在法庭上，当着一群不停嘲讽的人的面，约翰·霍索恩问她："你怎么知道你不是女巫？"

她答："我不懂巫术。"

霍索恩法官眯起眼。他举起食指，指着她，她退后一步，像是挨了一巴掌。"你看看你。"他说，"你在撒谎。"他用手掌猛拍他面前的桌子——曼密也把手心向下拍了拍，作为演示——控告者和观众都疯狂地爆发了。

曼密说，布丽奇特·毕晓普知道一切都结束了。和其他人一样，她将被判死刑，尸体将被吊在绞架山上，除非有人大发善心，趁三更半夜把她的尸体弄下来。和很多死刑犯一样，她也是四十来岁的独身女人，拥有的房子和地产都已被充公。有谁会支持她？谁来证明她的好名声？不会有这样的人。

最后，还是马萨诸塞州州长叫停了女巫审判。高等法院的法官一个个公开认错，对他们做出的草率审判表现出了后悔和痛苦。只有约翰·霍索恩一个人保持沉默。他从未表现出哪怕一星半点的悔意。他是在富有、平和和安慰中去世的，即便现在他已经死了二十五年，他冷血无情的名声依然留存于世。

曼密给我讲了布丽奇特·毕晓普对霍索恩家族子孙后代的诅咒。啊，其实也不算诅咒，应该说是警告，是清算。"真是不得不佩服那个女人。"她说，"她利用她唯一的能力，就将对上帝的敬畏植入了他的心里！或者说是对某些事物的恐惧。但我相信。我认为你的祖先把女巫从塞勒姆带到了这里。她们的灵魂在这个地方游荡。"

"老天。"母亲在隔壁重重地叹了口气。她认为她的母亲在向我灌输稀奇古怪的思想。在她看来，我不该关注曼密的故事，而是应该一门心思做缝纫活。

我找父亲打听诅咒的事，他说他不清楚，不过他知道哈索恩家的人都是出了名的桀骜不驯。17 世纪，这个凶狠粗犷的苏格兰爱尔兰氏族从北爱尔兰移民到了新英格兰，很快，人们都知道他们对认定的敌人下手不留情。"殴打贵格会信徒，出卖印第安人，把他们卖去当奴隶，反正他们就是做这样的事。"他说。

"你是怎么知道这些的？"我问。

"很久以前，我和你外公一起喝过威士忌。"他说。

在我十岁那年的春天，母亲怀孕了。煮饭的工作大都落在了我和曼密头上。在漫长冬季的末尾，我们主要吃菜窖里储藏的老根类蔬菜，从熏制工那里买来的鱼干和肉，还有炖菜和海鲜杂烩浓汤。海上太冷了，波涛汹涌，父亲和艾尔没法驾船出海。塞姆一直在干咳和流鼻涕。土地非常潮湿，我在上学路上摔倒了，一整天都得穿着沾满泥土的湿裙子。我们都没有什么可高兴的事。

一个下雨的午后，我放学回家，在路上看到父亲的马车就在我前面，有个戴着蓝色软帽的女人坐在他旁边，她还是熟悉的獾形身材，我知道弗雷利太太是来为母亲接生的。我到家后，便带着两个弟弟和父亲一起坐在厨房里。雨水滴滴答答地落在屋顶和窗户上，感觉是那么沉重，泥土都成了泥浆，我们都能感觉到潮湿渗入了我们的骨头里。我脱掉袜子，把它们挂在炉灶上方。就连格伦伍德炉灶里冒出的木柴烟雾都是潮湿的。

这次生产十分顺利。现在母亲都习惯了。但弗雷德出生后，她变得不太一样。每次他需要她，她总是很慢地站起来。大白天的，她就把弗雷德交给曼密照顾，自己去床上睡觉。弗雷德哭着要喝奶，母亲总会别开脸。曼密只好把水兑进牛奶调好，再加入一点糖。她把一块皂石放进烤箱，用一块布包起来，在他睡着的时候放在他的婴儿床上，但她说这是不能替代母亲的。

我和艾尔一放学就赶回家，把弗雷德从婴儿床里抱出来，坐在椅子上摇晃他，在浴缸里给他洗澡。（在我们给他洗澡之前，他身上有股酸臭味和潮湿味，活像刚把他从田野里的一个地洞中拔出来。洗完澡，他闻起来就跟小狗一样）我们都想尽办法让母亲打起精神。曼密做了她最喜欢的柠檬磅蛋糕。父亲打了一个四斗柜，用来装她的亚麻衣服。母亲最喜欢的颜色是蓝色，所以我决定给她一个惊喜，把家里的东西漆成蓝色，让她高兴。

艾尔听了我的计划，连连摇头。"给椅子上漆一点用也没有。"

"我知道。"我说，但我希望我的计划奏效。

我去征得曼密的同意，因为我知道父亲可能不答应。"好极了。"她说，还给我钱去买油漆。

放学后，我去 A.S. 菲尔斯父子杂货店，选了一加仑色卡上最有活力的蓝色油漆、两把马鬃刷子、一个锡箔盘和一罐松节油。我拿这些东西回家，结果太累搬不动，只好把它们藏在林子里。到了第二天，我去藏东西的地方，却发现它们不见了。我害怕有人把它们偷走了，可我回到祖屋，就看到它们都在户外小屋里。"我还是觉得你的主意很傻。"艾尔说，"可我总不能让你一个人做所有工作。"

湿油漆跟蓝知更鸟身上最蓝的羽毛是同一种颜色，与湖面一样闪亮。我和艾尔用破布把户外小屋的门、马车轮圈和底盘、雪橇、干草架和天竺葵花盆都擦干净。我们一开始刷漆就停不下来了，只好又去菲尔斯杂货店买了些油漆，把前后门和马车都刷了漆。

我们说服母亲下楼去看我们的成果，她把我和艾尔都拥入了怀中。

渐渐地，事情有了好转。随着天气变暖，我和母亲又开始在低潮时步行去利托尔岛，但现在我们也会带上弟弟们。艾尔在前面跑过草地，塞姆在潮池里堆海星。我们沿着鹅卵石海滩漫步，寻找贝壳，停下来在一棵老云杉树下野餐。母亲把小宝宝弗雷德从背带里抱出来，让他仰面躺在沙滩上，他发出咯咯的声音。我坐在岩石上看着她。我觉得她好像好多了。但我时不时看到她望着远方出神，脸上带着茫然的表情，这让我很担心。

克洛利太太用整齐优雅的草书在黑板上抄了一首艾米莉·狄金森的诗，在她抄写的时候，学生们开始窃窃私语。

"她真是在六岁时写的这首诗？"

"那些破折号是什么意思？语法正确吗？"

"我奶奶告诉我，她是个奇怪的老女人，是个老处女呢。"班上的万事通格特鲁德·吉本斯说。

"艾米莉·狄金森过着安静的生活。"克洛利太太说着将一绺花白头发挽在耳后，"有个男人伤透了她的心，于是，她过起了隐居生活。她只穿白衣服。甚至都没人知道她是个诗人，别人只知道她的花园非常美丽。她的确在一张小书桌边一坐好几个小时，但没人知道她在干什么。她去世后，人们在一个抽屉里找到了一个文件夹，里面都是她的诗。每一页上都是她的清晰笔迹，你们可以看到上面还有她写的奇怪的注释。一共有好几百首诗。"

我一边把黑板上的诗抄在笔记本上，一边用口型念道：

我是一个无名小卒！你是谁？

你——也是——无名之辈？

那么我们为一对！

别说！他们会传出去——你知道的！

"一点都不押韵。"莱斯利·布朗说。

"你觉得这首诗是什么意思？"克洛利太太举着粉笔问。

"我不知道。她觉得她的生命毫无价值？"

"算是一种解释。克里斯蒂娜，你觉得呢？"

"我觉得她感觉自己和大多数人不一样。"我说道，"即便别人觉得她古怪，她知道她不可能是唯一一个这样的人。"

克洛利太太露出了微笑。她似乎想说什么，却改变了主意。"这首诗讲的是知音。"她道。

下课后，我问她是否可以再读一些这个我从未听说过的诗人的诗。她从她的办公桌上拿起一本蓝色精装本的小书，并且告诉我，艾米莉·狄金森经常使用普通格律，轮流使用一行八词或一行六词，这种形式更像是赞美诗。她还告诉我，她的诗大多使用的是不工整韵，只是接近押韵，但不完全押韵。她使用一种名叫提喻法的修辞方法，部分代表整体。"举个例子吧，你看这首诗，"克洛利太太说着瞄着一页，大声念出了诗句，"'*注视我的眼睛——泪水已经流尽——*'你认为这句诗写的是什么？"

"嗯……"我看了看那首诗的前几行：

我听到苍蝇的嗡嗡声——当我死时，房间里，一片沉寂，
就像空气突然平静下来——在风暴的间隙。

"人们围在病床边，哀悼死者？"

克洛利太太点点头。她把书交给我："你喜欢的话，可以在周末把这本书拿回家去读。"

放学后，我坐在祖屋的门前露台上，翻看诗集，不时会有一些诗句让我激动不已：

> 这是我写给世界的信，
> 世界从来不回信给我——
> 这是大自然用温柔的威严——诉说简单的消息……

这首诗很怪，让人百思不得其解，我并不确定我清楚其中的意思。我想象艾米莉·狄金森身着一袭白裙，坐在她的书桌边，拿着羽毛笔伏案疾书，写出了不连贯的诗句。"不完全理解也不要紧。"克洛利太太告诉同学们，"重要的是诗歌能让你产生什么样的共鸣。"

捕捉到那些思想，并记录在纸上，是怎样的情形？想必就跟捉萤火虫一样吧。

母亲看到我坐在门前露台上看书，便把一篮子晾干了的床单放在我的腿上。"没时间浪费了。"她小声说。

到了八年级快结束的时候，一天午休期间，克洛利太太把我叫到一边。这是在第四温恩学校的最后一年，而且，对我们大多数人来说，都将从此告别学校。"克里斯蒂娜，我不可能一直教书。"她说，"你有没有兴趣再多上几年学，拿到资质认证，接替我在学校里教书？我觉得你会成为一位非常出色的老师。"

听了她的话，我骄傲不已。那天晚上吃晚饭的时候，我对父亲和母亲提起这件事，我看到他们对视一眼。"我们商量一下。"父亲说，叫我去外面的门前露台坐一会儿。

他叫我回来，我看到母亲一直看着她的盘子。父亲说："对不起，克里斯蒂娜，你上的学已经比我们都多了。家里的活太多，你妈妈一个人忙不过来。我们需要你帮忙。"

我的心直往下沉。我努力不让声音露出恐慌："但是，爸爸，我可以只在早晨去学校。或者，什么时候家里需要我，我就什么时候留在家里。"

"相信我，在这片农场里，你能学到比书本里多很多的东西。"

"但我喜欢去学校。我喜欢我学到的知识。"

"读书又不能解决家务活的问题。"

第二天，我把我的事对曼密说了。后来，我听到她在门厅小声和父亲交谈。"再让她读几年吧。"她说，"能有什么大不了呢？教书是很体面的职业。而且，我们面对现实吧，她能选择的职业并不多。"

"你知道的，卡蒂的身体不太好。家里需要克里斯蒂娜。你也需要她。"

"我们应付得来。"曼密说，"如果她现在不抓住机会，余生都得待在农场里了。"

"那有什么无法忍受的吗？我就是选择了这样的生活。"

"你跟她不一样，约翰。你是先看遍了这个世界，才选择了这里的生活。她去过的最远的地方，也就是洛克兰。"

"还记得当时的情形吗？她可是迫不及待地要回家。"

"她那时还小，而且吓坏了。"

"广阔的世界里没有她的立足之地。"

"看在老天的分上，我们现在说的不是广阔的世界，我们说的是距离这里一英里半的小镇。"

"我已经决定了，特莱菲娜。"

转天休息期间告诉克洛利太太我不能继续上学了，是我这辈子做过的最难的事之一。她沉默了一会儿。然后，她说："你会很好的，克里斯蒂娜。你肯定还有其他机会。"她的眼中像是含着眼泪。我也是眼泪汪汪的。她从前从未触摸过我，但现在她用一只柔软的手拉着我的手。"我想告诉你，克里斯蒂娜，你……是与众不同的。而且……"她的声音渐渐低了，"你的心灵，你的好奇心，将带给你慰藉。"

在上学的最后一天，我自怨自艾，几乎连话都说不出来。在走出教室的时候，我停在克洛利太太的地球仪边上。那个地球仪是从希尔斯·罗巴克百货的邮购目录上订购的。我用一根手指转动地球仪。大海是蓝绿色的，绿色和棕色的凸起部分代表大陆。我的手指拂过台湾、塔斯马尼亚州和得克萨斯州。在我看来，这些遥远的地方就跟神秘隧道里的宝藏一样。也就是说，我很难相信它们是真正存在的。

我离开学校后，时间就如同一条长而平坦的路，一眼就能看到数英里远。我的日常生活就像潮涨潮落一样有规律。我天不亮就起来，从户外小屋抱来一捧柴火，放在厨房炉灶旁边的箱子里，就这么来回抱上几趟。然后，我打开炉灶的黑色沉重炉门，用拨火棍搅动灰烬，找到还有火光的余烬。我填进几根木头，用引火物把火烧旺，关上炉门，再把我冰冷僵硬的手按在炉门上，让手温暖起来。这之后，我就去叫醒弟弟们，让他们去喂鸡、猪、马和骡子。他们一边下楼一边抱怨，争论谁去撒饲料，谁去清理马厩，谁去收鸡蛋。男孩子们在畜棚的时候，我就煮一锅燕麦粥，在里面放上黑加仑和葡萄干，给他们当早餐；再用厚片酵母酸面包夹黄油和糖浆做成三明治，用蜡纸包上，给他们当午餐；我还要把篮子挎在手臂上，走下摇摇晃晃的木梯，去菜窖里拿蔬菜和苹果。

艾尔忘了拿书，塞姆忘了拿桶，弗雷德忘了戴帽子。终于把他们送出了门，我就去食品室的长水槽边洗碗碟。然后，我就开始烤面包，先去拿我放在食品室里的酸酵头，再把面粉撒在木板上。我铺床，倒夜壶，一瘸一拐地去菜园里摘南瓜做馅饼。放学后，塞姆和弗雷德帮父亲在畜棚和田地里干活，艾尔则驾船出海。下午晚些时候，男孩子们干完了其他家务活，便去鼓捣利托尔岛和普莱森特角之间的鱼梁。在吃晚饭前，我必须提醒他们梳洗、脱掉靴子、坐到餐桌边上来。

我觉得我要想的事有很多。换一种面粉，面包能正常发酵吗？一只瘦鸡够做几份菜？扣除成本，八只绵羊的羊毛能赚多少钱？我知道怎么能让母鸡多下蛋：多让它们吃盐，让鸡舍的窗户保持干净，让光线照射进去，再把碾碎的龙虾壳掺进鸡饲料里。家里的鸡很健康，产的蛋吃不完，我和艾尔就开始卖鸡蛋。我每个月都要花几个小时用粗棉布缝袋子来装鸡蛋。

尽管我的手指畸形，我还算个说得过去的裁缝。下午，我缝补弟弟们穿破了的裤子、衬衫、袜子，给旧裙子缝上新领口和袖口。很快，我就踩着餐厅里母亲那台胜家牌踏板缝纫机，做我自己的所有裙子和衬衫。缝纫机上有美丽的红色、绿色和金色的鸢尾图案，浑圆的形状犹如手肘处弯曲的手臂。我按照她的图册学会了缝制三片裙，又学会了五片裙。做扣眼是最难的，我的手指扭曲，要很久才能把扣眼做好。

母亲觉得裙子上有口袋很不雅观。她教我如何在衬里缝暗兜，这样就没人能看到了。"体面的女士是不会当着别人的面掏口袋的。"她道。

我觉得她那么拘谨实在有点傻。毕竟这里只有我们，而且男孩子们不仅注意不到，也不在乎。

没有自来水，我们便收集水槽和落水管的雨水和融化的雪水，放进地窖里的大水箱里，再用食品室里的手泵把水抽上来。艾尔会把一个漏斗连接在落水管上，再在漏斗上接一根软管，把水接到水箱里。这样一来，效率就更高了。地窖里的水没了，我就让我们的骡子丹迪拉着木拖板，在拖板上放两个空桶，再叫上一个男孩子帮忙，牵着骡子去半英里外的牧场泉水边，把桶打满水。一个星期洗一次衣服，每次都要花上一整天时间，有时候还要两天。我用炉灶烧水，把开水从黑色大水壶里倒进宽大的钢桶，再用带有棱线的洗衣板搓洗衣服，洗完了放进手动绞衣机里，再把滴着水的床单、衬衫和内衣晾起来。我的平衡不好，很难把衣服固定在外面的晾衣绳上。但我发现我可以把晾衣绳从两根杆子上拆下来放在地上，先把衣服固定在绳子上，再把绳子提起来，这样，潮湿的衣服就像吊坠一样悬在绳子上了。要是积雪太厚无法外出，我就把衣服挂在户外棚屋里。那就需要几天才能晾干，霉味要到春天才会消失。

有需要的话，我自己制作肥皂，我把碱液用水稀释，再加上油，然后把混合的溶液倒进模子里，风干几天，然后把肥皂条倒在蜡纸上，放在食品室里硫化一个月。我用漂白剂和清水擦洗地板，一直到我的膝盖和指关节都发红才停下，我的裙子也会被染上白色的斑点。我走起路来摇摇晃晃，即便是简单的家务活也充满了危险。我要端热水，漂白剂和碱液都有毒，我的手臂和双腿因此留下了许多伤疤。

我每次说起这些小伤，或是我的负担太重了，艾尔就说："我们的头顶上方都有屋顶，只是有些人的屋顶并不结实。"我觉得记住这句话很有帮助。但辍学的痛苦让我心痛难耐。

只有曼密理解我。"你继承了我的好奇心，孩子。"她说，"真是太遗憾了。"

随着时间的推移，我找到了疏解内心痛苦的办法。我救了三只无家可归的小猫，还从邻居家的一窝小猎犬中选了最弱小的一只，给它起名拓普希。我订购了种子，开辟了一个艾米莉·狄金森那样的花园，我养了旱金莲、三色堇、水仙花和金盏花。她管她的花园叫蝴蝶乌托邦。我的鲜花开始盛放，吸引了黄黑色的大斑蝶、菜粉蝶和凫蓝色的凤尾蝶。

我找到了一首我抄在笔记本上的诗：

中午，两只蝴蝶翩翩而出

在溪流上方舞动华尔兹

然后径直穿过苍穹

栖息于一根横梁上……

然后齐齐改变方向

来到一片闪闪发光的海上……

我想象那些蝴蝶正在环游世界，在我的花园里短暂停留，然后再次出发。我梦想着有一天我也能长出翅膀，跟着它们飞过田野，飞越大海。

我尽量不去想如果我不是被束缚在农场里，那我可以做些什么。我听说康诺家两姐妹安妮和玛丽都在继续学业。安妮想当护士，玛丽想当老师。有人说她将接替克洛利太太。每当我去库辛办事，远远地看到她们当中的一个在五金店或是邮局，我就会去马路对面。

在我小时候，曼密小声说："你和我很像，克里斯蒂娜。总有一天，你将去远方探索。"但她现在不再说这样的话了。现在，她只是希望我可以离开这栋房子。曼密总是说服我多多"交往"，而我的父母就从不说这样的话。"哎呀，你需要多和同龄人待在一起。"她说，"不是有联谊会呀野餐呀你可以参加的？"

艾尔对每星期五晚在库辛橡子田庄礼堂举行的舞会一点兴趣都没

有，所以，我就和我的朋友沙蒂·哈姆一起去。天快黑的时候，我们和其他几个女孩子手挽着手，沿布满车辙的小路徒步而行。我在满是车辙的小路上走起来跟跟跄跄，经常落在后面，沙蒂总是放开其他女孩子的手。她假装要说小道消息，但其实是想安慰我。

沙蒂穿的裙子带有花边衣袖和珍珠纽扣，她说这是她姐姐们的衣服，却比我所有的衣服都要华丽。我穿着藏青色的半身裙和白色棉布衬衫，扣子都在前襟上。穿深色长裙可以遮丑，用带有褶皱的裙子遮挡，别人就看不到我的腿畸形了。在去舞会的路上，沙蒂会唱一些傻傻的歌，净出洋相，还穿着裙子翻筋斗。她涂了粉色唇膏，敷了粉，这些都是她的姐姐们装在小盒里从药店带回家的。我羡慕她的自由和爽朗的大笑，我也羡慕她能边走边跳，还不用担心跌倒。我希望我有胆子和礼堂里的男孩子说话，我希望我可以到舞池里去，而不是只在边上和着音乐摆动。

回到家，我躺在床上，想象我与一个叫罗伯特·艾伦的男孩子可能进行的对话。他有一双棕色的眼睛，留着鬈发。我觉得他很有魅力，我几乎都不能从礼堂的另一边直视他。

在我的想象中，音乐响起。"我能请你跳这支舞吗，克里斯蒂娜？"罗伯特问。

"啊，可以。"我说。

他伸出一只手，我拉住他的手，他将我拉近，他的胸口贴着我的胸口，暖暖的。透过我的衬衫，我感觉他的另一只手搭在我的腰部，轻而坚定地引导着我。他迈出左脚，向前移动，我伸右脚退后一步：两慢步，三快步，保持住。向前，向前，从一边到另一边……

我迷迷糊糊地睡着了，音乐一直在我的脑海里飘荡，我随着节奏移动我的脚趾。**两慢步，三快步，保持住。两慢步，三快步，保持住。**

在八十岁那一年，曼密似乎越发漂浮在往事那片碧绿色的海洋上，在她的过往中，沙子像糖一样浅而细，空气中飘浮着热带鲜花的香气。她的眼皮颤动着，做着梦，沉浸在她心底更深的地方。不管我给她盖多少羽绒被和毯子，都无法让她暖和过来。我用她的老办法，把石块在烤箱里加热，放在她床尾处的被子下面。

有一天，我从贝壳屋给她拿来一个贝壳，贝壳内部粉嫩嫩的，闪闪发亮，就跟嘴唇内侧一样。她紧紧握着硬邦邦的贝壳，告诉我，有一次，她和塞姆船长一起去合恩角探险，她就是在那里的一片荒凉沙滩上找到了这个贝壳。他们脚下踩着沙滩，头顶上的棕榈树叶为他们遮挡阳光。他们在门廊上午睡，晚餐吃烤鱼和蔬菜。

"下次我带你一起去。"她轻声说。

"好啊。"我说。

曼密的头发稀疏发黄，皮肤上长满了雀斑，是半透明的，与草地鹨下的蛋一样。她的目光总是在探寻，无法对焦。她的骨头和鸟的骨头一样脆弱。母亲每天都去她的房间待上半小时，整理床单，挑出脏衣服。"看她那个样子，我真难受。"她告诉我。母亲坐在曼密的床边，凝视着天花板，唱起了她最喜欢的歌曲之一，那是她小时候在教堂里学会的福音歌曲：

> 会有星星出现在我的王冠上吗
> 夜晚到来，太阳西沉
> 我在长眠的大宅里带着祝福醒来
> 会有星星出现在我的王冠上吗

我很想知道那些星星代表什么。它们肯定是证明你具有特别的价值，闪烁着比他人更耀眼的光辉。但如果你带着祝福在天堂中醒来，那还不够吗？你难道不是实现了你能有的最大的愿望吗？这些歌词似乎与母亲的性格相矛盾，毕竟她没有半点野心，对任何越界的事都没兴趣。也许是因为她相信她的生活方式是正确的。也许是像她从前说的那样，她只是喜欢这首歌的旋律而已。

父亲时不时上楼来，在曼密的房门口徘徊。弟弟们进进出出，面对生命的消逝，他们变得沉默寡言。但我真的不能责怪他们。曼密总是管弟弟们叫"那些男孩子"，她与他们并不亲近，只把我一个人当成心肝宝贝。"曼密，我在这里。"我喃喃地说，抚摩她的手臂，拉着她的手臂贴着我的脸。她的呼吸扑在我的脸上，闻起来就像是浅水池里的浮藻。

她一连很多天都没吃东西，也几乎没喝水，她的皮肤紧紧绷在她那凹陷的脸颊上，她的呼吸变得粗重费力。就这样，她最终离开了人世。我想到了那句诗：*注视我的眼睛——泪水已经流尽……*

我们埋葬她的那天是个阴郁的日子，天空没有颜色，灰色的树木如同枯骨，积雪长久不化，都变成了炭黑色。想必冬天都厌倦了它自己吧。在我家的祖坟中，库辛浸信会教堂的科恩神父在曼密的坟墓边上致悼词，他说她将与她深爱的故人再相聚。但我看着她的松木棺材缓缓地降入土地中，试着想象一个瘦弱的八十岁老太与比她小几十岁的丈夫、他们的三个儿子团聚的画面，有种感觉在我心中迟迟不肯离去：我们在心里寻找慰藉，与我们的身体归往何处，没有半点关系。

等待被发掘的宝藏

小小的世界

1942—1943 年 ///

随着战争进入白热化，我们能看到运输船在大海深处航行。来自贝尔法斯特的士兵乘坐绿色吉普车从我们的土地上经过，他们在海岸线上巡逻，用望远镜观察地平线。

艾尔觉得有趣。"他们觉得这里会发生什么事？"有一个当兵的敲我们的门，问我们是否注意有"可疑的活动"，我就问他那到底是什么意思。

"据说有敌船出现在这个地区。"他神神秘秘地说，"库辛海岸线很不安全。"

我想到了《金银岛》里的邪恶海盗，还有他们那起警告作用的黑色骷髅海盗旗。我们的敌人就算潜伏在附近，或许并不会这么直接地宣告他们的身份。"近来我倒是见过不少人在附近活动。比往常还要多。但我不知道他们是敌是友。"

"多留意点吧，女士。"

很快，库辛就迎来了间歇性停电和定量配给。"真是比大萧条时期还糟糕。"弗雷德的妻子罗拉大声道，"汽油都不够，我都没法出门办事了。"

"松软干酪实在是没法替代碎牛肉。我使出了浑身解数，塞姆还是一口都不肯吃。"我的另一个弟妹玛丽道。

这些事对我和艾尔都没有多大影响。邮局墙上的海报指导市民"物尽其用，不可浪费"。但我们一直都是这么过日子的。祖屋一直不通电，所以灯火管制对我们来说并不新鲜。（每晚我们熄灭油灯后，都是一片漆黑）而且，尽管我们都去菲尔斯杂货店买牛奶、面粉和黄油，但我们的大部分食物都来自田地、果园和鸡舍。我们依旧把根类蔬菜和苹果储藏在地窖，把易腐食品放进冰盒，再存放在食品室的地板下面。艾尔宰杀牲口。我一如既往地煮开水，摇动绞衣机的手柄，把衣服晾在外面。

那是 9 月凉爽的一天，我的侄子约翰，也就是塞姆和玛丽的大儿子，在我的厨房里拉开一把椅子。他是个瘦高个儿，性格温文尔雅，总爱歪着嘴笑。他二十年前出生以来，就一直是我最喜欢的侄子。

"我有东西给你看，姑妈。"他紧紧拉着我的手说，"我昨天搭车去了波特兰，报名参加了海军。"

"啊。"我感觉有些无力，"你一定要去吗？农场需要你。"

"我知道我迟早都得入伍。再拖下去，军队肯定会派我去当步兵。我宁愿现在去，还可以自主选择。"

"你父母会怎么说？"

"他们很清楚这是迟早的事。"

我停顿片刻，消化着这个消息："你什么时候走？"

"一个星期后。"

"一个星期！"

他按了按我的手："姑妈，只要在虚线处签了名，那是一定要走的。"

我第一次感觉战争是那么赤裸裸地真实。我用另一只手握住他的手："答应我，一定写信回来。"

"你知道我会的。"

他果然说到做到，每隔十来天，约翰的明信片或是用淡蓝色透明薄纸写成的信就会来到库辛邮局。他先是在罗德岛新港接受了六个星期漫长的基础训练，随后被派到了"纳尔逊号"驱逐舰上，这艘军舰负责护送航空母舰和搜寻敌军军舰与潜艇。那之后，邮戳开始越变越大，色彩也更加丰富：夏威夷、卡萨布兰卡、特立尼达岛、达喀尔、法国……

我们那热爱航海的祖先啊！曼密一定会很高兴的。

塞姆和玛丽在他们的院子里立了一根旗杆，悬挂了一面崭新的美国国旗给所有人看。约翰在为祖国服役，他们很骄傲。玛丽到处收集可用来制造炮弹的铜和黄铜，还组织其他军人的妻子和母亲编织袜子和围巾送给军队。"我们的儿子走的时候是个孩子，回来后，就会成为男子汉。"塞姆说。

我加入了罗拉的编织会，在祖屋和畜棚里寻找零碎的金属，为战争出一份力。但约翰在国外，我连觉都睡不好。我唯一的愿望就是他回家来。

我曾经在一本书上看过，观察这一行为会改变被观察事物的本质。对我和艾尔而言，的确如此。安迪在这里的时候，这栋老房子和熟悉的边边角角的美，我们更加敏感了。我们更欣赏向大海延伸的黄色田野，那里的美景在不断地变化，黑色的乌鸦落在畜棚顶上，雄鹰在天空中盘旋。房椽上悬着的一根绳子、一个谷袋和一个凹损的桶：在安迪的画笔下，这些普普通通的物品和工具拥有了永恒和超凡脱俗的气质。

一天早晨，我坐在厨房的窗边，注意到我几年前在后门边的花盆里种的香豌豆竟然开花了，而现在还没到季节。我从多用途抽屉里拿出一把水果刀，又从厨台上拿了一个草篮。我来到豆藤边上，剪下奶油色、粉色和浅橙色的芳香花朵，丢进篮子里。来到食品室，我从高架上拿下母亲的几个积满灰尘的小水晶花瓶，在水槽里清洗干净，把花装在花瓶里。我在一楼摆满花瓶：厨台上，贝壳屋的壁炉架上，客厅的窗台上，就连户外厕所里也摆了。我把最后一个花瓶放在楼梯的最下面，让安迪带到楼上去。

几小时后，他来了。看到他走进走廊，我屏住了呼吸。

"这是什么？"他大声说道，"真美呀！"他一边上楼，一边喊："克里斯蒂娜，今天一定会是美好的一天，非常美好的一天。"

在一个炎热的下午，我听到安迪轻轻走下楼梯，从前门出去了。我从厨房窗户看到他光着脚在草地里走来走去。他双手叉腰，眺望大海。然后，他缓缓地走回祖屋，出现在厨房里。

"我看不见。"他揉着后脖颈说。

"看不到什么？"

他重重地坐在摇椅上。

"来杯柠檬水吗？"我提议。

"好吧。"

我从椅子上站起来，沿墙走到了狭窄的食品室，沿途扶着餐桌、安迪坐的摇椅和墙壁保持平衡。一般情况下，我肯定觉得不好意思，但安迪深深地沉浸在思绪中，压根儿没注意到。

贝琪怀孕七个月了，天气这么热，她脾气有些暴躁，把一罐鲜榨柠檬水放在厨台上就回家睡觉了。我用两只手拿起玻璃水罐，水罐有些摇晃，水洒在了我的手臂上。我气自己没用，赶紧拿起一块湿抹布擦干净，然后小心翼翼地把水罐给安迪拿过去。

"谢谢。"他心不在焉地舔了舔手侧，他的手蹭到了水罐，有些黏。我坐回到椅子上，他说："你知道的，我整天整天地在上面……做梦。感觉好像我是在浪费时间。但除了做梦，我什么都干不了。"他喝了一大口柠檬水，然后把空杯子放在地板上，"老天，我不知道。"

我不是画家，但我觉得我理解他的意思。"有些事要慢慢来。母鸡没准备好，你逼它下蛋也没用。"他点点头，我感觉受到了鼓舞，"有时候，我希望面包快点发酵，但我越是心急，就越会适得其反。"

他露出了微笑，道："确实如此。"

我感觉心里很温暖。

"克里斯蒂娜，你有艺术家的灵魂。"

"我倒是不知道呢。"

"我们之间的共同点比你以为的要多。"他说。

后来，我琢磨我们在哪些地方一样，在哪些地方不一样。我们都很固执，我们都身有残疾，我们都有一个饱受约束的童年。他的父亲不让他上学，在这方面，我们很相似。但 N.C. 把他培养成了画家，我父亲却只是训练我做家务活，这之间可是有天壤之别的。

安迪的一些画只是仓促画成的线条，就像是未完成的地图，有一个模糊的人物，这样或那样的野草，还有由几种形状的斜线组成的祖屋和畜棚。其他的画具有精确的阴影，而且画得十分细致，每一根毛发和纤维都清晰可见，就连食品室木门的纹理也很清楚。他的水彩画是墨绿色和棕色的，留白便代表天空。有艾尔戴扁平帽舌的帽子叼着烟斗，或是在地里用耙子耙蓝莓，或是坐在前门台阶上，或是收集干草。有我们暗褐色的母马泰茜的侧影，画得非常精致。安迪画了布满磨痕的木桌、白茶壶、蛋秤、畜棚里的一袋袋谷物、挂在三楼卧室晾干的玉米种子。在他的画布上，这些东西看起来既是一样的，也有很大的不同。它们具有了光泽。

安迪告诉我，他父亲画油画。但他说他更喜欢蛋彩画，中世纪末和文艺复兴初期的欧洲大师乔托和波提切利都使用这种画法。这种画的颜料干得很快，从而制造出一种柔和的效果。我看着他敲碎鸡蛋，把蛋黄和蛋白分开，将饱满的液囊在双手之间轻轻地滚来滚去，去除蛋白。他用刀尖戳破蛋黄，将橙色的蛋液倒进装有蒸馏水的杯子里，用手指搅拌。然后，他在里面加入白垩粉颜料，调成膏状。

他用一支小画笔蘸上蛋彩画颜料，再用手指挤压湿颜料，用笔尖画出又长又尖的干枯线条。他会在覆盖了一层石膏底的梅森奈特纤维板上涂上淡淡的色彩或用铅笔和墨水作画，石膏里混合了兔皮胶和粉笔，非常平滑。尽管他画得很快，笔锋却精心细致，每一笔都非常清晰。他用交叉的平行线画出野草，还画了一排排浓密的深色植物。颜料未干的时候，有着红扁萼花一样的红色，黏土一样的赤褐色，夏日午后的海湾一样的蓝色，冬青叶一样的绿色。随着颜料变干，那些明亮的潮湿色彩会变淡，只剩下淡淡的光泽。"我唯一关注的就是艺术激情，是将各种情感注入绘画的对象。"他说。

随着时间的推移，安迪的画变得越来越没有装饰，没有了色彩，非常阴暗。大部分画面都是白色、棕色、灰色和黑色。"下地狱吧。"安迪一边喃喃地说，一边歪着脑袋看一幅刚刚画好的水彩画：画中的艾尔用阴影呈现，戴着遮阳帽，从成行的庄稼边走过，白色祖屋和灰色畜棚在地平线上显得十分明显。"这样好多了。贝琪说得对。"

安迪不在楼上画画，便围着我转，就像蜜蜂围着蜂巢飞一样。他对我的习惯和每天做的事都很着迷。母鸡怎么下蛋，你不称量怎么就能做出这么好的面包，你怎么让鼻涕虫不爬到大丽花上去？艾尔砍哪些树当柴火，这附近捕龙虾的人在船上使用哪种类型的风帆？水箱里的水是怎么收集来的？为什么屋里很多东西都漆成了同样的蓝色？为什么户外小屋的椽子上有艘小船？那架很长的梯子为什么靠在房子上？

"我们没有电话。"艾尔言简意赅地解释道，"最近的消防队距离这里有九英里。如果屋顶或是烟囱着火了……"

"明白了。"安迪道。

这些问题都很容易回答。但久而久之，他的问题变得更私人了。我和艾尔为什么孤零零地住在这里，而且这里还有这么多空房？这里住满了人，田野还没有开满花，而是用作耕地的时候，是什么样子？

一开始我有所保留。"时间长了就变成这样了。"我告诉他，"那时候的生活比较忙碌。"

安迪并不满意我的逃避。为什么会变成这样？你和艾尔想不想去别的地方生活？很难说清我脑海里的想法。已经很久都没人出于关心而这么问了。

他坚持："我想知道。"

就这样，我一点点地敞开了心扉。我给他讲了我虽然去了洛克兰，但是不肯看医生。我讲了神秘隧道里失踪的宝藏。女巫，船长，那艘卡在冰上的船……

你怀念学校里的什么？

你为什么这么害怕看医生？

他像狗儿一样温和，像猫儿一样好奇。

你是谁，克里斯蒂娜·奥尔森？

一天下午，在贝壳屋，安迪找到了父亲那个装纪念品的木盒，打开了盒盖。他抚摩着鲸骨梳的平滑尖齿。他拿起小小的锡制士兵，用食指抬起它的手臂："这是谁的？"

"我父亲的。在他死后，我只保留了他的这盒东西。"

"我以前也总是收集玩具士兵。"他沉思着说，"小时候，我做了一个战场。那些士兵依然排成一排，摆在我在宾州画室的窗台上。"他把士兵放回盒里，用一根手指摩挲着那块黑色无烟煤。"你觉得他为什么保留这东西？"

"他说他喜欢岩石和矿石。"

"这是无烟煤吧？"

我点点头。

"它是煤的堂亲，很有魅力的。"他说，"你父亲有没有跟你说过，在南北战争期间，南联邦的人为了突破封锁，使用无烟煤做轮船的燃料，以免泄露行踪。这种煤在燃烧的时候很干净，没有烟雾。"

"我从没听说过这种事。"我说。但我心想，多聪明啊。父亲从来都不是个爱吐露心事的人。

"人们把那些船叫幽灵船。想象那幅画面吧，多恐怖呀。那些不祥的船突然就冒了出来。"他把无烟煤放回盒子，盖上盒盖，"他回过瑞典吗？"

"没有。但我的名字来自他母亲的名字——安娜·克里斯蒂娜·奥劳森。"

"你见过她吗？"

我摇摇头。"用一个还在世的人的名字给自己的孩子命名，却选择不再去见那个人，你不觉得很奇怪吗？"

"也不算很奇怪。"他道，"《七角屋》里有一句很棒的话：'世界之所以有前进的动力，靠的是有人不满足于现状。'你父亲肯定感觉他必须开辟他自己的路，即便那样做会割断他与家人的联系。抗拒家庭成员的吸引力，要很勇敢才能做到。要想满足自己的需要，就必须自私一点。我每天都在和这个念头斗争。"

安迪和贝琪去查兹福德过冬的几个月后，我收到了贝琪的一封信。她在 9 月生下了一个体弱多病的孩子尼古拉斯，要给他进行很多特殊护理，但他应该不会有大碍。11 月，安迪被应召入伍。他报告说他身有残疾，他们看了一眼他扭曲的右腿和扁平足，就当场把他退了回去。她在信中写道："他发自真心感觉自己被判了死缓，并且决心充分利用这个机会。"

我心想，这也是唤醒的一种。我没有自己的孩子，但我太清楚家庭生活的各种需求是多么耗费人的精力和体力。我很想知道，安迪现在身为一个父亲，周旋于家庭的吸引力和驱策他的创造冲动之间，那种被撕扯的感觉是否更强烈了。

6月一个温暖的早晨，我正在鸡舍里捡鸡蛋，听到田野里有越来越近的说话声。应该没有访客来的。我直起身体，把手里的温暖鸡蛋放进围裙衣兜，仔细聆听。

是拉蒙娜·卡尔，我马上就听出了她那嘶哑的笑声。

拉蒙娜和她的哥哥阿尔瓦、姐姐埃洛伊丝都是从马萨诸塞州来这里避暑的，他们的家人在几年前买下了这条路上不远处的西维农庄。阿尔瓦是老大，埃洛伊丝和我差不多年纪，拉蒙娜比我小几岁。从阵亡将士纪念日到劳动节，他们都住在库辛。但和其他一些远道而来的人不一样（那些人都无精打采，好逸恶劳，意气用事，只会找刺激），卡尔一家人都尽全力与当地人打成一片。我向来都盼望见到他们。在哈索恩角一年一度的独立纪念日海滨烤蛤野餐会上，他们组织勺子运鸡蛋比赛，还说服每个人都来玩游戏。他们还会带来很多袋烟花，在天黑后燃放。

我最喜欢拉蒙娜。她是个友善却有点意气用事的姑娘。她个子小小的，却充满了活力，有一头像溶化了的巧克力颜色的头发，眼睛和小鹿的一样，又大又闪亮。有一次，我和她都在镇子里，有个老妇人说她很可爱（就没人对我说过类似的话）。

我带着几个鸡蛋猫腰钻出鸡舍，脸上露出若有所期的灿烂笑容，结果差点撞到了一个我从未见过的男人。"啊，你好！"我说。

"你好！"那年我刚二十岁，我觉得他和我年纪相仿。他比我高出半英尺，浅棕色的头发在一双蓝眼睛前飘动着。而且，他的眼距很宽。他穿着薄亚麻裤子和柔软的白衬衫，袖子卷到手肘上方。

我忽然有些难为情，连忙拂了拂睡觉时压扁的头发，低头看了一眼我早晨烤蛋糕时穿的脏围裙，又看看我用来走泥地的木底鞋。

"我是沃尔顿·霍尔。"他伸出手说。

"我是克里斯蒂娜·奥尔森。"他的手异常柔软。这是个从未赶过犁车耕地的男人。

"沃尔顿是从莫尔登来的。"拉蒙娜说，"他和埃洛伊丝是高中同学。暑假结束后，他就要去哈佛大学读书了。"

"承认吧，你吓了一跳。"沃尔顿轻轻眨着眼睛说，"'他看起来也不是很无趣。'"

"你是要去哈佛大学了，但这也不表示你不是个无趣的人。"我说道。

他笑了，我看到他的门牙有点歪。他假装举起酒杯祝酒："说得好。"

"好吧，聊够了吧。"拉蒙娜道，"我提醒你，沃尔顿，一大家子人都在等着吃早餐呢。"

"啊，对啦。"他说，"我们是来买鸡蛋的。"

"好吧。"我说，"要多少？"

"两打，对吗，拉蒙娜？"

她点点头。

"鸡蛋五十美分，袋子一便士。"我告诉他们。

"要我说，你这个价钱出得太狠了！"

拉蒙娜翻翻白眼。"克里斯蒂娜，你可以卖五十美分一个鸡蛋的。他乱说的。"

我把鸡蛋一个个放在袋子里，数出二十四个，这期间他一直在开玩笑："不要那个！都不是椭圆形，歪歪扭扭的。""一定要大小相同。"他站得离我很近，他的呼吸中带着黄油糖味。拉蒙娜在说天气，她说今年冬天太阴沉了，她可是数着日子期盼 6 月的到来，还说今天天气很好，但你说会不会变天？一会儿驾船出海会不会有问题？她不知道要是他们回去晚了，别人都吃完早饭了，她母亲会怎么处理这些鸡蛋。说不定会做蛋奶酥？煎蛋卷？还是柠檬酥皮馅饼？

"和我们一起去吧。"他说。

我和拉蒙娜都抬起头。

"什么？"我有些糊涂地说。

"下午和我们一起出海吧，克里斯蒂娜。"他说，"不会起风的。"

"我刚才一直在担心天气，你怎么不这么说？"拉蒙娜嘟囔着说。

我下午通常是不出门的，特别是和我刚认识的男孩子出海："谢谢，但是……我……我去不了。我还要做面包。而且，还有很多家务活……"

"老天，来吧。"拉蒙娜说，"我们得好好招待沃尔顿。让你弟弟塞姆也来吧。他挺有趣的。我得找个和我年纪差不多的人来调情。"

"对不起。我去不了。"

"哎呀，要说服你还真不容易，我发给你一张通行证吧。"沃尔顿道。

"通行证？"

拉蒙娜见我一头雾水，便笑了起来："沃尔顿，单间校舍里是没有通行证的。"

"我还是不去了。"我说。

他摇摇头，又耸耸肩："啊，那就改天吧。"

"好吧。"

"这表示没问题啦。"拉蒙娜告诉他，带着惯于独行其是的女孩子才有的自信。她冲我笑笑："我们很快会再来邀请你的。"

我从明亮的院子走进昏暗的门厅，靠在墙壁上，重重地呼吸着。刚才都发生了什么？

"我好像听到有人说话？"母亲在厨房里说。

我抚摩着脸。我抚平衬衫前襟，做了个深呼吸。

"是有人来了吗？"她问，我走进厨房，解开围裙的系带，把它摘掉。

"是。"我说，努力装出若无其事的语气，"拉蒙娜一个人来买鸡蛋。"

"我好像听到有男人的声音。"

"是卡尔家的一个朋友。"

"可以去揉面了。"

"我这就去。"

接下来的几个星期，拉蒙娜和沃尔顿每隔一天都来一次，有时候埃洛伊丝和阿尔瓦也来。他们来买鸡蛋、牛奶或是烤鸡，每次待的时间都比上一次长。他们拿来野餐篮子和旧被子，我们坐在草地上，在阳光下喝茶。我开始盼望见到他们在上午晚些时候或下午早些时候沿田野走过来。我的弟弟们都性格温和，面对来避暑的人，他们都很害羞，就跟鹿一样，但卡尔姐弟和沃尔顿渐渐地赢得了他们的好感。干完了家务活，艾尔和塞姆就来草地上和我们在一起。

一天早晨，只有我、沃尔顿和拉蒙娜三个人。拉蒙娜说："克里斯蒂娜，我们要绑架你。今天天气不错，适合驾船出海。"

"但是……"

"没有但是。没有你，农场照样运转。阿尔瓦在等呢。我们走吧。"

我们沿小路向海岸走去，沃尔顿走在我后面，我感觉他的目光一直落在我身上。我知道我步履蹒跚，便聚精会神地小心走着。拉蒙娜在我们前面叽叽喳喳地说着："太阳太大了！哎呀，我之前都没想到，我们的帽子不够。说不定妈妈留了一两顶在船上……"她似乎并没注意到我和沃尔顿都没回答。然后，我担心的事情发生了：我被一根树根绊倒了。我的双腿一弯，感觉自己向前倒了下去。

我还没惊呼出来，就有一只手臂伸到了我的手臂下面。沃尔顿压低声音，不让拉蒙娜听见："这条小路真够长的。"

片刻前我还满心焦虑，此刻却异常平静。"谢谢。"我小声道。

我从未与和我没有血缘关系的男孩子靠得这么近。我的感官突然变得非常敏锐，我注意到了洁净晨光下的一切：淡淡的水仙花垂着头；海雀在天空中滑翔，它们的身体是黑色的，腿是亮红色的，像老鼠一样吱吱叫；远方长满了树木，有红云杉、冷杉、杜松和细长的苏格兰松，树林像是给田野装上了画框。我尝到了嘴唇上大海的咸腥味。但让我感受最深的，是这个男孩子散发出的温暖的哺乳动物的气味。他的怀抱是那么叫人心安，他身上有汗味，他的头发有股麝香味，还有淡淡的须后水的气味。他的呼吸中夹杂着黄油糖的香气。

"你知道吗，你裙子上的蓝花和你的眼睛是同一种颜色？但愿你不会以为我很无礼。"他轻声说。

"没关系。"我努力回答道。

卡尔家的船是单桅帆船，船头有一张三角帆，很大的白色主帆连接在木桅杆的后部。他们把一艘木艇停在亲吻湾附近的岸边，桨塞在小艇里面，可以划小艇去帆船那里。我们来到沙滩，看到阿尔瓦在单桅帆船的甲板上，从一百码开外的海湾里冲我们招手。我们把小艇拖到水中。沃尔顿非要划桨，我们向帆船驶去。只是小艇时而偏向这边，时而偏向那边。我咬着嘴唇，这才没有笑出来。他划起桨来忽行忽止，一点也不灵巧，并不像艾尔那样有节奏。我们终于来到了帆船边，拉蒙娜把小艇系在浮标上，沃尔顿拉住阿尔瓦伸出来的手，第一个跳到帆船上，这样他们两个就可以帮我们上去。

"我觉得你很有骑士风度，但没这个必要。"拉蒙娜说着拍掉沃尔顿的手。我没有抗议。我需要所有我能得到的帮助。

来到船上，我才放松下来。这个早晨风和日丽，阵阵微风拂过。我会操纵帆船，这是我在艾尔瓦诺的小船上从他那里学到的。阿尔瓦升起主帆，风帆在风中猛烈地摆动，就像晾衣绳上的一床床单。我牢牢地拉下升降索，直到再也拉不动为止。他向右转舵，迎着风把船开了起来，缩小船的倾斜度，让我们以更为舒服的角度驶向开阔的海域。我不得不提醒沃尔顿，让他低下头，免得被帆脚杆打到头。

看到我很在行，他似乎有点惊讶，这给他留下了深刻的印象。"高手都是不显山不露水啊！"

我竟然能帮上阿尔瓦的忙，实在是不可思议。毕竟我满脑子想的都是：从沃尔顿的衣领上方可以看到他的脖子晒得有些黑，他的小小的耳朵在阳光下变成了粉红色，他那双灰蓝色的眼睛闪动着机敏的光芒。

阿尔瓦对航海有着极大的热情，就跟那些和父亲、祖父一起在船上长大的男孩子一样，他乐于承担主要任务，船进入宽阔的海域，便进入了轻松的节奏。拉蒙娜打开一个篮子，把大块面包和芝士切成片，把水煮蛋、盐和水分发给众人。

在聊天的过程中，我了解了沃尔顿成长中的点点滴滴。他母亲是个拘泥于礼节的女人，他父亲是一位银行家，每个星期都有几天住在波士顿的一个小公寓里。"他加班加点的时候就住在那里。反正他是这么告诉我们的。"沃尔顿说。我不确定他在暗示什么，担心追问会不礼貌。我不愿意显得很无知，也不愿意探听别人的隐私。想象沃尔顿从小到大住的地方，就跟想象月球上的生活一样难。我想象简·奥斯丁描写的客厅，红砖建造的宅邸，餐厅的墙上挂着曾在哈佛求学的祖先的镀金框画像。

他告诉我，在他小时候，他的脊柱是弯的，这种病叫脊柱侧凸。

他十二岁做了手术，在术后那个漫长的炎热夏季，他一直戴着石膏塑体。其他男孩子爬树、踢球，他只能躺在床上看探险小说《瑞士人罗宾逊一家》和《勇敢的船长》。他虽然没有说，但我知道他是在试着解释他理解我的感受。

一晃几小时过去了，天气开始越来越冷。一直到我的手臂上起了鸡皮疙瘩，我才意识到我忘了穿毛衣。沃尔顿一言不发地脱下他的上衣，搭在我的肩上。"啊。"我惊讶地说。

"但愿我没有太鲁莽。你好像很冷。"

"是的。谢谢你。我只是……我没想到会这么冷。"事实上，我都想不起上次有人注意到我的身体不适、为我解决问题是什么时候了。住在农场里，大部分时间每个人都不舒服。不是太冷就是太热，又脏，每天搞得精疲力竭，撞到东西受伤，被工具或是炉栅弄伤。我们都不得不专心干活，根本顾及不了彼此。

"你是个很独立的女孩吧？"

"我想是的。"

"你根本就没见过克里斯蒂娜这样的人，沃尔顿。"拉蒙娜说，"她跟莫尔登那些傻兮兮的女孩子可不一样，她们连生火和洗鱼都不会。"

"她是潘克赫斯特小姐那样的女性参政论者吗？"他调侃道。

我感觉自己无知到了可悲的地步。我不知道什么是女性参政论者，也从没听说过潘克赫斯特小姐。我想到多年以来，沃尔顿一直在学校求学，而我则在洗衣服、做饭和打扫房间。"女性参政论者？"

"你知道，那些女士为了得到参选权绝食。"拉蒙娜说，"她们觉得男人能做到的她们也能。"

"你也是这么认为的吗？"沃尔顿问我。

"我不知道。"我说，"要不要来个比赛，找出答案？我们可以比砍柴，也可以比修水管。比杀鸡也可以。"

"当心哟。"他大笑着说，"潘克赫斯特小姐刚刚因为言论叛逆而被判入狱三年。"

就是这样，我几乎可以肯定我们之间擦起了火花，一闪而过。我看了拉蒙娜一眼。她冲我扬起一边眉毛，笑了出来，我知道她也感觉到了。

有一天，沃尔顿独自骑脚踏车出现。他穿着细条纹男士短上衣，戴着硬草帽，与这里的男人戴的帽子都不一样。（说到这里，他们也不会穿细条纹男士短上衣）和我的弟弟们在一起，他看起来有点不同寻常，就像是火鸡群里的一只孔雀。

他拿着帽子，用修长的手指抚摩帽檐。"我来这里是帮你解决一些鸡蛋的。你能相信吗？他们竟然把这么重要的任务交给了我！"接着，他狡黠地说，"其实，他们都不知道我来这里了。"

"我去拿外套。"我说。

"我觉得不需要。"他说，"其实不是很……"

但我已经关上了门。

我站在幽暗的走廊里，我的心扑通扑通狂跳。我不知道该怎么办。我是不是应该告诉他我很忙……

敲门声响起："你在里面吗？我能进去吗？"

我把手伸向外套挂钩，拿下了我摸到的第一件衣服，那是塞姆的厚羊毛外套。

"克里斯蒂娜？"母亲的声音从楼梯飘了下来。

"妈妈，我去鸡舍拿鸡蛋。"我打开门，对沃尔顿笑笑，他也对我报以一笑。我一边穿上外套，一边走上门前露台。"两打鸡蛋，对吧？你乐意的话，可以和我一起去。"

"吃黄油糖吗？"他递出一块琥珀色的糖果。

"啊……好吧。"

他拆开糖纸，把糖果交给我："请甜心吃甜糖。"

"谢谢。"我说，我的脸颊变得通红。

他示意我带路。"这里真漂亮。"他说，我们向鸡舍走去，"拉蒙娜说过，这里以前是个旅店。"

黄油糖在我的嘴里溶化。我用舌头翻转糖果。"我的外公外婆接待来避暑的游客。他们管这里叫伞顶旅店。"

他眯眼看着屋顶："雨伞？"

"你是对的。"我轻笑着说，"一点也不像雨伞。"

"想必是因为屋顶可以遮风挡雨吧。"

"不是所有屋顶都应该有这个功能吗？"

现在他也笑了："你要是知道答案了，记得告诉我一声。"

沃尔顿是对的。穿弟弟那件叫人刺痒的上衣，真是太热了。我捡完鸡蛋，便脱掉了外套，沃尔顿提议去草坪上坐坐。

"你最喜欢的颜色是什么？"他问。

"你真的想问？"

"为什么不？"黄油糖在他的牙齿之间嗒嗒作响。

"好吧。"从来没有人问过我这个问题。我必须好好想想。猪崽耳朵的颜色，夏日黄昏的天空的颜色，艾尔钟爱的玫瑰的颜色……"粉红色。"

"最喜欢的动物呢？"

"我的西班牙猎犬拓普希。"

"最喜欢的食物？"

"人人都知道我做的苹果煎糕很好吃。"

"你会做给我吃吗？"

我点点头。

"我可是记住了。最喜欢的诗人呢？"

这个问题很好回答："艾米莉·狄金森。"

"啊。"他说，"'不知道黎明何时来临，我打开每一扇门。'"

"'抑或拥有鸟一样的羽毛……'"

"太好了！"他说，显然惊讶于我竟然对得上来，"'抑或像海岸一样波涛汹涌。'"

"我离开学校的时候，我的老师送给我一本她的诗集。那是我最喜欢的书之一。"

他摇摇头："我一直都没弄明白最后一部分。"

"那个……"我有些犹豫，不知道该不该解释。如果他不认同呢？"我觉得……我觉得意思是应该接受各种可能。不管那些可能是怎么出现在你的面前。"

他点点头："啊，有道理。你是这样吗？"

"我是怎么样？"

"接受各种可能啊。"

"不知道。我希望我能这样。那你呢？"

"尽量吧。这是一件叫人很挣扎的事。"

他告诉我，他去哈佛大学读书，只是为了让他父亲高兴，他更喜欢鲍登学院里小一点的校园。"但总不能拒绝哈佛那样的学校吧？"

"为什么不能？"

"的确，为什么不能？"他说。

"他喜欢你。"拉蒙娜说，她的眼睛亮晶晶的，"他问了我很多问题：我认识你多久了？你有没有男朋友？你父亲是不是很严格？他想知道你是怎么想的。"

"我怎么想？"

"傻瓜，他想知道你对他的看法。你觉得他怎么样。"

我感觉这是个有陷阱的问题，好像她要我用一种我不会的语言作答。"我喜欢他。我喜欢很多人。"我谨慎地说。

拉蒙娜皱皱鼻子。"你才没有。你不喜欢任何人。"

"我认识的人并不多。"

"这倒是实话。"她说，"不过你不要害羞了。你想到他，心里会不会小鹿乱撞？"

"拉蒙娜。"

"不要表现得那么震惊嘛。回答问题就好了。"

"啊，我不知道。可能有一点吧。"

"可能有一点。那就是有了。"

夏天一点点过去，她就像只信鸽一样，来往于我和沃尔顿之间，传递着只言片语、印象和小道消息。她很适合这项任务，她这样的女孩子拥有无尽的精力和智慧，却苦于没有用武之地，就好像一只梗犬偏偏遇上了一个足不出户的主人。

一开始，母亲面对沃尔顿，显得非常拘谨，还有些冷漠，但他慢慢地赢得了她的喜欢。我看着他改变自己的行为，处处都尊重她，称呼她夫人。他说服她出去野餐，下午去出海。"那个男孩子确实彬彬有礼。"一个漫长的午后，我们在海滩吃午饭，快吃完的时候，她承认道，"他肯定是在很贵的学校里学到这些规矩的。"

一天早晨，母亲给了我一个惊喜，她竟然从镇里买回了一匹印花棉布、一包纽扣和一本全新的巴特里克裁剪图册。她若无其事地把东西交给我，说："我觉得你可以有一条新裙子。"我看着封面上的图片：那是件七片连衣裙，上衣是紧身的，带有小小的珍珠母纽扣。印花棉布非常漂亮，红糖色底上印有花朵和绿叶。我做完了家务活，便开始裁剪裙子。我裁出每一个纸样，用大头针把拼图一样的薄纸别在布上，用一小块粉笔沿实线画出轮廓。太阳西沉，我便点起油灯和几根蜡烛，借着橙色的光亮忙个不停。

深夜时分，我坐在母亲的缝纫机边上，脚踩踏板，把花布送到针下。母亲在去睡觉的路上停在餐厅门口。她走过来站在我身后，用一根手指抚摩着裙摆，在针后面把裙摆抚平。

第二天早晨，我穿上裙子，布料紧贴着我的屁股滑过。在食品室，我用一只手举着一面模糊的小镜子，一会儿把镜子举到这边，一会儿举到那边，想看看全身效果，但我只能看到一点点。

"做好了。"母亲走进厨房帮忙准备午饭，这么说道。但我看得出来她很高兴。

上午晚些时候，沃尔顿捧着一束郁金香和水仙花来了。他摘掉硬草帽，冲正在餐桌边筛面粉的母亲轻轻鞠了一躬："你好，奥尔森太太。"

她点点头："你好，沃尔顿。"

他把花交给我："裙子真漂亮！"

"是妈妈给我买的布料和裁剪图册。"我拉起裙子，转了一圈，让他看到全身效果。

"品位不错，奥尔森太太。太漂亮了。等一下，克里斯蒂娜，这裙子是你做的？"

"是呀，我昨晚做的。"

他抓住裙子上的一块布料，在手指间揉搓，还摸了摸我衣袖上的一枚珍珠母纽扣："你真叫我刮目相看。"

母亲在我身后说："克里斯蒂娜能做出她见过的所有东西。"母亲通常都很拘谨，听见她少有地称赞我，我不由得大吃一惊。可我想起曾几何时，我母亲与一个陌生人在门口一见钟情。她知道这种事有可能发生。

有一天沃尔顿来找我，我给他讲了神秘隧道的故事。我告诉他，我觉得那里既神秘又神奇，埋藏着永远都不会见天日的秘密。"有人觉得那里有宝藏。"我说。

"带我去看看吧。"他说。

我知道我的父母是不会允许我们两个单独出去的，于是我们制订了一个秘密计划：等到母亲去休息，父亲带着弟弟们去鱼梁时，就没人怀疑在一个星期三的早晨我开小差了。我没有像往常那样，在祖屋后面绞衣服，把衣服挂在晾衣绳上。他会悄悄步行过来。而且，如果有人在附近，我们就取消计划。

早饭时间，弟弟们在去鱼梁前，会先帮我往洗衣桶里打满水。他们如果注意，或许会看到我的裙子浆洗过了，我的头发整整齐齐编成了辫子，还绑了一条丝带。我的双颊是粉红色的，这倒不是因为我干活热，而是我按照拉蒙娜教我的那样，用手捏的。

所有人都走了，沃尔顿看到我在祖屋后的院子里，他默默地从我手里接过沉重的湿衣服，送进绞衣机。他用一只手摇动曲柄，用另一只手接住出来的衣服。然后，他来到晾衣绳边上，从篮子里拿起湿衣服，抖动几下拉平褶皱，一件件交给我，由我把它们夹在晾衣绳上。洗衣篮里空了，他就抬起晾衣绳，将其固定在杆子上。

我忽然意识到，原来玩过家家是这么刺激。

我们藏在随风飘动的湿衣服之间，沃尔顿忽然拉住我，把我拉向他。他注视着我的眼睛，他把我的手拉到他的唇边，吻了吻，然后把我拉得更近，一歪脑袋，吻了我的唇。他的唇又凉又滑。透过他的衬衫，我能感觉到他的心扑通扑通直跳。他的嘴里有黄油糖和香料的味道。接吻竟然是这样一种奇怪的体验，叫人头晕目眩，我几乎无法呼吸。

我拿着篮子回到屋内，脱掉围裙，抚平头发，偷偷地照了照食品室里的那面小镜子。我看到在镜子里望着我的女孩子有一张消瘦的脸，鼻子过大，两只灰色的眼睛虽然不一样大，但很有灵气。她虽然五官平平，但她的皮肤吹弹可破，她的双眸亮如星子。我想到了正在外面等我的男人。我注意到他的头发已经开始变少了。他微微有些驼背，胸口就像个勺子。因为那年夏天穿过石膏塑形衣，他的脊柱有些不自然的僵硬。他若是激动，就微微有些口齿不清。这个不完美的男人对我倾心，也不是那么不可思议的事，对吧？

我们一前一后默默地走着，从祖屋和畜棚的阴影中一直走到了田野另一边的树林里。在白天的这个时候，有阴影的遮挡，除非有人在找我们，否则是看不到我们的。沃尔顿走上前来，手拂过我的指尖，握住了我的手。有几次我们走下陡峭的斜坡，穿过浓密的树林，我们便不再拉手，但他总是可以再次找到我的指尖，就好像编织者能找到漏眼。我们来到开阔的地域，但有山脊遮挡，我就和他开玩笑，使劲向前拉他的手，他就向后拉着我的手，把我拉得跌跌撞撞，只好停下。他在我后面，他的呼吸拂到我的脖子上，他的手臂放在他的身侧，把我紧紧抱在怀里。

"天堂都没有现在美好。"他喃喃地说。

我不知道他说的是在我们面前延伸的大海、舞动的青草、覆盖着墨黑色海藻的岩石，还是在说我。反正都不重要。这个地方就是我的一部分，就好像我的头发、鼻子和眼睛都是我的一部分。

我们来到了隧道口。沃尔顿搂着我的腰，让我转过身，用额头抵着我的额头。

　　"我已经找到了宝藏。"他说，"你一直都在这里，等待着被发掘。"

　　沃尔顿对我的关注像是高挂在空中的太阳，是那么明亮耀眼。相比之下，其他的一切都暗淡无光了。在我脑海深处一个不重要的地方，我父母和弟弟们的声音，鸡的咯咯叫声，狗儿的叫声，和米粒掉在锡罐里的声音一模一样的雨滴落在屋顶上的声音，都变成了炖菜的沸腾声。我根本意识不到他们的存在。到最后，母亲或是弟弟只得晃晃我的手臂，大声说："听到我说的话了吗？"

　　其他人也会如此恍惚吗？我的父母也有过这种状态吗？过着平凡生活的普通人竟会拥有这种令人兴奋眩晕的体验，多么奇怪。从他们的眼中根本看不到一丝迹象。

　　曼密给我讲过，在她去过的一些岛上，原住民都没见过雪，他们的语言中也没有雪这个字。我就是这种感觉。对眼下的情况，我找不到适合的词来形容，也找不到相关的背景。

　　我的朋友沙蒂说："你要走了。你要搬去波士顿，我们再也见不到你了。"

　　"也许我可以说服他住在这里。"

　　"住在这里干什么？他看起来可不是会务农的人。"

　　"他说他想当记者。他在哪里都可以写。"

　　"这里有什么可写的？牛奶的价格吗？"

　　可沙蒂知道什么呢？沃尔顿似乎对我们的生活方式很着迷。"这里的一切都与我的生长环境不一样。"他说，"你的知识都是实实在在的，都很实用。我的知识全在我的脑海里。我不懂怎么接生小牛，也不会从牛奶表面撇出乳脂。我是学不会开船或是把马套在马车上了。有什么是你不会做的吗？"

"你可以做你选择做的任何事，你可以成为你选择成为的任何人。"我提醒他。

"我的选择就是，"他说，"与你在一起。"

感觉好像我的生活在以两种不同的速度向前移动，一个是惯常的速度，节奏是可以预测的，居民是熟悉的，另一种速度则非常快，色彩、声音和感觉都是模糊的。现在我明白了，二十年来，我每天都如同愚蠢的牲口一样过日子，不敢希冀过上不同的生活，甚至都不知道还有其他的生活可以让我期盼。

我决定跟上沃尔顿的脚步。我要弟弟们去镇里买日常用品时给我捎来报纸。我要学习，这样才可以讨论政治和时事，比如俄亥俄州代顿市的洪水和爱尔兰自治；联邦所得税；主张妇女参政权的女性在华盛顿示威游行；伍德罗·威尔逊对种族隔离和希腊乔治国王遇刺的看法。在库辛的图书馆，我查找沃尔顿提到的作家所写的小说，包括薇拉·凯瑟、D.H.劳伦斯、伊迪斯·华顿。我一边想着他，一边看他们的作品，像是用了一个过滤器："她有些害怕这个男孩，然而，他看起来很像沃尔特·斯科特笔下的英雄。"劳伦斯在《儿子与情人》中这样写道："他会画画，会讲法语，懂得代数，每天乘火车去诺丁汉。他可能只是把她当成一个野丫头，看不出她实际上是公主。"

我害怕我就是个野丫头，但他像对待公主一样待我。一天下午，父亲同意让我赶着布莱基拉的马车出去，于是我带沃尔顿出去好好玩了一次。我们去了布罗德湾，在那里看了外岛，又去逛了东友谊区那些古雅的商店，还去了洛克兰市中心的质朴的乌尔姆教堂。我们的最后一站是山上可以俯瞰亲吻湾的草地。我们吃了鸡蛋沙拉三明治和自制酱菜，还喝了装在食品玻璃罐里的柠檬水。一晃到了傍晚，我们看着太阳落入大海，薄圆盘一样的月亮出现在天空中，看起来有些模糊。"星星是那么近。"他指着无垠的墨色天空道，"像是一伸手就能够到一颗，把星星握在手里。"他假装抓住一颗星，并交给我，"我在剑桥市，你在库辛，我会望着星星想念你。那么，你就好像离我不那么远了。"

8月的最后一个星期一直在下雨，天空里乌云密布。不受欢迎的寒意昭示着夏季飘然远去，突兀得就好像开宴会的主人站在餐桌边，示意派对到此结束。

沃尔顿来道别，我哽咽不已，几乎连话都说不出来。我并没有意识到我有多盼着见到他。"我保证会给你写信的。"他说。我也保证会写信给他。但他当时还没有哈佛大学的地址，所以我只能等他先写信给我。

我在折磨中一直等待他的信。我每天中午都会拖着沉重缓慢的脚步去一趟邮局。

"我还是跟往常一样，3点赶马车去镇里。"艾尔说，"我可以去拿邮件。"

"我喜欢呼吸新鲜空气。"我告诉他。

邮政局长是个女人，名叫贝莎·多塞特。她很瘦，过分注重细节，做什么都一丝不苟，而且，她总是好奇地打量着我。我很快就摸清了她的习惯：她把成卷的邮票存放在整洁的抽屉里，还用一根鹅毛清理硬币包装纸上的灰尘。根据她头后方墙上贴着的一览表，她每天会擦两遍地。每天傍晚日落时分，她会降下邮局外面的旗帜，把旗帜从旗杆上摘下来，整齐地叠好放进盒子里。

我去的时候，她就把我们邮箱里的邮件交给我，大都是账单和宣传单。"今天的。"她总是这么说。

我点点头，尽最大努力笑笑。

我感觉自己被关在一间牢房里，每天等着被释放。我紧张地听着握有钥匙的那个男人有没有来，搞得自己像一根绷紧的弦。一天晚上，吃完晚饭，我正在刷碗碟，弟弟们则在争论该不该去收鱼梁。他们拖延太久，鱼梁就会被冰暴毁掉，但另一方面也可能会捕到很多沙丁鱼。所以如果太早把鱼梁拆了，就太遗憾了。听他们吵个没完，我的心都快跳出来了。于是我恶狠狠地吼了他们几句，我惊讶于自己竟然会这么卑鄙："哎呀，你们这几个乡巴佬，收拾好盘子！真没教养！"

他们很惊讶，悻悻的，我则得到了微弱的满足感。

又过了很久，我已经不再相信会收到信。有一天，贝莎把一沓邮件放在柜台上，我终于等到了我一直在等的信。那是一个很厚的白色信封，贴着一张两美分的红色乔治·华盛顿邮票，收信人是我，克里斯蒂娜·奥尔森。

"看看吧。但愿是好消息。"她说。

我等不及了，恨不得在邮局里就把信封拆开。我坐在路边一棵倒地的树上，打开了那封很厚的信。

"亲爱的克里斯蒂娜……"

我贪婪地看着信，翻过第二页、第三页和第四页，看到信的末尾写着"你的沃尔顿"。啊，我的沃尔顿。我的目光捕捉着他的字字句句。"我会永远记住这个夏天""你把手放在眼前遮挡阳光，你的水手衫上的平翻领，你绑头发的蓝黑色丝带"。最后，他写道："所有道路都将引领我返回库辛。"

我把信看了好几遍，目光来回在信纸上移动，像一只蜜蜂试图从纱门上的一个洞逃跑。他一直对在缅因州度过的夏天念念不忘。他在莫尔登住了一个星期，那里天气酷热，十分无聊。对比在库辛的出海、野餐和无尽的探险，他在哈佛大学的日子是那么孤独。他想念库辛的一切：停在亲吻湾里的帆船，新鲜出炉的面包做成的鸡蛋三明治，拉蒙娜那些傻兮兮的笑话，利托尔岛上的烤蛤蜊野餐会，橙粉色的日落。他写道，最重要的是，他很想念我。

在回家的路上，连阳光都不一样了，变得柔和起来，照在我的脸上暖暖的。我仰起脸，闭上眼睛，在布满车辙的道路的左侧，慢慢地迈着步子。我闭着眼也能这样走路，因为这条路早已深深刻在了我的心里。

每隔一个星期或十天，就有一封装在白信封里、贴着两美分邮票的厚厚的信飘然而至。他或是在图书馆和餐厅给我写信，或是等他那个爱打橄榄球、爱喝杜松子酒的室友睡着了，便坐在宿舍里狭窄的木桌边，借着煤气灯的灯光，给我写信。每一个信封里装着的文字都抚慰着我那个苦苦期盼的灵魂，就好像一扇进入另一个世界的大门，让我看到学生们在镶有木护墙板的教室里和教授交谈，在那个世界，可以一整天待在图书馆，所担心的也只是写什么和怎么写。我想象自己身处他所在的地方：在校园里徜徉，在暮色下仰头凝视洋溢着灯光、镶嵌着厚玻璃板的窗户，和朋友们一起去哈佛广场品尝昂贵的美食。那里的服务生穿着晚礼服，很是瞧不起邋里邋遢的学生们，不过学生们也不在乎。

信越来越多，我便用淡粉色丝带把信捆起来，存在床下。在一封信中，他这样写："每天晚上，我举目凝视东南方的广阔苍穹，感觉天空就在我的头顶上方。我还为星星起名字：布罗德湾，四角，东友谊，还有乌尔姆教堂，盼着我可以驾车和你一起周游那些地方。"吃完晚饭，我便打开户外棚屋的门，走到外面，仰望繁星点点的广袤夜空，想象沃尔顿在哈佛做着相同的事。我在这里，他在那里，天空把我们连在一起。

贝雕

小小的世界

1944—1946 年 ///

一连数年，似乎都没人对把画室设在祖屋里的那个青年画家特别感兴趣。但这个夏天，情况变了。我和弟媳玛丽去镇里办事，在菲尔斯杂货店的罐头食品区，一个陌生的女人过来找我。

"打扰一下。你是……克里斯蒂娜·奥尔森吗？"

我迷惑地点点头。一个陌生人怎么知道我的名字？

"我猜对了！"她露出了灿烂的笑容，"我们一家人在附近租了栋小屋，这个星期都住在这里。我看过你和你弟弟的事。他叫艾尔，对吧？"

玛丽逛完旁边的过道，正好转弯走了过来："你好，我是奥尔森小姐的同伴。有什么可以帮你的吗？"

"啊，抱歉！我应该开门见山的。好像有个著名画家在你家里画画吧？是叫安德鲁·怀斯吗？"

"你怎么……"玛丽说。

"能不能请你帮我找他要个签名？"那个女人好言央求道。

"可以吗？"玛丽看着我问。

我冲那个人紧张地笑笑："不行，那不可能。"后来我向贝琪提起这件事，她摇摇头，像是一点也不惊讶："抱歉打扰你了，克里斯蒂娜。一段时间之前，安迪上了《美国艺术》杂志的封面，我们都担心那会带来一些变化。显然事实的确如此。"

"他有没有提到我和艾尔？"

"提到了一些，但不多。他可能提到了你们的名字。当然了，那篇文章透露他夏天待在库辛，所以可能不难猜测。我知道他后悔说了那些话。他真的不喜欢受打扰。我肯定你也不喜欢。"

我耸耸肩。我不肯定我对此有何感觉。

几个星期后，我坐在椅子上，旁边是敞开的厨房窗户，我看到一辆淡蓝色的敞篷车停在祖屋前面。司机戴着一顶奶油色的软呢帽，他旁边的女人戴着圆点薄头巾。

"嘿！"她挥舞着染了粉红色指甲的手，喊道，"你好！我们是来找……"她拍拍那个男人的手臂，"他叫什么来着，亲爱的？"

"怀斯。"

"对啦，就是安德鲁·怀斯。"她在窗外说，涂着粉红色口红的嘴边漾出一丝笑容。

安迪还没来，但我知道我随时都能看到他从亲吻湾漫步到田野。"从没听说过这个人。"我告诉她。

"他不是在这里画画吗？"

"没有的事。"我道。

她噘起嘴唇，有些不知所措："弗兰克，不是这里吗？"

"我怎么知道。"他叹了口气，"是你告诉我的。"

"我很肯定是这里呀。那本杂志里就是这么说的。"

"我不知道，梅布尔。"

"我可以发誓……"

果不其然，就在他们喋喋不休的时候，我看到安迪挎着颜料工具盒，穿过草地向我们走来。梅布尔顺着我的目光，抻着脖子看向他的方向。

"快看呀，弗兰克！"她喊道，"可能就是那个人！"

"那个人？"我皮笑肉不笑地说，"他是我们当地的一个渔夫。"我扬起眉毛看着安迪，他看到我，便转而走向畜棚。"我们让他把钓竿存在这里。"

梅布尔噘起了嘴。"啊，真讨厌，白跑了这么远的路。"

"他那里可能有马鲛鱼卖给你们。我可以去问问看。"

"不用啦，谢谢。"她不屑一顾地说，系紧了头发上的头巾。她甚至都没说再见。

他们掉转车头，驶下车道，这时候，安迪从畜棚走了出来。"谢谢。真险啊。"他道，"看来我得闭紧我的大嘴巴了。"

"这主意不错。"我告诉他。这里是如此封闭，如此私密，文明世界感觉非常遥远。但我渐渐地意识到，安迪不只属于我们，也属于全世界。这样的认识让我心生不安。

近来发生了很多叫人不安的事。1944 年 6 月，一枚鱼雷在挪威海岸击中了约翰所在的军舰，造成二十四人丧生。他当时九死一生，从下沉的残骸中爬了出来，只带了背包里的衣服。"我花一百块在布鲁克林买的手表被炸成了碎片。"出事几个月后，他写信来说，"就在我们中弹的第二天，一辆破船载着我们回到了英吉利海峡，我们在那里上船，去了普利茅斯。我吃了很多苦，差一点冻死，但我不在乎。能活着我就很高兴了。"

这件事后，他回家了吗？并没有。他被派去了英格兰、苏格兰和爱尔兰。然后，他在波士顿休了一个短假，在新港接受了四十五天的培训。之后，他被派到了一艘航空母舰上。他去了南太平洋，与日本人作战。

沙蒂告诉我，她的儿子克莱德也加入了海军后备队。"我一直都战战兢兢的，总是注意有没有陌生的汽车开到车道上。"我知道她的意思。我也总是在三更半夜惊醒，吓得魂不附体，到了早晨，恐惧就会消散，但从未彻底消失。我觉得，不管是白天还是晚上，塞姆和玛丽每时每刻都可能拿着电报来到我的门前。但如果我把面团揉得光滑柔软，如果我把鸡毛拔得一根不剩，如果我把地板擦干净，清除屋檐上的蜘蛛网，那样的情况说不定就不会发生。

在 1946 年的初冬，贝琪写信来告知一个可怕的消息：10 月，安迪的父亲和侄子纽厄尔在宾夕法尼亚州被火车撞死了。当时是怀斯先生开的车，并且把车停在了铁轨上。她在信中说，安迪失去了亲人，但并未掉眼泪。

等到他们回缅因州避暑的时候，我一眼就看出他父亲的死对他有多深的影响。他更寡言少语了，也更严肃了。

"你知道的，我觉得我父亲其实真的很爱她。"他说，这时候我们两个人单独待在厨房里。他坐在艾尔的摇椅上，心不在焉地用脚蹬地，前后摇晃。蹬地，摇晃，嘎吱，嘎吱。

我听得稀里糊涂："抱歉，安迪，你父亲爱谁？"

他不再摇晃："卡洛琳。我哥哥纳特的妻子。我侄子纽厄尔的母亲，就是在……车上的那个人。"

"老天。"我好不容易才理解了他的话，"你父亲……和你哥哥的妻子？"我不知道他的家人叫什么名字。安迪其实从未说起过他们。

"是的。"他用一只手揉搓着脸，仿佛是要去除他的五官。

"可能吧。谁知道呢。至少他是神魂颠倒了。我父亲就是那种人。'一个出色且充满激情的人'。"他道，像是在引用讣告里的话，"在这件事上，他并没有无所顾忌，但我觉得他在最后一定非常痛苦。"

"出事之前，有没有发生什么？是不是有人……"

"什么也没有发生过。反正就我所知是这样。但我不知道他竟然想到了死。我是说，他对死亡痴迷，从他的作品中可以看出这一点。我的作品里也有死亡。但那不是……"他的声音渐渐消失了。好像他是在自言自语地讨论他的感觉，试着选定一种解释。"太奇怪了。"他喃喃地说，"出事后，我们发现他的绘画工具整齐地摆在他的画室里。都排成一行。你知道的，一般情况下，他和我一样，把东西弄得到处都是。"

我想到祖屋里溅得到处都是的蛋彩画颜料、碎蛋壳和变硬的画笔。我知道。

"也许是个巧合，但他画室里的《圣经》翻到了通奸的那一段。

或者说，并不是巧合。我是说，他会考虑风流韵事的后果，这一点并不是不合理。但这也并不表示他是有意……"

"根据你的描述，事实与他的个性不相符。你一直都说他是个……活在当下的人。"我说。

安迪冲我露出一抹冷笑。"谁又能猜到别人的心思呢？人类是最神秘的生物。"他耸了耸肩，"也许是心脏病犯了，或是疏漏所致。也可能是出于别的原因。我们可能永远都得知不了真相了。"

"你知道你很想念他。这是很自然的事。"

"是吗？"

我想到了我的父母，有时候我很想他们，有时候不想："我想不是。"

他一边缓缓地摇晃，一边说："我父亲死前，我只想画画。现在不一样了。我进入了一种更深的状态。我感觉到了一股吸引力。那是一种超越我自身的存在。我想要尽可能清楚地将这一切表现出来。"

他凝视着我，我点点头。我明白他的意思，我真的明白。我了解渺小的身体里激荡着各种感情是什么滋味。总感觉自己被困在了过去，即便只有幽灵在往事中飘荡。

安迪的父亲去世的时候，他正在创作一幅真人大小的蛋彩画。在画中，艾尔靠着一扇上着铁插销的关闭大门，门边是我们的旧油灯。他是从去年夏天开始画那幅画的，他画了很多炭笔素描，在纸上为布满刮痕的镍制油灯和坚实的插销着色。然后，他拿出他的颜料，要艾尔在厨房走廊的门边摆好造型。一连几个星期，艾尔就这么坐着靠在门上。艾尔试图将脑海中的影像呈现在画布上，只是屡试屡败。"这就像是在用别针别住一只蝴蝶。"他恼怒地说，"一个不小心，翅膀就会在我手里化成灰烬。"

夏末，安迪离开了克莱德港，那幅画并没有完成，于是他把画带到了他在查兹福德的冬季画室。他父亲出事后，他又开始画那幅画了。他带着那幅画回到了缅因州，把画靠在贝壳屋的壁炉上。

一天上午，我站在壁炉附近，注视着那幅画，这时安迪来到门前，走了进来。他从走廊看到我在贝壳屋，便过来站在我旁边。"艾尔很讨厌坐着一动不动吧？"安迪道。

我大笑起来："他是觉得挺无聊的，一直烦躁不安。"

"他再也不会给我当模特了。"

"八成是不会了。"我表示同意。

半幅画处在光线下，半幅画处在黑暗中。油灯在艾尔的脸上、旧木门上和铁插销下方投下阴影。油灯后面的报纸沾满污渍，皱皱巴巴。艾尔在出神，仿佛陷入了沉思。他的眼睛似乎充满了泪水。

"这幅画符合你的要求吗？"我问安迪。

他伸出一只手，凭空描绘着油灯的轮廓："我倒是把镍灯的纹理画对了。我很高兴。"

"那艾尔这个人物呢？"

"我一直在重画。"他说，"我捕捉不到他的表情。我现在依然不确定我能做到。"

"他是在……哭吗？"

"你觉得他在哭？"

我点点头。

"我没想画成那样。但是……"他带着苦笑道，"你真能听到呼啸的火车汽笛声吧？"

"看起来是艾尔能听到。"我说。

他走近两步，端详着画布："那这幅画确实达到了我的要求。"

安迪从未要求我给他做模特，但在那次对话的几个星期后，他来找我，说要画一幅肖像画。我怎么能拒绝呢？他让我坐在食品室的门口，让我把手放在腿和裙子上。然后，他在白纸上画了很多张素描，有远景，有近景。他画我梳在脑后的头发，每一绺都画得很清楚。有戴项链的，有不戴的。他画姿态各异的我的手。有时候，他让我不要坐在门口，只画一个空门口。

大多数时候，只能听到他挥笔作画时的沙沙声，以及翻动大张画纸的哗哗声。他眯着眼伸出拇指。他用嘴咬着笔，在嘴唇上留下了墨迹。他小声地嘟囔着："对啦，那里。阴影……"我有种奇怪的感觉，他既是在看我这个人，也看到了我的心。

"我还是第一次注意到你的手臂这么细。"过了一会儿，他沉思着说，"还有这么多伤疤。怎么回事？"

我早就习惯了应对人们对我的残疾所有的反应，他们有的不晓得该说些什么，有的会反感，甚至有的还会厌恶。人们提起我的缺陷，我往往保持沉默。但安迪坦率地看着我，并无一丝一毫的怜悯。我低头看了一眼我小臂上那些纵横交错的伤疤，有些疤痕的颜色很红：
"烤架烫的。有时候烤架会滑下来。我通常都穿长袖衣服。"

他皱起眉头。"看着就很疼。"

"凡事总有个习惯。"我耸耸肩。

"也许你可以找个帮手，帮你做饭。贝琪认识一个姑娘……"

"我应付得来。"

他摇着头说："你应付得来吗，克里斯蒂娜？我这是为你好。"

有一天，他拿起所有草图去了楼上。接下来的几个星期，我几乎
都没怎么看到他。每天早晨，他都穿过田野向祖屋走来，他走起来臀
部摇晃，身体很不平衡。他的手肘和膝盖都是摇摇晃晃的，他穿着蓝
色牛仔裤和沾满颜料的运动衫，他脚上的那双旧工作靴的靴带都没
系。他提着水壶，拿着从鸡舍里捡来的鸡蛋，敲两下纱门，走进屋，
在厨房里和我、艾尔寒暄几句。这之后，他就上楼了，工作靴踩在楼
梯上，咚咚直响，他一边走还一边嘟囔着什么。

我没有要求去看他的画，但我很好奇。

那是7月里一个阳光明媚的温暖日子，安迪走下楼，说他累了，
有些精神不集中，下午不想画了，要划船出海。他离开后，我意识到
正好可以趁机看看他都在楼上干了什么。家里没人，我可以慢慢地上
楼梯，每走一级都休息一下。

我还没打开二楼卧室的门，浓重的鸡蛋味就扑鼻而来。我把门推
开，只见碎蛋壳、脏布、一杯杯带颜色的水散落在地上。我已经很久
没到楼上来了。我注意到壁纸都变成了一条条的，从墙上剥落下来。
有扇窗户是敞开的，阵阵微风吹进来，但房间里还是十分闷热。我飞

快地看了一眼立在远处角落那个粗糙画架上的画，便别开了目光。

我坐在儿时睡过的单人床上，仰面躺下，盯着天花板上带着缝隙的蜘蛛网。我能用眼角余光瞥见那张四四方方的画布，但我还没准备好直接面对它。安迪曾告诉过我，他的画表面上看来是现实主义风格，实则隐藏着很多秘密和寓意。他还说，不管有多丑陋，他都要触及事物的本质。

我害怕看到他在我内心深处看到的东西。

最后，我再也抵挡不住，便侧身躺着，看向那幅画。

我并不丑恶。但是，看到他眼中的我，我还是震惊不已。画布上的我只有个侧影，严肃地望着外面的海湾，双手笨拙地放在腿上。我的鼻子又长又尖，嘴角下垂。我的头发是深赤褐色，我的身体很瘦，微微有些不平衡。食品室的门口四周笼罩在黑暗中，被阴影遮挡了一半。门上布满裂缝，都已褪色，门外的草疯长着。我的裙子是黑色的，带有一个开叉，深 V 形领口露出了我的苍白的脖子。

身着画中那件黑裙而非我现在身上穿的衣服，我看起来有些阴郁，有些严肃，非常孤独。独自一人坐在面冲大海的门口。我的皮肤毫无血色。我的四周都弥漫在黑暗中。

布丽奇特·毕晓普，等待审判。

等待死亡的降临。

我再次仰面躺好。蕾丝窗帘随风摆动，在天花板上投下阴影，看起来如同波涛滚滚的大海。

第二天早晨安迪来的时候，我没有告诉他我上过楼。我正在搅拌软饼面团，他和我打了招呼，我们聊了几分钟。然后，他走进门厅，停下脚步，回到厨房门边，双手叉腰。"你上楼了。"

我用勺子把生面团一块块舀到一块扁平的铁板上。

"你上去过了。"他坚持。

"你怎么知道的？"

他挥挥一只手："灰尘中有道痕迹一直延伸到顶部，就像一只巨大的蜗牛留下的痕迹。"

我冷冷地笑了。

"那你怎么看？"

我耸耸肩："我不懂艺术。"

"那不是艺术。是你。"

"不，不是的。是你才对。"我道，"你不是告诉过我吗？你的每一幅画都是自画像？"

他吹了一声口哨。"啊，你真是太精明了。快点。我想听听你的看法。"

我害怕告诉他。我害怕我的话会显得我很自负或妄自尊大："画面……太暗了。阴影很多。还有那条黑色的裙子。"

"我想要衬托出你的肤色，凸显你坐在那里。"

说着说着，我才发现自己有点生气："看我那样子，活像在棺材里，棺盖板半开半闭。"

他笑了两声，像是不相信我会生气。

我目不转睛地盯着他。

他用一只手捋捋头发，道："我在尝试表现出你的……"他有些犹豫，"你的端庄，还有严肃。"

"啊，我想那就是问题所在。我并不觉得我自己很严肃。我觉得你也不是。"

"我不是。真的不是。我力图展现的是一个瞬间。在那个瞬间里，不是真的你，也不是真的我。至于你是如何认为的，无关紧要。"

他的声音渐渐低了下去。看到我费力地摆弄沉重的烤箱门，他便走过来，为我打开门，把装满饼干的烘焙托盘放进烤箱。"我想是有关这栋房子。房子的情绪。"他关上烤箱门，"你明白我的意思吗？"

"你把它表现得那么……"我搜寻着恰当的词汇，"我不知道。可能是孤独吧。"

他叹了口气："有时候不就是这样吗？"

有那么一刻，我们都沉默不语。我拿过一条洗碟布，擦了擦我手上的面粉。

"那你怎么看你自己？"他问。

"什么？"

"你说你觉得你自己并不严肃。那你对自己有什么看法？"

这是个好问题。我对我自己有什么样的看法。这个问题让我们两个都大吃一惊。

"我觉得我自己是个女孩子。"我说。

1914—1917 年 ///

　　镇里的人好像都知道了带马萨诸塞州邮戳的信。看到贝莎·多塞特带着假笑、挑着眉把信交给我，我就知道她在传播流言蜚语。有一次我在信中把这件事告诉了沃尔顿，他在回信中说："很抱歉，别人的好奇心打扰到了你。"并且提议让拉蒙娜转寄信件，他说可以让她从波士顿把信转寄给我。"那样他们就不知道信是我写的了。但恐怕他们还是能从其他途径得到消息。"

　　我决定不为他们而困扰。人们向来爱说闲话。至少他们现在有了充分的理由。

　　在一封信中，沃尔顿说他试着在剑桥的宿舍里种香豌豆和他喜欢的花，可惜都没成功。4 月，尽管还要再过几个月他才能回来，我还是邮购了香豌豆种子，还让艾尔搭了棚架。包裹送来后，我把种子在水里泡了一夜，将水沥干，用锋利的刀片把一端切掉，再把它们种在富含肥料的土里。我感觉自己就像杰克，盼着豆茎赶快长出来 [1]。

　　小枝冒了出来，长出了很细的豆茎，豆茎攀上了棚架。到了 6 月

///
[1] 在欧洲的神话故事中，杰克的豆茎一直长到了天上，杰克沿着豆茎爬上去，经历了一番探险。——译注

中旬草莓成熟的季节，香豌豆开出了花。尽管沃尔顿已经写信告诉我他那个星期会回来，尽管塞姆说在镇上见到了他，但在一个温暖的上午，看到他沿小路走来，手里捧着香豌豆，脸上带着灿烂的笑容，我还是不禁大吃一惊。

"见到你真好！"他来到厨房门口说，一把拉过我，飞快地拥抱了我一下。他把花交给我，说道："我知道你很喜欢香豌豆。"我本想说："不是的，是你喜欢香豌豆，你知道我有多喜欢你。"但看到他与我有相同的感受，我还是不由得觉得异常感动。

"我有个惊喜给你。"我告诉他，还让他闭上眼，带他去了棚架。

他用悲伤的眼神看着我："对不起。看来是我多此一举了。"

"英雄所见略同。"我说，"这是我为你种的。"

"为我？"

我点点头。

他走到我面前，拉住我的手："就算没有香豌豆，这里也有足够多的美丽，吸引我前来。"

欢迎你回来，我心想。

我从不注重外表，但突然之间，我清清楚楚地意识到了自己的样子。我注意到我的蓝色条纹裙子上打着脏补丁，棉布衬衫的袖子磨破了，裙子边缘很脏。我捋捋头发，分开一绺绺油腻的发丝。每个月的第三个星期一，我们全家人从大到小，在厨房里用同一盆水洗澡（男孩子们本来就不喜欢洗澡，到了夏天，只要在湖里或是海里游个泳，就算交差了）。每隔几天，我在炉灶上加热一壶水，把布沾了水，洗一次脸和腋下。但我觉得那还不够。在艾尔的帮助下，我从柴棚里拽出了一个旧镀锌铁皮浴缸，我们从食品室的泵里抽水装在壶中，放到炉灶上加热。水快开的时候，我们把水倒进浴缸，再倒上几桶凉水。然后，我就叫他出去。

在浴缸里，我把橄榄皂涂在我的手臂、双腿、苍白的肚子、腋下和双腿之间的柔软毛发上。我把头探进浴盆里弄湿，用打了肥皂的手揉搓头发，我的手指摸到头皮，感觉怪怪的，像是别人的手。我把头发冲洗干净，再按照母亲教我的那样，把苹果醋倒进握成杯状的手里，揉在头发上，直到头发吱吱响。在水中没有了重力，我那紧绷的肌肉和浮起来的手臂都得到了舒缓。我的双腿也漂浮了起来。小时候，我有时会和弟弟们一起去池塘里洗澡，陶醉在失重的环境中，暂时甩脱了身体的疼痛。现在我只有在洗澡时才能找到这种解脱。我闭上眼，享受其中。

我向后靠在冰冷的浴缸上，想象离开这里是什么情形。我把自己当成小说里的人物，想象着那一刻：一个少女从床上起来，而房子里的其余人都还在沉睡。她收拾了几件东西卷成一个包袱，尽可能轻地走下楼梯（她已经习惯了在其他人还在睡觉时起来把火烧旺、准备早餐）。她在影影绰绰的前厅中系好鞋带，打开通往外面的大门。阳光照射在她那如同芭蕾舞演员一样轻盈的步伐上，她步履轻快，犹如蝴蝶在花间飞舞。她悄悄走下台阶，转了个弯，离开祖屋和畜棚，走向正在隐蔽处等待的汽车，有个年轻人坐在方向盘后面。（当然是沃尔顿，不然还能有谁？）他接过她的包袱，扔到座位上。她的包袱里装着一个珍珠鹦鹉螺和一个装饰有贝壳的空白相框，等待着将值得纪念的一刻收藏其中。她几乎将其他的点点滴滴都抛下了，毕竟，从前的生活不再适合她。至于她未来需要的东西，可以去她即将前往的地方找寻。

　　随着夏天一点点过去，我们开始重复前一年的惯例：和卡尔一家去划船，在亲吻湾的岩石间烤蛤蜊，在草地上野餐。有一天，就在我们去伯德角的路上，沃尔顿说："今年秋天，你要是能来波士顿就太好了。"

　　我感到一阵快乐："我很想去。"

　　"我肯定你可以住在卡尔家。而且……"他有些犹豫，我屏住呼吸，盼着他能发出更私人的邀请，"……你可以去看看医生。"

　　我大惊，停下脚步。我们从未明确谈论过我的残疾，虽然我早已习惯了他的搀扶。"你要我去看医生？"

　　"乡村医生当然都是好意，但我怀疑他们并不熟悉医学方面的最新进展。你愿不愿意去看看你有什么毛病？"

　　"我的毛病？"我结结巴巴地说。我感觉如坠冰窖。

　　他用两根手指轻拍额头："请原谅我，克里斯蒂娜。我应该说去看看你生了什么病。你没抱怨过，但我能想象你有多痛苦。我很关心你……"他的声音再次小了下去，还紧紧握住我的手，"我很想帮助你。"

　　他的担心是合理的，甚至是符合逻辑的。但为什么面对他的温柔请求，我却只想捂住耳朵，央求他住口？"你真好，愿意为我着想。"

我告诉他，努力用平淡的语气。

"不是的。我只是希望你好起来。那你愿意考虑一下吗？"

"我不想去。"

"你跟巴托比一样。"他笑了出来，打破了紧张的气氛。

巴托比，从我那受过学校教育的大脑深处，我挖掘出了这个名字的出处：是书中那个固执的办事员。我也对他笑笑。

"我只是想要你得到最好的。"

"你对我而言就是最好的。"我道。

8月让人倍受煎熬。我盼着每一天都能一直延伸到永远。我非常烦躁，除了沃尔顿，看所有人都不顺眼。我决定将最好的一面展现在他面前。对于尚未过去的时刻，我有着一种非常怪异的不满足和喜忧参半的怀旧。即便是在快乐的郊游中，我依然觉得时光是那么短暂。水是温热的，但终将冷却。大海平静得犹如一块玻璃板，但很快从远方的地平线就会有风刮来。篝火噼里啪啦地燃烧着，但终将熄灭。沃尔顿在我身边，拥我入怀，但很快他就将离开。

我们一群人最后一次在一起的晚上，我们坐在沙滩上聊天，沃尔顿提到年历上预测今年冬天将非常寒冷，拉蒙娜说："除了熬过严冬，克里斯蒂娜还有别的选择吗？"她说这句话时并没有看他，但我们都知道她的言外之意：沃尔顿是否会以及什么时候带我离开这里。

他似乎没听懂。"拉蒙娜，克里斯蒂娜和我们不一样。她喜欢缅因州的寒冷冬季。是这样吗？"他按按我的肩膀问。

我看着拉蒙娜，后者轻轻摇了摇头，翻了翻白眼。但我们都没再继续这个话题。

花儿凋谢了，在早霜中冰冻，没有结果就夭折了。树上的叶子变成了火红色，随即飘落，化为灰烬。农场生活的一切曾让我满意，现在我却只觉得不耐烦。忍受夏季之后的那几个月，变得越来越难。我每天干着单调乏味的家务活，黑暗寒冷的冬天不可避免地到来。我感觉我正从一条狭窄的小路穿过熟悉的树林，这条路无限循环，总也看不见尽头。

初秋，我忙着腌制西红柿、黄瓜、草莓和蓝莓，把它们装在罐子里，存放在户外棚屋的架子上。艾尔杀了一头猪，我们把整头猪都切开，从猪蹄到弯弯曲曲的猪尾巴，都加工处理做成了熏肉。我们挖出并储藏了没什么味道的根菜类蔬菜、芜菁甘蓝、萝卜、欧洲防风根和甜菜。我们摘下苹果，放在地窖里的长台上，留待即将到来的漫长冬季食用。

我有大量时间思考。我折磨我自己。我每天只干两件事：家务和思考。我觉得自己就像曼密那个鹦鹉螺中的软体动物，长得太大了，不能继续住在壳里。我觉得像我这个年纪的女人应该为了丈夫和孩子忙里忙外。我周围的人，不管是朋友还是同学，都订婚了，并且很快就要结婚。我的男同学都当了农夫、渔民和店主。沙蒂、格特鲁德等女同学都结了婚，马上就要生孩子了。

我干活的时候，母亲经常斥责我："打起精神来，小姑娘，生活并不是充满了悲剧。"艾尔斜睨着我，我很清楚他们在想什么：要是沃尔顿从未出现过就好了。

但沃尔顿的信就像是热气球，拉着我离开了忧郁。他写到了他上的课、他的老师和他对未来职业生涯的想法。他说，他一直都在受训成为一名记者，在欧洲进行得如火如荼的战争占据了各大报纸的主要版面，国内新闻根本没有立足之地。于是他决定转而从教。不管战争打得火热，还是股市崩盘，教师总是不可或缺的。我觉得他在哪里都可以当老师，哪怕是缅因州的库辛。

冬天是那么漫长，就跟冰川融化一样慢。圣诞节和新年暂时分散了我的注意，那之后，我们便进入了一连数月的冰雪时节。2月的一天，我在傍晚昏暗的光线下从邮局回来，沃尔顿的信被我揣在外套里。这时候，我踩到了一块冰，一下子摔倒在地上。我用手肘支撑起身体，看见我的袜子撕破了，小腿上有很浅的血迹，我的右手疼痛难忍，而我通常用这只手扶东西，让自己不至于摔倒。我试探性地伸开左臂，开始站起来。我拍了拍外套。我摔倒时，那封信肯定掉出去了。我在地上摸索，这下子我的裙子更脏了，我的血把冰染成了红色。我看到信封在几码以外，便一瘸一拐地走了过去。是空的。天色越来越暗，很冷，我的小腿跳动着作痛，但我依然在寻找，急切得就像个瘾君子。找不到信，我是不会走的。然后，我看到折叠的信纸在一条沟里漂动着。

我拿起信纸，发现墨迹都晕开了；信纸上溅了泥点，都被水浸湿了，很像是用邪恶的代码写的，好把收信人逼疯。每隔四五个词，我才能看清楚一个（享受……我很高兴地说……开始喜欢）。我仔细分辨字迹，心里的火气越来越大。然后，我把信纸放进外套里，贴着我的裙子，盼着信纸干后，字迹能变得清楚。我忍着疼，慢慢地走回家。我走进屋，解开外套，只见条纹连衣裙的紧身上衣染上了墨迹。这个印记永远提醒着我，他的只言片语对我有多重要。

又到了夏天。1915年6月的一个早晨，我去开门，看到沃尔顿站在门外。他对我露出了灿烂的笑容，交给我一盒黄油糖。"请甜心吃甜糖。"他说。

"这是句老话了。"我告诉他，"你以前说过的。"

他大笑起来："我显然不是个油嘴滑舌的人。"

我们很快又回到了熟悉的节奏，几乎每隔一天见一次面。我们在农场里散步，下午划船出海，傍晚与卡尔兄妹、我弟弟艾尔和塞姆在果园里野餐。我看到拉蒙娜一直留意我和沃尔顿去捡浮木和树枝，好在岩石围成的圈里生火。这时候，他把我拉到一棵树后吻了我。快回家的时候，我们坐在父亲做的粗糙长椅上，看着余烬瓦解，燃烧殆尽。随着太阳像余烬一样沉入大海，天空从蓝色变成了紫色，又变成了红色。

沃尔顿起来，到火坑另一边和阿尔瓦聊天，拉蒙娜走过来坐在我旁边。"有件事我想问问。"她轻声说，"沃尔顿有没有说过他给你的是什么样的承诺？"

我知道迟早会有人问我这个问题。我一直都很害怕听到它。

"没有。"我告诉她，"我觉得我们的承诺就是……理解。"

"谁理解？"

"我们两个互相理解呀。"

"他有没有说过什么？"

"他要先立业，才……"

"是我打探你的隐私了，请原谅。我一直都忍着没开口。但老天，现在都第三年了。"

这并不是她说出了我从未想过的事，她的话反而像一记重拳，击中了我的肚子。我想说，沃尔顿是个学者，他在研究经典著作和哲学，他必须先完成学业，在那之前他不能做任何决定。似乎没人理解这一点。

我都不确定我自己能理解。

"这不关你的事，拉蒙娜。"我生硬地说。

"确实如此，你说得对。"

我们默默地坐着，我们之间的空气中弥漫着没有说出口的话。

过了一会儿，她叹了口气："听着，克里斯蒂娜，你要当心点。我要说的就是这个。"

我知道拉蒙娜是好意，但现在就好像告诉一个已经从悬崖上跳下去的人当心点。我早就悬在半空中了。

8月末，我和沃尔顿计划独自划船去托马斯顿。自从拉蒙娜和我说过那番话，我才敏锐地意识到他一直都在巧妙地回避给我一个承诺。也许她说得对，我必须直截了当地把这件事说清楚。

我决定趁划船出海的机会把话说清楚。

傍晚时分，空气中有一丝凉意。我驾船，他站在我身后，展开一张大羊毛毯，裹在我们两个的肩膀上。

"沃尔顿……"我紧张地开口。

"克里斯蒂娜。"

"我不希望你离开。"

"我也不想离开。"他握着我的手说。

我从他的手里抽出了手："但你有很多事可以期待。而我有的就是几个月的寒冬。还有等待。"

"啊，我可怜的珀耳塞福涅。"他喃喃地说，亲吻着我的头发和肩膀。

这下我更加恼火了。我拉开我们之间的距离。有那么一会儿，我们都没有言语。我听着大如鹅的海鸥在天空中凄厉地叫着。

"我有件事想问你。"我终于说了出来。

"问吧。"

"啊，应该说我有话要告诉你。"

"说吧。"

"我爱……"我说道，但我的勇气消失了，"……和你在一起。"

他拉了拉毯子，更紧地裹住我，我们两个像被包在蚕茧里。"我也喜欢和你在一起。"

他的手沿我的身侧向上移动，停在我的肋骨处。我弓起背，靠在他身上。他的手移向我的前面，隔着衣料轻轻地握住我的乳房。"噢，克里斯蒂娜。"他喘息着说，"有些事是不需要解释的，对吗？"

我决定不问他、不逼他，也不再坚持。我告诉自己现在不是时候。但事实是我很害怕。我害怕我会把他推开，我害怕不管我们现在是什么关系，到时候都将结束。

一天晚上，我和艾尔在收拾晚餐用的餐盘，他说："你说会怎么样？"

"什么怎么样？"

他探身向盘子，把剩下的土豆、山药和苹果酱刮进桶里给猪吃。"你说沃尔顿·霍尔会娶你吗？"

"不知道。我没想过。"但艾尔肯定知道我在撒谎。

"我要说的是……"他很紧张，也很尴尬，他并不习惯如此亲密地说出心里话。

"'我要说的是，'"我不耐烦地模仿他，"别再吞吞吐吐了，有话直说。"

"我从未见过你这样。"

"哪样？"

"不可理喻。"

"你还真是个老实人。"我忽然感觉一阵恼怒，随意地把碗盆交给他，一时间乒乒乓乓响个不停。

"我是关心你。"他说。

"收起你的关心吧。"

有那么几分钟，我们默默地干着活，收拾桌子，把餐具放进一个碗中，把壶里的温水倒进锅里，用来洗盘子。我做着熟悉的家务，心里的怒火越烧越旺。这个小心谨慎的大男孩从没爱过，又怎么敢评价沃尔顿的动机和我的理智？艾尔并不了解我们之间的关系，就像他不了解怎么做裙子。

"你是怎么想的？"我终于脱口而出，"你觉得我是个蠢货？是个草包？"

"我担心的不是你。"

"你不需要担心。我能照顾好我自己。再说了，沃尔顿在各方面都是个正直的人。这关你什么事。"

艾尔把盘子堆在用来洗碗的锅里。"他当然是了。他喜欢这样的消遣，不愿意放弃。"

我抓着一把餐叉，转身看着他。有那么一瞬间，我真想拿手里的叉子给他一下。但我只是深吸一口气，道："你胡说什么。"

"得了，克里斯蒂，我不是……"他又有些支支吾吾。和我吵架，他肯定觉得很不自然，我看得出来，他很重视与我的谈话。然而，我还是觉得他过于单纯，实在叫人恼火。我平时欣赏艾尔的地方在此刻都变成了他的缺点：他是忠诚，但那也只是对未知的恐惧；他是正派，但也只是因为他太天真；他是有道德感，但仅仅是出于古板的判断。（只要看法出现了一个小小的扭曲，人们的优点很快就能变成缺点！）

"我想告诉你……"他吞了吞口水说，"他有很多选择。"

向艾尔瓦诺解释爱是何物，根本没有用。于是我说："爸爸向妈妈献殷勤的时候，你或许可以这么说。"

讥讽的表情从他的脸上划过："这话怎么讲？"

"他本可以去任何船上工作，游遍全世界。但他和她一起，在这里安定了下来。"

"母亲有一栋大房子和几百英亩土地。"他用一只手指着窗户，"你很清楚这栋叫奥尔森田庄的房子以前叫什么。"

我不耐烦地把餐具丢进洗碗水里："你有没有想过，或许爸爸是爱上了妈妈？"

"当然。也许吧。千万要记住一点，你还有三个弟弟。你不可能继承这栋房子。"

"沃尔顿要的又不是房子。"

"好吧。"他用洗碗巾擦干手，把它挂在挂钩上，"我的意思是你应该当心点。他不可以一直拖着你。"

"他没有拖着我。"我恶狠狠地告诉他，"我宁愿只与沃尔顿在一起度过夏天的三个月，也不愿意和当地那些男孩子相处一年。"

几个星期后的一天，我收完鸡蛋，迈过门槛走进祖屋，听到我父母的声音从贝壳屋传来。他们很少去那个房间。我捧着母鸡新下的温热鸡蛋，一动不动地站在门厅里。

"她不漂亮，但很勤快。我觉得她会是个很好的伴侣。"父亲说。

"是的。"母亲道，"但我开始觉得他只是在玩弄她。"

我忽然意识到他们是在说我，脸上传来一阵刺痛。我靠在墙上，竖起耳朵听。

"谁知道呢？说不定他想开农场呢。"

母亲哈哈大笑起来，只是她的笑声干巴巴的，很刺耳："你说那个人吗？不会的。"

"那他图她什么？"

"谁知道？也许是为了打发空闲的时间吧。"

"也许他是真的爱她，卡蒂。"

"我担心……"母亲的声音越来越小，"他不会娶她。"

父亲道："我也是这么担心的。"

我的脸就像着了火一样，耳边只剩下咚咚的心跳声。我的手在哆嗦，鸡蛋随之颤动着，我努力拿住它们，但它们还是一个个从我的指缝间滑落到地上，弄得玄关处都是蛋黄和黏糊糊的蛋白。

母亲出现在门口，看起来很苦恼。"我去拿抹布。"她走开，很快回来了。她蹲在地上，把我脚边的地板擦干净。我们两个都没说话。我什么都不知道，只感觉羞愧难当，我听到我内心的恐惧被人大声说了出来，只剩下满心的震惊。纱门乓一声关上，我看到父亲从窗边走过，低头向畜棚走去。

9月，沃尔顿回了学校，他在信中说："我觉得我们一起去托马斯顿的那晚是我一生中最快乐的时光。在当时的情况下，你怎么还能开船？我觉得都要怪我。"他想念库辛，想念我。"这是我一生中最美的夏天。这在很大程度上都是因为有你。"他写道，并且在末尾这样签名，"爱你的，沃尔顿。"

我感觉房子的一面墙脱离了其余几面墙壁，轻轻地倒在了地上。我能看到一条出路，那条平坦的小径一直通往广阔的大海。

有了沃尔顿和卡尔兄妹，一整个夏天我都不需要别人。我和弟弟们围着他们转，就像是飞蛾扑向明媚的火焰。但在他们离开之后，我只觉得寂寞难耐。格特鲁德·吉本斯是我在学校的同学，那时候我并不太喜欢她，但现在她成年了，倒是变得还不错。于是，在她邀请我参加专业裁缝凯瑟琳·贝莉主持的星期三晚的缝纫会的时候，我勉强同意下来。格特鲁德也是自己做裙子，所以，在没有缝纫会的日子，我们有时候也会在做完家务后，晚上一起做缝纫活。这也是打发时间的好办法。

在一个 11 月的凉爽傍晚，我把装有缝纫制品的粗布袋挎在肩上，步行两英里，去了格特鲁德家。那天下了一整天的雨，路上都是积水，我只好小心翼翼地慢慢走，绕过水洼。

"你终于来了！"格特鲁德在给我开门时大声说道。她的脸圆圆的，面色红润，胸部非常丰满，把裙子上的扣子都撑了起来。这会儿，她正吃着一块糖蜜饼干。她养的大黑狗汪汪叫着跑了过来。"趴下，奥斯卡，趴下！"她斥责道，"快进来吧。"

一只猫蜷缩着趴在一张布面椅上。"嘘，汤姆。"格特鲁德边说边摆手，猫咪不情不愿地服从命令。"坐这里吧。"她告诉我，"吃饼干吗？刚烤出来的。"

"不用了，谢谢。"

"所以你才这么瘦！"她说，"你和我姐姐一样有节制。老实说，我也试过节制，但我真不知道怎么会有人抵挡得住热乎乎的糖蜜饼干。"

她家里温暖舒适，余烬在壁炉里燃烧着。我坐下来，格特鲁德又往壁炉里扔了一根圆木。她说她父母去托马斯顿串亲戚了，她弟弟和朋友们出去玩了。奥斯卡趴在壁炉前，很快就心满意足地睡着了，深紫色的肚子起起伏伏。

我们聊到了这一季的土豆和萝卜都得到了大丰收。我告诉她，有只狐狸从我家的鸡舍里偷走了三只母鸡，艾尔就设了个陷阱，捕杀了那只狐狸。她想知道我那著名的苹果煎糕是怎么做的，我便一步步地讲解给她听：先把苹果去皮、切成薄片，开小火，用沉重的黑色长柄煎锅煎炒苹果，同时加入糖浆，直到苹果中间变软，四周变脆。然后，把煎锅里的苹果装在盘子里（我并没有告诉她，我自己再也拿不动煎锅，必须找弟弟们帮忙）。

我正在做一条米黄色的棉布裙，带有活褶和口袋。来格特鲁德家前，我用一块热铁一点点地熨烫了棉布。现在，我使用跳针给裙子缝边。我的针脚又小又整齐，这一部分我必须努力集中精神，才能不缝错。格特鲁德的针脚就很稀疏。她很容易分心，总爱讲小道消息。初夏，艾米丽·琼斯生了一个死胎，她到现在还足不出户，可怜的姑娘。厄尔·斯坦丁酗酒。上个星期，他那个怀孕的妻子去了菲尔斯杂货店，黑眼圈深着呢，还说她自己撞到了柱子上。萨拉·斯图尔特嫁给了洛克兰的一个铁匠，她是在一次联谊会上认识他的，不过有传言说她和小叔子有一腿。

"你都听说什么消息了？"她问。

我举起布料，皱起眉头，假装看到了漏针，十分恼火。她越是喋喋不休，我就越不想说。我知道她很想打听沃尔顿的事，但我偏偏什么都不说，我很清楚，她一定会宣扬出去。她把布料放在腿上，耐心地等待着。

"克里斯蒂娜·奥尔森，你就跟狮身人面像一样神秘。"最后，她说。

"我就是个让人讨厌的人。"我说，"没人和我说什么消息。"

"拉蒙娜·卡尔和哈兰·伍德伯里怎么样了？我听说他喜欢上她了。"

事实上，今年夏天，确实有一个叫哈兰·伍德伯里的男人从波士顿来库辛找拉蒙娜。但他走后，拉蒙娜取笑他脸上的肉太多，帽子像是猪肉馅饼。"不清楚。"我告诉格特鲁德。

她狡猾地看了我一眼。"我听说了一些事情，或许你可以给我解惑。"她舔舔食指，把线的磨损边缘捻成尖尖的。"我听说呀，"她说着把线穿过针眼，"有一个来自哈佛的年轻人有些犹豫不决。"

从头顶开始，我忽然感觉浑身燥热，就跟中暑了一样。我的手指在颤抖。我连忙放下布料，免得格特鲁德看出来。

"你自然知道那样一个男人……"她轻声说，像是在对一个小孩子说话。她叹了口气。

"什么样的男人？"我厉声问，话一出口，我就后悔和她吵架了。

"你知道的。人家是有大学问的人，"她伸手拍拍我的腿，"所以，有句话怎么说的来着，啊，对啦，不要把货都放在一条船上。"

"知道了，格特鲁德。"

"我知道你不喜欢谈论私事，克里斯蒂娜。你不想谈这件事。但我必须现在把我的想法告诉你，不然的话，我会良心不安的。"

我点点头，闭紧嘴巴。我保持缄默，她也就没什么可说的了。

从格特鲁德家回家的路上，我心不在焉，沉浸在思绪当中。走着走着，我的一只脚陷进了路上的车辙，整个人向前跌倒。在我倒下去的时候，我尽量向侧面转身，免得弄脏装有做好一半的裙子的包裹。然后，我重重地向右侧跌倒在地。我感觉右腿传来一阵剧烈的疼痛，我的两只小臂都擦破了皮。我一擦掉夹杂着碎石的泥土，血就流了出来。我的一条腿扭曲着压在我的身下，一只脚以一个不自然的角度倾斜。包裹扯破了，沾满了烂泥。

喊救命也没用，不会有人听到的。我的腿要是断了，站不起来，那要到早晨，才会有人发现我。我独自一人在寒冷的夜晚出去，实在愚蠢至极，我为什么要出来？

我呻吟着，感觉对不起我自己。人一直都在犯愚蠢的错误，他们就是这样走到了结局。去年冬天，有个男人被人发现冻死在树林里，要么是他迷路了，要么就是心脏病犯了。有人会在乌云密布的日子驾小艇出海，有人在出现下层逆流的时候在海里游泳，有人没有吹灭蜡烛就睡着了。以及，有人在11月的寒冷夜晚独自外出，并且在荒无人烟的地方摔断了腿。

我伸手去摸我的右腿、膝盖骨。我弯了弯腿，一阵锥心的痛楚传来。啊，原来是脚踝扭伤了。

我出门的时候，父亲劝我带上他的手杖，但我拒绝了。

我受够了这个难以控制的身体，受够了它不听使唤。我也受够了从未间断的隐痛。我受够了必须聚精会神地走路，不然就会摔倒。我也受够了身上总是带着痂和瘀伤。我受够了假装我和别人一样。但承认这具躯壳带给我的真正感觉，就等于放弃，我现在还没准备好这么做。

"你这么骄傲，肯定会吃尽苦头的。"母亲常这么说。或许她说得对。

我把包裹塞在腰带里，挣扎着跪起来。我把裙子塞在身下，不让皮肤接触土地，慢慢挪向路边，小心翼翼地不把身体的重量放在脚踝上。我眯眼看着十几英尺以外的桦树丛，寻找可以用来当拐杖的树枝。我终于站了起来，在岩石和车辙之间一瘸一拐地向树丛走去，一边走一边摸索。我找到了一根树枝，太短了，但能凑合。我踉跄着回到路上，把身体重量都压在树枝上，疼得龇牙咧嘴。

一小时前，我迫不及待地要离开格特鲁德家，但现在回去是我唯一的选择。我蹒跚着沿路缓行。看到她家的前门廊，我长出了一口气。我拖着一道泥痕，走上三级前门台阶，停在门前。灯都熄了。我握紧拳头，用侧面使劲砸门。没人回应。我用指关节用力地敲打门边的窗户。

我听到房屋深处传来了脚步声。透过窗户，我看到有油灯的光亮。然后，格特鲁德受惊的声音在门内响起："谁呀？"

"是我，克里斯蒂娜。"

门开了，我趔趄着走进去。

"老天！"格特鲁德摆动双臂，像一只鸟要落在岩石上，"怎么了？"

"我在路上摔倒了，脚踝可能断了。"

"啊，亲爱的，你身上都是泥。"她惊愕地说。

"对不起，打扰你了。"滚烫的泪水涌入了我的眼眶，既是因为如释重负，也是因为疲倦和怨恨——我不能正常走路，我回到了这栋房子。而且，见鬼，格特鲁德可能说得对，沃尔顿或许根本不会娶我，我后半生都会被困在这个地方，与这个叫人讨厌的女人一起缝衣服。我别开脸，不让她看到我的泪水从我布满污垢的脸上流下来。

格特鲁德叹了口气，摇摇头。"待在这里别动。我去找件衣服给你，不然地毯就要不成了。"

"我从格特鲁德·吉本斯家回来的时候摔断了脚踝。"我在信中告诉沃尔顿，"真是太蠢了。黑灯瞎火的，我真不该一个人走路。"

"听到你正在康复中，我真高兴，但愿你以后更谨慎。"他在回信中道，"你忠实的……"

我把信看了几遍，试着在字里行间"听"到他的声音。但他的话是那么生硬刻板。虽然我经常看他的信，看起来还是像轻责。

我与沃尔顿分别了一个漫长的冬季，对于与他的重逢，我有些忧虑不安，但他给了我一个热烈的拥抱，还吻了我的脸颊。"我有礼物送给你。"他说着从泡泡纱夹克的内袋掏出一个大贝壳，放在我们面前的桌上，"我觉得你可以把它加入你的收藏。"

贝壳闪闪发亮，呈现出鲜艳的橙红色，顶部有很多大疙瘩，越到边缘，疙瘩就越小。

我拿起贝壳。贝壳又滑又重，很像块玻璃镇纸。"啊，你是从哪里找到的？"

"我在剑桥的一个专卖店买的。"他笑了，"想必是从夏威夷来的吧。这东西叫贝雕。至少货架上的卡片是这么说的。要是摆在贝壳屋里，肯定很漂亮，你说是吧？"

我点点头。"当然。"

他抚摩我的手臂。"你不喜欢。"

"不是的，这东西很有意思。"但我其实有点失望，他根本不够了解我。这个小玩意儿来自专卖店，华而不实，不属于贝壳屋，因为那里的贝壳都是在探险中发现的宝贝。我真希望他撒个谎，告诉我是从沙滩上找到了那个贝壳。

我把贝雕放在贝壳屋的壁炉架上，但它看起来格格不入，就像是花园中的一朵假花。几个星期后，我把它放在了抽屉里。

1916 年的夏季一天天过去，沃尔顿还是和往常一样，细心、彬彬有礼、面带微笑，说起话来语带讽刺。但我敏锐地意识到，就好像随风飘浮的一张纸一样，他性格中的一些东西是我无法理解的。即便我直接提问，他也是避实就虚，对他在波士顿的生活、他的家人和他对未来的计划，只是含糊其词。

7 月初的一个上午，我和沃尔顿正穿过很长的草地前往哈索恩角，捡贻贝来吃。这时候，我注意到他不太说话。他好像很不舒服，一边走一边摆弄着衬衫袖子。

"怎么了，沃尔顿？告诉我。"

"只是……"他摇摇头，像是要摆脱脑海里的想法，"我的父母。他们总以为了解什么是对我最好的。"

我知道他父母住在莫尔登，距离卡尔家不远。就我所知，他们从未来过这里。"你收到他们的信了？"

他俯下身，从草丛中抄起一根迷途的树枝，用力地一折，把树枝折成两截。"是啊。信很长，乏味至极。说什么我现在该长大了，夏天该去波士顿找工作，不要再和卡尔一家在这里浪费时间。"他把断成两截的树枝又折断，把所有小碎片扔到地上。

"是因为……我吗？"

他把手插进口袋。他的怨愤有些夸张，仿佛如此夸大是为了我好。"他们不是针对你。"他生硬地说，"他们是担心我的未来。他们不希望我自毁前途。"

我还没说话，心就开始突突狂跳了："他们那是什么意思？"

"太荒唐了。"他说，"他们老是说什么要维持体面。哈佛大学，找一份体面的工作，找一个合适的妻子。"

"他们的意思是……"我尽可能用轻描淡写的语气说。

他耸耸肩："谁知道呢。他们希望我能娶一个'有学问''出身好'的女人。"他举起两根手指，示意他是在引用他父母的话，"这自然表示他们要从认识的人家里挑选儿媳妇。最好是波士顿的人家，这可以帮他们得到更高的社会地位。因为社会地位是非常重要的。"

　　我发现自己说不出话来。沃尔顿的父母自然不愿意他们那个在哈佛大学受过教育的儿子娶一个连中学都没上过的女孩。

　　"你生气啦。"沃尔顿拍着我的胳膊说，"不过你用不着生气。跟你没关系的。他们都不知道你。"

　　这句话让我大为震惊，我终于开口了："你从没在他们面前提到过我？"

　　"我当然提到过你。"他立即说，"我只是觉得他们并不……太清楚你对我有多重要。"

　　"他们知不知道我们是……""恋人"这个词跃入我的脑海，但我害怕说出来会叫人厌烦，显得冒昧。

　　他耸耸肩："我很少和我父母沟通。"

　　"这么说，他们都不知道我们……已经来往四年了？"

　　"我不确定他们都知道些什么，我也不在乎。"他不屑一顾地说，"算了，别谈这件事了，我们还是好好享受这个上午吧。抱歉，是我开的头。"

　　我点点头，但经过了这次谈话，我的好心情被一扫而空。后来我回想我们说的话，才发现他并没有回答我的问题。

　　在沃尔顿和卡尔兄妹返回马萨诸塞州的前一天，我们计划去库辛橡子田庄礼堂跳舞。沃尔顿、埃洛伊丝和拉蒙娜来早了，他们在祖屋后面的场院看见我正在费力地洗衣服。那天是洗衣日，我必须把衣服洗好都晾在绳子上，不然，我哪里都去不了。

"你们先去吧，我很快就到。"我告诉他们。我还穿着旧女服和围裙，很热，满头大汗。

"我帮她把衣服洗完。"他对其他人说，"我们到时候去找你们。"

埃洛伊丝、拉蒙娜、艾尔和塞姆嘻嘻哈哈地出发了。我看着他们走到路上，艾尔和塞姆高大笨拙，像芦苇一样俯身和那对漂亮的姐妹花说话。

沃尔顿帮我把湿衣服送进绞衣机，他的手强而有力，干起活来比我麻利得多。他把草篮抬到腰间，我们一起向晾衣绳走去。然后，他蹲下，一件件从篮子里拿出湿衣服，抖几下，交给我，我把衣服夹在绳子上。我们一起做着普普通通的家务活，这份亲密让我又喜又忧。

沃尔顿在后门廊等我，我进屋换上了干净的白衬衫和藏青色裙子。"你真漂亮。"我出来后，他说。我们向田庄礼堂走去，走着走着，他开始掏口袋。我听到熟悉的蜡纸沙沙声。他把一块黄油糖放进嘴里。

"我也想吃，有吗？"我问。

"当然有。"他停下，又拿出一块糖，撕开包装纸，放进我嘴里。他揉搓着我的手臂。"已经有一丝秋意了。"他沉思着说，"你冷吗？要不要穿我的夹克？"

"我很好。"我有些生硬地说。

"我知道你很好。我只是问你冷不冷。"他笑了，我看得出来，他是在哄我开心。

我吸吮着黄油糖，过了一会儿，我才开口："你要走了。"

"我还要再待几天。"

"快了。"

"太快了。"他承认道，拉住了我的手。我们默默地走了几分钟。然后，我大胆开口。

"到处都有老师。缅因州也有。"

他轻轻按按我的手，但没有说话。我们头顶上方响起一阵乱糟糟的鸟鸣，划破了沉寂。我们都抬起头。只是树木枝繁叶茂，我们什么都看不到。突然之间，一大群鸟黑压压地从上方飞过。

"我从没见过这么多乌鸦。"他说。

"那不是乌鸦，而是乌鸫。"

"原来如此。没有你纠正我，我该怎么办呢？"他开玩笑地一拉我的手，随即意识到我被他拉得失去了平衡，便赶忙伸手圈住我的腰。"你真是个聪明的姑娘。"他在我耳边喃喃地说。然后，他放缓脚步，在路上停了下来。

我拿不准他想干什么："怎么了？"

他把一根手指放在唇边，轻轻地拉着我走下河岸，来到一片深蓝色的云杉树林里。在树影下，他用冰凉的手捧起我温热的脸。"克里斯蒂娜，你真了不起。"

我凝视他那双浅色的眼睛，试图理解他的意思。他目不转睛地望着我。"分别在即，我看不出你是不是难过。"我说，听起来有些任性。

"我当然难过。但承认吧，你也感觉松了口气。'夏天终于结束了。我的生活要回归正轨了。'"

我摇摇头。

他模仿我，也摇摇头："不是吗？"

151

"不是，我……"

他吻住了我的唇，将我拉得更近，亲吻我那瘦骨嶙峋的肩膀和颈窝。他的手滑过我的上衣，他犹豫片刻，随后一直摸到我的裙褶上。我惊讶不已，只觉得头晕目眩。他推我靠在一棵树上。我感觉树上的疙瘩顶着我的背。他贴着我的身体，一只手抚摩着我的身侧，另一只手伸进我的衬衫下面，握住了我那小巧的乳房。他吻着我的唇，我的头就这么尴尬地靠在树干上，动也不能动，感觉很不舒服。然而，这也不是全然不愉快的经历。

黄油糖在我的嘴里咔嗒咔嗒响。"我还是把糖吐了吧，不然我要窒息了。"我说。

他大笑起来："我也是。"

我也不管够不够淑女，一口把糖吐在了草地里。

这会儿，他的一只手伸到了我的双腿之间，迷失在了布料之间。我感觉他捧着我的私处，像他是那里的主人，我将屁股探向他，感觉到他硬了。我的皮肤洋溢着活力，每一根神经末梢都在跳动。他的呼吸粗重急切。这就是我想要的。我要的就是这样的激情和确定，以及清清楚楚的他的欲望。此时此刻，只要他提出来，我什么都会答应他。

接着，路上有声音响起。沃尔顿猛地抬起头，像一只捕鸟猎犬一样警惕。"什么声音？"他喘息着说。

我侧头倾听，感觉脚底传来一阵低沉的隆隆声："应该是汽车吧。"

现在天已经黑了，我几乎看不清他的脸。

他拉开我们之间的距离，然后一跃到我跟前，紧紧抓着我的肩膀。"啊，克里斯蒂娜。"他轻声说，"我想要你。"

黑暗让我有了胆量："我是你的。"

他依然握着我的肩膀，把头放在我的胸骨上，像一头绵羊在拱来拱去。他叹息着，我感觉到他的温热气息扑到了我的乳房上。"我知道了。"说完，他抬头凝视我的眼睛，眼神炽热灼人。

"我们必须在一起。超越……"他一挥手，指着树木、路和天空，"……这一切。"

我的心一下子提到了嗓子眼儿："啊，沃尔顿。你是认真的吗？"

"是的。我保证。"

尽管本能让我不要那么做，但我还是决心弄清楚他的意思。我重重地吞了一口口水，问："你承诺什么？"

"承诺我们在一起。我还有些事情需要……解决。你一定得来波士顿见见我的父母。但我向你保证，克里斯蒂娜，是的。"

深蓝色的云杉树在我们头顶上方沙沙作响，我的薄底鞋下是夹杂着碎石的泥土，松树的气味弥漫在空气中，天空中的月亮与新英格兰糖果公司的圆片糖果一样。一些感官记忆会在事情过去后渐渐褪色，但其他的则会深深刻在心里，终生难忘。我已经知道，此时此刻的记忆就属于后者。

我们来到田庄礼堂，看到拉蒙娜和埃洛伊丝正把落单的男孩子从椅子上拉起来，和他们聊天、跳舞。临时组成的乐队演奏着小提琴、钢琴和直立低音贝斯。乐队成员都是我从小到大认识的男孩子：比利·格罗弗、麦克尔·沃尔扎勒诺、沃尔特·布朗。他们演奏了《枫叶抹布》和《蒂珀雷里长路漫漫》，但听来十分刺耳。沃尔顿在我耳边柔声唱着："离开斯特兰德大街和皮卡迪利大街，或者你将会受到责备，因为爱情使我变得愚蠢，希望你也一样！"

他们开始弹奏《丹尼男孩》的时候，我仔细听歌词，仿佛我从未听过这首歌，仿佛这首歌刚刚为我写成。

夏天过去了，所有玫瑰都凋谢了。

你，你必须离去，而我必须等待……

我会在阳光下，我会在阴影中——

噢，丹尼男孩，噢，丹尼男孩，我深深地爱着你。

我们抵着额头跳舞，沃尔顿的一只手扶着我的腰，暗示着我们刚才在树林里的亲密时刻。"我会想念这一切。"他说，"我会想念你。"

我的声音卡在喉咙里。我连话都说不出来。

最后一曲终了，我们和其他人摸黑回家。我的双腿很累，我心中忧郁，走得更慢了。像是狗狗被人用狗链牵着，朝它不愿意去的方向走去。沃尔顿搂着我，我们走在后面。来到通往卡尔家小屋的岔道上，我们站在栅栏门边。我把头靠在他的肩上。

"我真希望能把手伸到天空里，抓住远方的一颗星，戴在你的手上。"沃尔顿说。他用一根手指摩挲着我的臀部，低头吻了我。从他的吻中，我感觉到了他的沉甸甸的承诺。

十天后，我收到了一封带有马萨诸塞州邮戳的信。"还记得一个星期前的今晚吗？我会一直记得那个晚上，直到再见到你。"他写道，

"我一定会信守承诺。"

12月就跟我的心情一样灰暗。9月以来，我就再也没有收到沃尔顿的信。

天很冷，却没有下雪。一只猫躲在祖屋下面，那是只淡棕色的虎纹缅因猫，长了一双姜黄色大眼睛。我用一碗牛奶把它引了出来。它瑟瑟发抖，大口舔着牛奶，一看就是饿坏了。碗空了，我把它抱到腿上。它是只母猫，猫皮松松垮垮地包裹着它的骨头，我仿佛抱着一袋子空心管。它用海胆一样的舌头舔着我的下巴，喵了一声，卧在我的腿上。我给它起名叫罗莉。在那一整月中，它是我的唯一亮点。

过圣诞节的时候，我趁弟弟们在外工作时用法兰绒布给他们做了格子衬衣。母亲织了袜子和帽子。父亲公开表示不会送礼物，他说我们头上的屋顶就是最好的礼物了。塞姆送给我一个烤盘，弗雷德做了一把新的稻草扫帚，还在上面系了一条丝带，艾尔雕了一套木勺。沃尔顿寄来了一张很厚的奶油色圣诞卡，带有箔纸邮票，上面印着绿色花环和红色蝴蝶结。他的卡片是写给"奥尔森一家"的。"在这个寒冷的季节送上我温暖的问候。圣诞快乐，上帝保佑！"他的签名是"沃尔顿·霍尔"。

我没有像往常一样把他的圣诞卡给家人看，而是拿到楼上我的房间。我从架子上把他的一摞信拿下来，解开淡粉色丝带，坐在我的床上，把信一一打开阅读。*所有道路都将引领我返回库辛。我一定会信守承诺。爱你的。*我紧紧抓着他的圣诞卡，抓得太紧，纸都有些撕裂了。我缓缓地把卡片撕成两半，把它撕成了碎片，撕得跟黄油糖、两分钱邮票、远方天空里的星星一样小。

假期后，我写信给沃尔顿，祝他 1917 年快乐，告诉他我收到了弟弟们的礼物，而我给他们做了法兰绒衬衫。我告诉他，在圣诞夜，艾尔在院子里搭了个火坑，我们烤了乳猪，我们还吃了糖煮蓝莓、苹果煎糕、南瓜饺子炖鸡，喝了塞姆调的酒：在杯中加入朗姆酒、糖蜜、丁香和沸水，此外还加入了肉桂棒。他说这种酒叫捕鲸者棕榈酒。我努力传递着我们那卑微的习俗所具有的风味，一栋有很多男孩子的房子里所具有的情谊和喧闹，传递着幸福和快乐节日的感觉。我在信中其实并没有太过夸大其词。我尽了全力不让字里行间充满哀怨。

我不明白。你为什么不写信？

几天过去了，几个星期过去了，一晃几个月过去了。我觉得我已经习惯了等待。这是新的地狱。我感觉灵魂被涂上了沥青。

我责怪我自己不该写那样一封信，里面都是愚蠢的絮絮之言，讲的都是我们那些简单的习俗。我告诉他的都是当地一些微不足道的小事。然而，我所有的，也只有这些。

冬去春来，我在积雪和烂泥中艰难跋涉，去了邮局。账单，传单，《星期六晚邮报》。"克里斯蒂娜，今天没有你的信。"贝莎·多塞特说，她的古板声音中夹杂着怜悯。我很想冲过柜台，扼住她的喉咙，直到她脸色发紫，喘不上气。但我只是接过邮件，微微一笑。

即便积雪融化了，番红花盛开，我依然感觉很冷，不管我躺在床上盖多少条毯子，都始终暖和不过来。半夜三更，我聆听狂风呼啸着穿过墙壁上的缝隙。我还记得我看过一个故事，有个疯女人被关在她自己家里，她相信她住在墙纸后面。我开始怀疑我将永远住在这栋房子里，与故事中的女人一样，在楼梯间上上下下。

在一个温暖的 5 月上午，我从厨房窗户看到拉蒙娜穿过草地大步向祖屋走来，她低着头，肩膀挺直。我一整个冬天都在等着这一天的到来。我坐在红色天竺葵旁边的旧椅子上。罗莉跃到我的腿上，我抚摩着它的后背。通常情况下，我会站起来烧水泡茶，在门口欢迎她。但我只觉得浑身无力，无法迎接打着朋友来访的旗号即将进行的对话。

拉蒙娜看到我在厨房里，并不惊讶。"你好，克里斯蒂娜。不介意我进来吧？"她的笑容有些闪烁。她跨过门槛，走入昏暗的室内，她眯起眼。"见到你真开心。"

我挤出一丝微笑作为答复："我也是。"

"我是不是打扰到你了？"

"我这里还是老样子。"

"你看起来气色不错。"

我知道事实并非如此。我穿着一件旧围裙，里面是一件朴素的格子裙。"我没想到你会来。"我开始解开围裙。

"啊，不用麻烦了。"她说，很快补充道，"只有我一个人。"

"午饭的碗碟已经洗好了。我反正也要把围裙脱下来。"

　　她看着我费力地摆弄后背的结。我看得出来她很想过来帮忙，但她知道我不喜欢她那样做。

　　她站在那里犹豫了片刻。她提着一个纸袋，她身上那件连衣裙的式样是我从未见过的，布料是黄色和白色相间的棋盘图案，配有白色长袖和三颗龟甲纽扣，搭配着白色宽松衣领和宽腰带。她穿着浅色袜子和白色皮鞋。她的头发向后梳成一个发髻，上面系着黄色丝带。

　　"你的裙子真好看。"我说，看到她的这身打扮，我觉得她一会儿肯定要去一个更有意思的地方。

　　"谢谢。这条裙子适合夏季，你说呢？"

　　"是吧。"

　　她好像突然想起了什么，便说道："我给你带了点东西来！我妈妈从佛罗里达寄来一箱呢。"她从袋子里拿出三个大橙子，放在桌上，"我真想去趟佛罗里达。我都能想象我自己躺在沙滩上的一块毛巾上，还戴着大草帽。有意思吧？"

　　"是的。"

　　"我们一起去怎么样？等到冬天特别冷的时候，我们就去。"

　　我耸耸肩："我不太喜欢晒太阳。"

　　"我都忘了你有瑞典血统了。"她说，"我来剥个橙子吧，这样我就能想象自己在佛罗里达，你也来点健康的点心。"

　　"我刚吃完午饭……"我道，随即缓和下来，"好吧。"

　　她把拇指插进一个橙子，剥掉了坑坑洼洼的厚皮，小心摘掉白色细丝。她把橙子拉开，递给我一瓣："吃吧！"

　　橙子香甜多汁，我几乎忘了我有多紧张。

我们吃完了橙子，拉蒙娜把艾尔的摇椅拉到桌边，坐了下来。"我喜欢这把旧摇椅。"她说，"坐着真舒服。"她揉搓着摇椅扶手，黑漆早就磨掉了，下面的木头都露在了外面。

直到此刻，她的双手搭在扶手上，我才注意到她的手指上有什么东西在闪烁，是一枚戒指："老天，那是……"

她的脸腾一下就红了，然后，她身体前倾，把五指张开，伸向我："是呀！能相信吗？我订婚了。我还在奇怪你什么时候会注意到呢。"她的声音中夹杂着假装出来的快乐，由此可见这件事对我们两个而言有多尴尬。"我本可以写信告诉你的，但这只是几个星期之前的事。"

戒指中间有一枚很大的钻石，周围是一圈小钻石，我从没见过这么华丽的戒指。我老老实实地说出了我的感受："太漂亮了。我想是哈兰送的吧？"

她大笑起来。"当然是哈兰了。突然之间，我们的关系就近了一大步。我们计划秋天结婚，只举办小型婚礼，邀请家里人参加。老天，要准备的太多了！但我真高兴能回到这里，能看见你。"

"啊。"我想到了戴着滑稽窄檐帽的胖子哈兰，"恭喜呀。"

"谢谢。全世界的人都为我送上祝福，真的很有意义。"她一眼看到罗莉走过门口，不禁大叫起来，"啊，多漂亮的猫啊！个头真大。"

"它是一只缅因猫，就跟小老虎差不多。"

"过来，小猫咪。"她咂舌、打响指。罗莉愣住了，来来回回地看着我们。

"它不会过去的。"我道，"它很固执，也很害羞。和我一样。"

仿佛是为了证明我的话，猫咪走过来，蹿到我的腿上。

拉蒙娜笑了。"你才不害羞。你喜欢谁就是喜欢谁。那只猫也是一样。"

罗莉弓着背贴着我的手，非要我抚摸它。有那么一会儿，它那不间断的喵喵声是房间里唯一的声响。

空气中飘浮着淡淡的橙子香。

最后，拉蒙娜叹了口气："我一直都在烦恼如何开口。沃尔顿……我没有……"她摇摇头，扭动着她裙子上的一颗大扣子，"他是个可爱的人，我挺喜欢他的，只是他也太气人了。"

我听不懂她的意思。沃尔顿是个可爱的人。她很喜欢他？"他不再写信来了。"我说。

"我知道，他告诉我了。"

我紧紧抓着罗莉的背，它疼得喵喵叫，用一只爪子抓着我的手心，然后扭动几下，从我的腿上跳了下去。我的手上渗出了一滴血。我在裙子上把血蹭掉，留下了一片粉色的污渍。

"他真是太可恶了。我一直这么骂他来着。而且……他……太残忍了。"

尽管我知道这一刻迟早会来，但我打心眼儿里不愿意经历这次对话："拉蒙娜……"

"让我把话说完吧，虽然这些话很可怕，但我必须这么做。沃尔顿爱你，我想，他以前是爱过你的。噢，克里斯蒂娜。"她叹了口气。"这些话我说着痛苦，你听着肯定也痛苦，我不想这么做，但是……"她停顿下来，随即脱口而出，"沃尔顿订婚了，很快就会结婚。"

沃尔顿订婚了，很快就会结婚。我是不是有什么没听清楚？他是要和我结婚吗？我茫然地看着她。

沃尔顿订婚了，马上就要结婚了。

他要娶别人了。

一直以来我都在思考他为何沉默，考虑背后的原因，但我从未想过这个可能性。但为什么不会呢？这是最合理的解释了。他突然不再写信。当然是因为他认识了别人。

我感觉像是被掏空了，身体里充满了沉闷的空气。我无法思考，我什么都看不到，沉闷的空气连我的眼睛都挡住了。我试着回想沃尔顿的样子。戴有黑色螺纹带的硬草帽，亚麻夹克，手很柔软，和女孩子的手一样。但我就是想不起他的脸。

"克里斯蒂娜？你还好吗？"拉蒙娜的脸色变得很难看。我凝视她的眼睛，感觉像是我隔着一层薄亚麻布看她。

"为什么？"我只说了三个字，听起来都不像个问题。

她叹了口气。"我问了我自己千百次，我也问了沃尔顿很多次，我求他给我一个合理的答案。我甚至觉得他自己都不清楚，只是……"她的声音低了下去。

"只是……"

"只是，"她在椅子上扭动着，"你们之间的距离太远了，还有他的父母。"

"他的父母。"

"他说他告诉过你了，他们不同意。"

"他没说过。"

"没有吗？"

我向后靠在椅子上，闭上眼睛。也许他是说过的。

"他母亲是个可怕的女人。她不管做什么都要做到最好。她想要她的宝贝儿子过上体面的生活。她总是带一个朋友的女儿去见沃尔顿，那姑娘在史密斯学院读书。我估摸就这样过了一段时间后，他开始觉得：有什么用呢，我再也无法反抗了，放弃是最容易的了。"

"最容易。"我重复道。

"我觉得那姑娘其实还不错。"拉蒙娜耸耸肩，"当然啦，我从没对他说过这个，我只是告诉他我很生气，也很失望。我是替你这么说的。"

通过她讲话的方式，我看得出来，她和那个女人相处过一段时间，他们一起出去玩过。"她叫什么名字？"

"玛里琳。玛里琳·威尔斯。"

我想了想。她是个真正存在的人，而且有名字。"他甚至都没有……写信解释一下。"

"我知道。为了这事，我都气坏了。我们还大吵了一架。我告诉他，他这么做太不公平，也很粗鲁。他说他做不到，还求我给你写信告诉你这事。老实说，我拒绝了。"

我感觉她说的每个字都像是一条鞭子，抽打在我身上。"你们很清楚我一直在等。"我缓缓地说，我的声音大了起来，"你们却不把我从痛苦中拉出来？"

"克里斯蒂娜？"母亲在楼上喊道，"怎么啦？"

我死死地盯着拉蒙娜，她也看着我，她的眼里储满了泪水。"真对不起。"她说。

"没事，妈妈。"我喊道。

"谁来了？"

"拉蒙娜·卡尔。"

母亲不再说话。

"他配不上你。"拉蒙娜小声说。我摇了摇头。

"没错，他是很聪明，也算有魅力，但老实说，他是个懦夫。我现在算是看清楚他他的为人了。"

"别说了。"我道，"别说了。"

拉蒙娜坐在摇椅上向前探身，道："克里斯蒂娜，听我说。海里的鱼多着呢，这世上的好男人也多着呢。"

"不，不会有了。"

"会的。你一定会钓到一条大鱼。"

"我会把我的鱼竿收起来。"我说。

我的话似乎打破了紧张的气氛。拉蒙娜笑了（要她这么严肃，实在是强人所难！她天生就不是个严肃的人）："只是暂时收起来而已。你以后还会有很多探险。"

"不行，小船漏水了。"

她大笑两声："你真是和缅因猫一样固执，克里斯蒂娜·奥尔森。"

"也许吧。"我告诉她，"也许我的确如此。"

我上了床，再也不想起来。我的骨头深处疼痛难忍，我受尽了折磨。三更半夜，我惊醒过来，疼得抽泣不已。事情不会好转，只会越来越糟。我把父亲做的蓝色毛毯更紧地裹在身上，终于迷迷糊糊地睡着了。几小时后，我醒了过来，只见晨光昏暗，我把脸埋在枕头里。

艾尔走进我的房间。我闭着眼，但能听到他的声音，也能看到他，我假装还在睡觉。"克里斯蒂娜。"他轻声说。

我没回答。

"我弄了些面包和果酱做早饭。塞姆和弗雷德在畜棚里。等做完了家务，我会去捡鸡蛋，交给爸爸妈妈。"

我叹口气，暗示我听到他的话了。

我感觉到他低头看着我，双手叉腰："你生病了？"

"是的。"

"要不要去看医生？"

"不用。"我睁开眼，但我做不出任何表情。他目不转睛地看着我。我不记得曾如此和他对视。

"我真想宰了他。"他说，"我真的会。"

我的床像极了一座浅坟。

我取出用淡粉色丝带绑着的沃尔顿的信，把它们放在一个盒子里。我真的很想将信丢进火里，看着它们烧为灰烬。但我不忍那么做。

在第一层楼梯顶端的侧墙上有一扇小壁橱门。瞅准没人，我便把盒子放在壁橱里一个黑暗角落。我不想看到他的信。我只需要一个证明，证明它们的存在。

镇里没人说起这件事，至少没人对我提起这件事。但我看到他们的眼中含有怜悯之色。我听到他们在窃窃私语：她被抛弃了。他们的同情让我羞愧难当。我现在终于明白为什么有人乘帆远航去往远方，再也不会回归故土。

6月里一个温暖的日子，我准备和弟弟们下午晚些时候驾船出海，于是，我把沃尔顿送给我的贝壳装在衣兜里。来到帆船上，我抚摩着贝壳，摩挲着粗糙的裂缝和柔滑的外表。贝壳并不太沉，形状也适合，正好可以被我握在手里。夕阳西沉，我们也快回去了。我走到小帆船的船尾，独自坐在那里，低头望着滚滚的海水。滑下船、沉入海底，是多容易啊。到时候就只剩下无边的黑暗，再也不会有思想，该多幸运。泪水滚下我的脸颊，尝起来又甜又咸。毫无疑问，用不了多久，弟弟们就将结婚，我的父母也将老去、离世，而我则要一个人住在山上的祖屋，没有任何期盼，只能眼看着四季缓慢地变化。我自己年华老去，病入膏肓，这栋房子化为尘埃。

我和沃尔顿也曾这样坐在船尾。*我喜欢你*，他在我耳边小声说。那个时候，他是多么深情款款，恨不得终日和我相守在一起，只爱我一个人，心里只有我。他结实的肩膀靠着我的肩膀，修长的手指指着天空里的星座，而我则急切地学习它们的名字：猎户座、仙后座、武仙座、飞马座。天色越来越暗，我抬头看着如同石板一样的天空。星星都被洗掉了，它们只存在于记忆中。

我闭上眼，把身体探出船侧，咸腥味的水溅到我的脸上，和我的泪水交织在一起。我在手里掂着贝壳，这个贝雕与其他贝壳并不一样。它就是一个从商店里买来的小玩意儿，没有历史，也没有故事。他送贝雕给我的时候，我内心深处就很清楚，他并不了解我。我为什么就没有把它看成一个警告呢？

我感觉有一只手握住了我的手臂，我睁开眼。"夜色真美。"艾尔温和地说，"在这里要小心。很滑的。"

"我没事。"

他抓紧我的手臂："过来和我一起坐吧。"

"过会儿再说吧。"

"有没有人对你说过，你倔得像头骡子？"

我轻笑两声："有人说过一两次。"

我们一起凝视暮色。在海岸上，远处一座房屋的窗户里传出淡淡的灯光。那是我们的祖屋。"那我和你待在这里。"他说。

"你不必这么做的，艾尔。"

"我可不希望发生意外。不然的话，我不能原谅我自己。"

沉重的悲伤压迫着我的胸口。我紧紧抓着贝壳，感受着贝壳上的钝疙瘩。然后，我由着贝壳从我的手上滑落。它落在水里，激起一小片水花。

"什么东西？"

"一个小玩意儿。"

贝壳很快就沉入了水下。我再也不必看到它了，再也不必把它握在我的手里。

我的承诺

————————

1946 年 ///

"有人吗？克里斯蒂娜？"纱门外响起了一个女人假惺惺的尖厉声音。

"我在这里。"

那个女人拉开门走进厨房，像是走进了一艘即将沉没的船。她看着像是已过中年，不过无法确定她的具体年龄。她穿着一套精纺羊毛套装和长筒丝袜，脚穿一双轻便高跟鞋，端着一盘砂锅菜。"我叫比奥莱特·埃文斯，是库辛浸信会教堂的。我们开了一家好客俱乐部，那个……你在我们的名单上，我们会每星期来看望你一次。"

我的背部有些僵硬："我不知道还有这么一回事。"

她笑了，脸上露出了委屈的耐心："现在你知道了。"

"你们都会去看望什么人？"

"大都是不能出门的人。"

"我能出门。"

"啊。"她说着环顾四周，举起盘子，"我给你带来了牛肉片和面条。"她眯眼望着昏暗的室内。快到傍晚了，我还没有点灯。她进来后，我才发现屋里有多黑。"还是把灯打开吧。"

"这里不通电。你要是能等一下，我去把油灯找出来。"

"啊，不用麻烦了。我很快就走了。"她小心翼翼地走过来，把砂锅菜放在火炉上。"酱汁溅到我的裙子上了。能告诉我你家的水槽在哪里吗？"

我勉强指指食品室。我知道接下来会发生什么。

"哎呀，这是个……水泵！"她笑着说，有点惊讶，我早就料到她会这样。"老天，你这里没有自来水吗？"

明摆着的，我们没有。"没有自来水，我们也过得很好。"

"好吧。"她又说。她站在房间中央，像极了一头即将奔逃的鹿。"希望你和你弟弟喜欢牛肉片。"

"我肯定他会吃的。"

我很清楚她希望我表现得更感激一些。但不是我主动要求她送砂锅菜，我对牛肉片也不是特别感兴趣。我不喜欢她那副傲慢的态度，生怕坐在椅子上会感染疾病。而且，我的性格也不允许我像别人希望的那样，必须对我从未主动请求的慈善表示感激。或许是因为这往往会伴有一种屈尊俯就的评判，赐予者都认为我落到现在的境地，完全是自找的。但是，我要提醒你，我对我现在的生活并没有丝毫抱怨。

就连很了解我的贝琪也总想让我变得更好。她用她那双纤纤嫩手洗盘子，把它们放在错误的位置上。我发现扫帚被放在了门后，洗碗巾被挂在后门廊上晾干。有一天，她拿来一堆毯子和床单，放在餐厅里的餐桌上。"我把你睡的旧床单拿走吧。"她说，"我觉得你也该换干净的亚麻床单了。"（所有人都知道我很骄傲，我只忍受贝琪一个人对我这么说话）贝琪把我的床单都收起来（它们确实很旧了，特别是父亲编的旧蓝毯子），用力将它们拖到外面，扔进旅行车的后座，送去垃圾站。

"玻璃盘就放在这里好了。"浸信会教堂的女人向我保证，"我下个星期来取。"

"你不用再来了。我说真的。我们过得很好。"

她俯身拍拍我的手："我们很高兴能帮忙，克里斯蒂娜。这是我们的使命。"

我明白，浸信会的这个女人是好意。我也知道，她自认为完成了她作为基督徒的职责，今晚会睡得很香。但吃牛肉片和面条会让我满嘴苦味。

夏天的大多数时候，上午 10 点左右，田野里热浪滚滚，安迪便会出现在门前。他越来越忙。他儿子尼基快三岁了。贝琪又怀孕了，再过一个月就要生产。安迪说他需要创作一些作品，好养活一大家子人。

速写簿，手指上染着颜料，衣兜里装着鸡蛋。他踢掉靴子，光着脚在房子里和田野中行走。他走上二楼，从一个房间到另一个房间。他又走上一层楼梯，来到一个封闭已久的房间。我能听到他用力地咕哝一声，打开了三楼那扇已经许久没打开过的窗户。

在我看来，他就像一块镇纸压住了这栋脆弱的老房子，将它固定在田野上，以免它被吹走。

一般来说，安迪不会带任何东西，也不会主动帮忙。他对我们的生活方式并不觉得恐慌。他并不认为我们是一个需要修理的工程。他不像有的人，坐在椅子上或是在门口徘徊的时候，一心只想着离开。他只是安顿下来，用心观察。

对于大多数人担心的事，安迪都很喜欢。户外棚屋的蓝门上被狗抓的抓痕，白茶壶上的裂缝，磨损了的蕾丝窗帘和结满蜘蛛网的窗玻璃。他明白我为什么满足于坐在厨房的椅子上，把脚搭在刷了蓝漆的凳子上，眺望着大海，时不时站起来搅拌浓汤，给植物浇水，任由这栋老房子沉入土中。他说，一栋经过暴风雨侵蚀的房子，只露出漂白的白骨，要比死气沉沉的整洁，更显宏伟。

安迪画干家务的艾尔、采摘蔬菜和用耙子耙蓝莓的艾尔、喂马喂牛喂猪的艾尔。他画坐在厨房里红色番红花旁边的我。透过他的眼睛，我对这个地方所有看到和看不到的部分都有了全新的认知：傍晚厨房里的阴影，开满花的田野，用来固定破旧护墙板的扁头钉，生锈的水箱滴下来的水，从破裂的窗户照射进来的冰蓝色的光。

曼密用钩针编织的蕾丝窗帘如今已经破破烂烂，在恒久不变的风中摆动着。我很肯定她就在那里，看着她的生命和故事与所有其他故事一样，在安迪的画布上变成另一番模样。

在一个阴云密布的日子，安迪匆匆走进来，表情阴郁，径直重重地走上楼梯，没像往常一样，停下来和我们聊几句。我听到他在上面咚咚地走来走去，乒乓关门，咒骂不停。

就这样大约过了一个小时，他慢慢地走回厨房，坐在椅子上。他用手揉揉眼睛，说："贝琪是要毁了我呀。"

安迪这人是有点夸张，但我从未见过他抱怨贝琪。我不知道该说什么。

"她要把布拉德福德角的一栋旧屋修好，让我们去住。你要知道，她都没和我商量。真见鬼。"

我觉得这倒也不是完全不合情理。贝琪和我说过，他们现在住在她父母田庄里的马厩里。"你喜欢那栋小屋吗？"

"还可以。"

"你出得起修缮费吗？"

他耸耸肩。看来出得起。

"她要你帮忙了吗？"

"没有。"

"那么……"

他用力摇了摇头，蓬乱的头发随之摆动。"我不想被束缚在一栋房子里。我们现在的生活方式已经够好了。"

"你们现在住在马厩里，安迪。贝琪说了，那是一个能容纳两匹马的马厩。"

"那里已经修整过了。我们又不是睡在干草垛上。"

"但你们已经有一个孩子了，另一个也快出生了。"

"尼基挺喜欢住在那里！"他说。

"好吧。我觉得我能理解贝琪为什么不愿意住马厩。"

安迪摘掉手臂上的一块干颜料，喃喃地说："我父亲就是这样。房子，船，汽车，需要经常修理的码头……就这样越陷越深，开始损失钱，然后，不得不选择画好卖的画，考虑市场的需要。那样一来，就毁了。见鬼。毁灭就是这样开始的。"

"修缮一栋小屋和你说的那些并不一样。"

安迪眯起眼，朝我露出一抹好奇的微笑。除了我不喜欢他给我画的肖像画，我其实从未与他有过意见不合的时候。我看得出来，他有些惊诧。

"我在贝琪很小的时候就认识她了。"我道，"她并不看重物质。"

"她当然看重。只是可能不如某些女人那么拜金。但我也不会娶那种女人。她是真的看重。她想要一栋漂亮的房子和一辆新车……"他重重地叹了口气。

"她不是那样的人。"

"你不了解，克里斯蒂娜。"

"我认识她的时间比你长多了。"

"这倒是事实。"他承认。

"她有没有和你说过我和她是怎么认识的？"

"当然，有一年夏天，她觉得无聊，就来这里串门。"

"不只是串门那么简单。有一天，她来敲门，那时候她只有九岁或十岁。她走进屋，四下看看，就开始洗碗碟。从那以后，她就开始每天都来，帮忙打理家务活。她不要任何回报。她自行其是。她给我编辫子……"我想起贝琪取下我长发上的夹子，用宽大的梳子给我梳头，耐心地梳理开缠结的头发。我闭着眼，向后仰着头，眼前是一片橙色。缠结的头发缠在她那把带有银丝的梳子上。她的小手十分有力，非常稳，把我的头发分成三股，编成发辫。

安迪叹了口气。"听着，我又不是说她这个人不可爱。她当然很可爱。但女孩子会变成女人，女人有无尽的欲望。我不愿意想这些。我只想画画。"

"你是在画画。"我有些不耐烦地说，"一直在画。"

"我说的是压力。很难不受影响。"

"但你没受影响。以后也不会。都是为了工作，你总是那么说。她也常这么说。"

他坐了一会儿，用手指敲打膝盖。我看得出来，他还有话说，只是没想好怎么说。"我父亲爱所有那些东西。名声也有负面影响。我真的很愤怒。"

"你为什么愤怒？你是说，你气他看重那些东西？"

"是的。也不是。我不知道。"他突然站起来，走到窗边，"你知道吗，压死他的那趟火车也差点撞到了我。那是几年前，在同一个岔路口，我开着车，想着别的事，结果我抬起头，在最后一刻踩下了刹车，火车呼啸着开了过去。所以我很清楚，他看着火车朝他碾过来是什么感觉。太可怕了。而且，你意识到你什么都做不了。"他犹豫了，随即又道："我很生气。我气的是失去了他。这么快就失去了他。"

啊，好吧，我心想。

"我气的是我失去了他，但我也气他的浪费。"他说，"在毫无意义的财富上浪费时间、浪费精力，还有那些妥协……我不想犯同样的错误。"

我想到我父亲在生命的尽头犯过的错误。我知道父母的死亡是解脱也是清算。

"你不会的。"

"很快就会了。"

"我去给你泡杯茶。"我说。

他摇摇头："不用了。我上楼去了。愤怒有助于工作。我会把怒气都融入作品。还有悲伤和爱，都混合在一起。"他站在门口，抓着门框，说："可怜的贝琪，不是她的错。她想要的是正常的生活，却只得到了我。"

"我觉得她很清楚她过的是什么生活。"

"就算她以前不知道，现在也清楚了。"他说。

1917—1922 年 ///

多少年来，这还是我第一次在夏天有多余的时间，不知该干些什么。我从菲尔斯杂货店的目录上订购了壁纸，在母亲的帮助下改造了楼下的房间。（如果这里是我的家，那至少给它贴上白底小粉花的壁纸）母亲劝我加入我以前看不上眼的小组，比如友爱俱乐部、妇女助人俱乐部、南库辛浸信会缝纫小组，参加他们的冰激凌联谊会、围裙特卖会和每星期的见面会。我从图书馆借沃尔顿没推荐过的书。（尤其是《伊登·弗洛姆》，书中新英格兰阴冷的冬日、痛苦的妥协、充满悲剧色彩的错误让我彻夜难眠）我接订单，为镇里的女士做连衣裙、睡衣和长衬裙。我甚至同意和拉蒙娜、埃洛伊丝以及我的弟弟们每星期五晚上去田庄礼堂。但是，当我们走近，听到欢快的钢琴曲和小提琴曲《猛虎》《湖畔少女》在树林间飘荡，我只想消失在树林中。

我们一到，所有人就都散开了。"可怜的宝贝。"格特鲁德·吉本斯一看到我，便在舞厅另一边喊道。她快步走过来，握住我的一只手。"我们都听说了，真是太遗憾了。"

"我很好，格特鲁德。"我说，试着挣脱开她的手。

"啊，我就知道你一定会这么说。"她假装低声道，但别人都能听到她的声音，"你太勇敢了，克里斯蒂娜。"

"我没有。"

她握握我的手："你是，你很勇敢！你经历了那么痛苦的事。换了我，肯定只会躲起来不见人。"

"不，你不会的。"

"我会的！我会崩溃。你这么……"她假装噘起嘴，"你总是把事情做到最好。我特别欣赏你这一点。"

就是这样，我真的受够了。我闭上眼睛，深吸了一口气，把眼睛睁开："现在我就很欣赏你。"

她把一只手放在胸口上："真的吗？"

"真的。在我看来，你有个苗条的姐姐，你却这么拼命地注重体重，实在太不容易了。这太不公平了。"

她挺直身体，收腹，咬着嘴唇："我不觉得……"

"肯定是很难的。"我伸手拍拍她的肩膀，"所有人都是这么说的。"

我知道我很不友善，但我就是忍不住。看到她脸上露出受伤的表情，我一点也不后悔。我的心都碎了，只剩下参差不齐的碎片。

母亲开始终日挂着窗帘，待在卧室里不出来。希尔德医生来了好几趟，试图查出她的病因。我对他依然心有余悸，所以躲着不见他。"她好像得了进行性肾脏疾病，心脏也不太好。"最后，他告诉我们，"她需要休息。如果她觉得可以，去晒晒太阳也无妨。"

她的身体时好时坏。她觉得不舒服，便不再离开房间。（她要喝茶，我就给她送上去。我慢慢地上楼，手里的茶杯碰着茶碟，咔啦咔啦直响，滚烫的热水溅到我的手上）她要是感觉好一点，就会在我洗完早餐碗碟后出现，和我一起坐在厨房里。赶上她觉得神清气爽，我们时不时会赶在退潮前去利托尔岛野餐。我们还真是同病相怜，一个女人病恹恹的，上气不接下气，一个跛足女孩，走起路来一瘸一拐。

母亲一直把曼密那本黑色《圣经》放在她的床头柜上，经过了多年的行游，书已经破旧褪色。她经常翻阅轻薄脆弱的书页，经常大声念出早已烂熟于胸的经文：*我们因痛苦而喜乐，知道受苦能产生忍耐，忍耐也能造就人，性格也能产生希望……因为这短暂的痛苦正在为我们准备永恒的荣耀，无可比拟……*

一天早晨，我去畜棚给父亲送水罐，只见他倒在畜栏里的骡子身上，脸上带着奇怪的痛苦的表情。大惊之下，我一下子丢下水罐，跟跄着向前走去。

"帮帮我，克里斯蒂娜。"他伸出一只手，气喘吁吁地说，"我起不来了。"他的肌肉收缩，出现了痉挛。他说他的腿疼得厉害，双腿几乎无法挪动。我终于搀扶他走进屋内，他躺在厨房的地板上，不停地揉搓小腿，希望能缓解疼痛。

艾尔去找希尔德医生。他给父亲做了检查，宣布他得了关节炎，而他对此束手无策。

母亲缠绵病榻，父亲的身体越发虚弱，越来越沉重的家务负担落在了我和弟弟们的肩上。我们没有选择，不然整个农场都将荒废。牲畜没人喂养，奶牛没人挤奶，到了第二天，需要干的工作会多出一倍。要想干完家务活，我就必须调低刻度，让我的大脑变得昏暗，就像是转动煤气灯上的平转把手，只留下中间的一小团火焰。

夏天过去了，秋季如约而至，带有两美分邮票、波士顿邮戳的信封再次抵达邮局。拉蒙娜在信中说，果然不出所料，"小型家庭婚礼"变成了一场更为铺张的活动。虽然她母亲反对，但她还是会穿摩登婚纱，白色 V 领缎子裙，裙子只到膝盖下面一点点，搭配宽缎子腰带和新娘披纱（老天，可不是她祖母用过的那条皱巴巴、已经发黄的蕾丝披纱）。"如果主张妇女参政的女性能去白宫外面抗议，我就能说，摆脱长裙和旧式披纱束缚的滋味实在是太美妙了。"拉蒙娜道。她还会模仿赫斯特公司发行的杂志上的新娘，手捧一束鸢尾花。

请柬印在奶油色的厚卡片纸上，上面有手绘的粉彩花卉。她用一个很大的奶油色信封寄来了请柬。我站在路上，看着请柬上的蚀刻黑色华丽字体：

赫伯特·卡尔夫妇诚邀您出席爱女拉蒙娜·简和哈兰·伍德伯里的结婚典礼。

我从笔记本上撕下一页纸，同样恭敬地谢绝了邀请。弟弟们忙着秋收，我则必须为假期做准备，但我们都会为幸福的夫妇送上最美好的祝福。（那之后，我还送上了一套托马斯顿一家家居用品店减价出售的镀银茶具）

11 月初举行完婚礼后，我收到了一封来自新港的蜜月明信片。"这里的房子太漂亮了！女士们都穿毛皮大衣……"几个星期后，她在给我的信中提起，他们这对新婚宴尔的夫妇在波士顿一栋新砖大楼里租了一间阳光明媚的公寓。"初春的时候你一定得来一趟。我知道那时候艾尔忙着播种，你可以带亲爱的塞姆来。"拉蒙娜写道，"他需要出来探险，你也是。那时候既不是割干草的季节，也不是节日季，所以你没有借口。反正只住几个星期！不会有任何影响的。"

一想到要在不同的环境下去波士顿，与当初设想的情况有着天壤之别，我就头痛不已，在床上躺了一个下午。

"你很清楚我们去不了。"我告诉塞姆。我太蠢了，竟然把信打开放在餐桌上，他现在就拿着信来找我。

"为什么不能去？"

"这么远……我的身体也不行……"

"胡说。"塞姆道，"我从没出过远门。你也没有。我们一定得去。"

我看着高大英俊的塞姆，他的下巴强而有力，长着鹰钩鼻子，一双灰色的眼睛仿佛可以洞穿人心。我想到了家族里曾出海远航的先辈，他们去全世界探索，都叫塞缪尔，而他的名字就是来自他们。塞姆二十岁了。拉蒙娜说得对，他需要探险。"你去吧。"我劝道。

"你不去我也不去。"

"可是……艾尔一个人干不了农场里所有的活。"

"他又不是一个人，还有弗雷德呢。爸爸也能帮上忙。"

我向他抛去一个怀疑的眼神。父亲已经有段时间帮不上忙了。

"艾尔应付得来。我可不接受你的拒绝。"

就这样，在1918年3月的一个清晨，我带着满心的慌张，和塞姆一起坐在艾尔的马车上，在大雾中前往托马斯顿。然后，我们再从那里乘坐火车去波士顿的北方联盟车站。对我们两个来说，一道道楼梯和买票的长队、狭窄的过道、火车站台，就像是令人眼花缭乱的超越障碍训练场。而且，我穿着很紧的新鞋子，就更加困难了。塞姆拿着两个旅行箱和一件外套，却依然牢牢地挽着我的胳膊扶着我，我们一起缓缓地向大门走去。等我们终于上了火车，便都瘫坐在红色皮座上。

火车驶离车站的几分钟后，塞姆问我："有吃的吗？"

我的袋子里有几块干饼干，可等我把它们拿出来，却发现它们都变成了碎片。就在我觉得我们只能等到了波士顿再吃的时候，脸很红、长着硬胡子的列车长碰巧过来检票。塞姆摸索上衣找票。"我看呀，"列车长说，"你们是第一次坐火车吧？"

我点点头。

"果然不出所料。"他探身向座位，"厕所在旁边的车厢里……"他伸出一根肉嘟嘟的手指，指着右边，"餐车在那边，隔了四个车厢。那里有热腾腾的饭菜和茶水。你们喜欢的话，还有威士忌。"他咯咯笑着说。他的气息中夹杂着咸腥味，就跟龙虾一样。

"谢谢。"我说。不过等他走后，我告诉塞姆："我们不能去吃。得省着点。"我们总共带了 80 美元作为路上的花费，而每个人的往返车票就要 5.58 美元。此外，我也不愿意在列车上来回摇晃，当众出丑。

"我们需要吃东西。"塞姆说。

"你去吧，给我带点吃的来就行。"

塞姆很清楚我在想什么。四节长车厢。他站起来，伸出了一只胳膊。我深吸一口气，站了起来。但现在又出现了一个问题：我们是要带上行李，免得被偷，还是把它们放在这里？过道对面一个面孔像是地窖里的苹果的老妇在座位上向前探身。"别担心，亲爱的，我给你们看着行李。"

火车的摇晃实际上掩饰了我的残疾。我早就习惯了费力保持平衡，我比塞姆更快地适应了如醉汉一样左右晃动的火车节奏。到了餐车，我们吃了火腿三明治，喝了加奶加糖的茶，边吃边凝视窗外飞快闪过的黑暗。一连很多年，我都梦想着这一刻，或者说梦想着像现在这样的时刻。此时此刻与我的想象真是天差地别！我的脚踝冰冷，我的脚在新鞋里疼得钻心，空气中弥漫着烟味和体臭味，面包不新鲜，茶水又淡又苦。

然而我还是出来了，要前往一个新地方。收拾行囊出门、买票、上火车、去一个未知的地方，竟是这么容易。

波特兰、朴次茅斯、纽伯里波特。火车减速进站。从前，这些地方对我而言不过是地图上的名字。我们来到塞勒姆，我想起了我们那位曾住在这里的祖先。我想象布丽奇特·毕晓普站在绞刑台上，急切地要把她的死刑变成她的优势。她肯定是这样想的，*如果你们真相信我是个女巫，那你们肯定相信我有能力伤害你们。*我一直都以为，约翰·霍索恩捏造罪名陷害那些叛逆者和与环境格格不入的人，是为了强制执行社会规范。但现在我在想，他是不是真相信那些女人有能力诱惑他的灵魂？

火车驶入南站，天已经黑了，天气很冷，我们必须乘坐三趟不同的火车才能到卡尔家。其中一列火车在高架铁道上，我们只得拖着行李上下楼梯。塞姆挽着我的手臂，我专心致志地走路，先迈一只脚，再迈另一只脚。我梦想和沃尔顿一起生活，却没想到应付城市生活是怎样一番情形。所有的一切都源于我的这副身体，这副充满瑕疵的躯壳。我怎么会希望能挣脱这副躯壳的束缚，将它抛在身后呢？

我虽然为了去波士顿而心有不安，但是来到一个全新的地方，我还是觉得很刺激，而且很容易假装一切都很正常。在拉蒙娜做早餐煎蛋的时候和她随意地聊天，赞美她收到的结婚礼物，从公寓窗户眺望铺着鹅卵石街道的美景。到了晚上，与她、哈兰和塞姆在客厅的折叠方桌上玩牌（不过，在哈兰提议玩"老处女"纸牌游戏的时候，我还是情不自禁地皱了皱眉头）。

在表面之下，我感觉我的心已经磨破了，一碰就疼。我笑、点头、大声惊呼，但我每天都过得如同行尸走肉，默默地期盼着可能发生的事。在这里，在哈佛大学校园中，我和沃尔顿本可以坐在公园长凳上休息。我们本可以在乔丹·玛什百货公司挑选家具和盘子。我们本可以在查尔斯河的河岸边铺一床被子野餐，我向后靠在他的怀里，看着桨手划过。到了晚上，我在床上累极而睡，并且被巨大的悲伤包围，几乎无法呼吸。

我尽了全力，但还是被拉蒙娜看了出来。一天早晨，她突然说："你能来，真是太勇敢了。"我们两个坐在早餐桌边，吃着装在瓷杯里的溏心水煮蛋和放在银架上的烤面包片。塞姆和哈兰出去散步了。

"我很高兴来这里。"

她喝了一小口咖啡："我很高兴。你肯定经过了一番艰难的决定，才来这里的。"

"是的。"我承认，"是塞姆非要来。"

"我知道。他告诉我了。但是……你也很开心，对吧？"

我点点头，把黄油涂在吐司上："当然了，非常愉快。"

"我有件事告诉你，克里斯蒂娜……"她放下勺子，"你肯定也很想知道。沃尔顿住在莫尔顿。他最近很少来城里。"

我注视着她的眼睛："我的确很想知道。"

"我希望这能让你放下心来。"

"他知道我来了吗？"

"我告诉他了。我感觉我必须这么做，以防……"

"你有理由这么做。你们是朋友。"我听得出我声音中的苦涩。

她咬着嘴唇："我们两家是世交，我们从小就认识了。很难断绝关系的……就算……"

她摇着头说："我不知道该怎么解释。我感觉自己像个叛徒。我知道你有多痛苦。他的所作所为实在是太残酷了。"

拉蒙娜看起来是真的很痛苦，我忽然有一点同情她："你用不着解释，我明白的。"

"是吗？"她若有所期地说。

"过去的已经过去了。"

我知道她想听我这么说。她笑了，显然如释重负："真高兴你能这么想。我也是这么认为的。顺便说一句，我知道你说过你没兴趣，但波士顿有很多黄金单身汉。"

"拉蒙娜……"

她摆摆手："是的，是的，我知道，你已经把鱼竿收了起来。人家就是问问，你也不能怪我。"

几天后，拉蒙娜说："亲爱的克里斯蒂娜，想必你到处走很不容易吧。"

她说得对。从铺着鹅卵石的街道到拥挤的人行道，波士顿的每一个地方对我来说都危险重重。她、塞姆，甚至是笨手笨脚的哈兰都会搀扶我进电梯、下楼梯，在我们下午散步的时候为我伸出有力的手臂。就算如此，我还是会绊倒、走路踉跄。"我真的非常感谢你的帮助。"我告诉她。

"那没什么。但看起来你的情况像是比以前严重了。我看到你有时候皱眉。是很疼吗？"

我耸耸肩。疼痛已经成了我的一部分，我早已接受了身体的疼痛，它就跟我的灰色睫毛、脱脂牛奶色的皮肤一样。现在早晨醒来，我要花几分钟伸展和按摩我的手，才能让它们动起来。而且，我时常感觉我的脚像是被胶水粘住了，我自己只要走上四五步，准会失去平衡。

"克里斯蒂娜，沃尔顿和我说过，他以前和你谈过这件事。他说他劝你去波士顿，看看是不是有什么办法。"

我感觉我的脸红了："他和这件事没有任何……"

她举起一根手指："这件事不是为了沃尔顿。我和波士顿市立医院的一个医生谈过了，那个医生非常不错，他认为他们或许能帮到你。不能马上就去，你这次来肯定是不成的，必须先去预约。我只要求你考虑一下。你看……"她叹了口气，"你就不想有正常的生活，得到正常的机会？你以前拒绝过，结果……"

她没有说出来的话飘荡在空气中。我知道她在暗示什么：我不愿意考虑治疗，因此失去了沃尔顿。我心中忽然升起一团怒火。没错，我当时担心的就是这个。我担心沃尔顿对我的感情是有条件的，他告诉我要变得更好，不然就结束。

但我的怒气来得快，去得也快。拥有正常的生活的确很好。我受够了假装坚强，不告诉别人哪怕是最轻的家务活也会让我筋疲力尽。我受够了瘀伤和擦伤，受够了街上的人投来的怜悯目光。说不定那个医生真能帮我。谁知道呢？说不定他甚至能把我治好呢。

"好吧。"我告诉拉蒙娜，"我会考虑的。"

她笑了："太好了！现在我们或许终于可以把你那艘漏水的船补好了。"

报纸上都是关于前线的报道。《波士顿环球报》报道，美国每天向法国派兵近一万。在库辛，我们偶尔听说有男孩子入伍，或是在去年通过《选征兵役法》后，有的男孩子被招入了军队。（我的几个务农的弟弟和我们那个地区的很多男孩子一样，都被免除了兵役）我们收听广播里的报道。但在波士顿，新闻里的事不是发生在远方的抽象事件。我和塞姆走在哈佛大学校园里，碰到了几千个身着蓝色标准海军军装的年轻人，他们都是新应征入伍的军人，来这里上广播学校。波士顿公园里摆满了红十字会的帐篷，志愿者在收集和打包补给品，运往海外。

评论专栏对在白宫前抗议两年多的妇女参政支持者大加贬低，拉蒙娜和埃洛伊丝气坏了，详细讨论了这件事。她们知道一些女性的姓名，讨论为什么应该赋予女性投票权。她们聊起种种事件，仿佛她们与结果息息相关。仿佛她们有权，甚至有义务发表意见。

"但这件事和我们没有任何关系呀。"我说。

"这件事和我们有很大的关系。"拉蒙娜愤慨地答。

在拉蒙娜的世界里，在库辛让我整日忙得团团转的家务活根本毫无意义。这就好像她在她那个位于四楼的临街四室公寓里玩过家家，她不用担心任何人，只照顾好她那位善良却有些笨的丈夫就可以了。而且他们很有钱，大可以继续这样过下去。如果我有电灯和室内厕所，厨房和厕所里的水龙头有热水，灶台上有只划一根火柴就能点燃的煤气喷嘴，每个房间里都有铸铁散热器，那我的生活肯定会大不相同。如果我没有把时间都花在烧火上，那我可能也知道更广阔的世界里发生的事。拉蒙娜去歌剧院，看最新的戏剧，去逛头饰用品店和女性服饰店。有个女孩子（拉蒙娜管她叫女孩子，不过她比我们两个都大）每个星期来两次，洗衣服、擦地板、换寝具、拂去橱柜上的灰尘、清洗碗盘，拉蒙娜则穿着晨衣，坐在桌边看《波士顿先锋报》。

拉蒙娜如果不穿戴最新式的帽子和裙子就不出门，而且裙子必须是新浆洗过的，熨烫平整。我只有两条朴素的连衣裙、两条短裙、两件衬衫和两顶微微发皱的帽子可供选择，所以我等她准备都要等上很久。"啊,克里斯蒂娜,你肯定是生气了。"她叹息着说,匆匆走出卧室,从众多帽子中选出一顶,在门厅镜前戴上。我则无所事事地待在门边。"你看看这些没用的东西,装饰物,用发夹夹住的鬈发、帽针,我花那么多时间担心我的外貌!你就是你自己。我真羡慕你。"

我才不相信她的话。她过着她愿意过的生活。但我其实并不羡慕她。就算我不是身有残疾,也很难适应这些布满建筑物、行人如织的狭窄街道,忍受没完没了的有轨电车发出的叮当声,嘟嘟的喇叭声,刺耳的刹车声,从一个个门口飘出的音乐声和人们的说话声。波士顿的天空都被灯光冲淡了颜色,从未彻底黑过。我想念哈索恩角夜晚的浓重黑暗和满天繁星,煤气灯散发出的柔和光亮,没有半点声响的沉寂,我们的黄色田野,海湾和远处大海的美景,还有远方的地平线。

拉蒙娜甚至哈兰都慷慨好客,到了该离开的时候,我已经做好了准备。我们出发的日子天气晴朗。街上的积雪已经融化,地上有很多水洼。公园里的黄色和紫色的番红花一夜间在雪泥中盛放。我在我的小卧室里,把我为数不多的几件物品塞进行李箱,这时候有人敲门。"我是塞姆。我能进来吗?"

"当然。"

他推开门,我抬起头来。他的眼睛亮晶晶的,脸上带着灿烂的微笑:"你都快准备好了?"

"是的。你呢?"

"还没。"

"那就快点吧。"我拿起一条连衣裙对折起来,"千万不要误了火车。"

他在门口徘徊,一只脚在屋内,另一只脚在屋外,手握着门把手:"我还没准备好回去。"

我惊讶地抬头看着他:"什么?"

他把额头抵在门上,叹息一声:"我一直在想一件事。如果我一辈子都要待在一个荒凉的小地方,那我至少还想在世界里见识一番。"

"我们现在不就是在做这个吗?"

"我觉得我只是刚刚开始。"他说。

我有点不明白他的意思:"这么说,你是想继续住在拉蒙娜和哈兰这里了?你问过他们的意见了吗?"

"其实,赫伯特·卡尔提议让我去他的公司里做收发员,还在他们家里给我空出了一个房间。所以,我不必住在这里。"

我慢慢明白过来,他准备这件事已经有段时间了:"你怎么没和我说过?"

"我现在就在和你说啊。"

"但你怎么……我怎么……"

"你不会有事的。"他说,仿佛能读懂我的心思,"我会送你去车站。然后,我就去上班。"

"那农场呢?"

"艾尔和弗雷德能应付。再说了,弗雷德也该多帮帮忙了,他当这个家的宝贝已经够久了。"

我心里一阵难过:"你已经认真想过了。"

"是的。"

"甚至都没和我商量。"

他在门口扭动着，像一条挨训了的狗："我怕你不同意。"

"不是我不同意。重要的是我……我……"该怎么说呢，"我感觉我……"

"你感觉你被抛弃了？"他说。好像我们同时意识到了事实。

我的眼里噙满了泪水。

"啊，克里斯蒂娜。"他说着走过来，把一只手放在我的手臂上，"我只想到了我自己。我压根儿就没想到你。"

"你当然不是。"我说，哽咽着说不出话。我知道我有点夸张，但我控制不了我自己。"你为什么要顾及我呢？别人为什么要顾及我？"我别开脸，从行李箱里拿出一条折叠着的手帕，捂着脸哭了起来，肩膀不停地抖动。

塞姆向后退开。他从未见过我这样。"我太自私了。"他说，"我和你一起坐火车回家。"

过了一会儿，我做了个深呼吸，用手帕擦擦眼睛。窗外传来有轨电车的咔嗒声和汽车的喇叭声。我想到了曼密的流浪癖。她渴望见识广大的世界。家里人都没有她那样的野心，她十分失望。塞姆为什么不应该留在波士顿？他还有大好的生活。

"不。"我说。

"不？……"

"你不应该回家。"

"但你……"

"我没事。"我告诉他,"我希望你留下来。"

"你确定?"

我点点头。"曼密一定会为你骄傲的。"

"我是不可能乘船环游世界的。"他笑着说,"但波士顿也许是个开始。"

塞姆信守承诺,送我去了火车站,陪我上了火车。他站在站台上,看起来是那么年轻、英俊、快乐。火车缓缓开动,他挥手和我道别。

波士顿消失在了远方。一段时间以来,我都没为家人担心,但此时,那些担心又回来了:母亲的身体怎么样了?她睡得好吗?她做家里的饭,会不会很吃力?我想到我会在厨房的角落看到灰尘,会有堆积如山的衣服等我回去洗,炉灶里堆着许多灰烬。骡子、奶牛、鸡、祖屋后面的水泵……我眺望地平线,只见那里混合了多种色彩,从黑色到蓝色,从黄褐色到橙色,一缕金色消失后,蓝色再度出现。一路向北,就像穿梭时空,回到了过去。火车驶入托马斯顿,天气是那么冷,路上泥泞不堪,天空还是灰蒙蒙的,几个星期前我到波士顿的时候,那里也是这个样子。

我回来的几个月后,母亲让我坐在餐桌边,手里握着一封信。父亲在她身后,站在门口:"塞姆和拉蒙娜希望你回波士顿做个检查。卡尔一家认识一个非常好的医生……"

"是的,她提到过。"我打断了他。现在我回到家,回到了熟悉的日常生活中,波士顿显得那么遥远。中断家务活,一路上受尽千辛万苦，更不用说几乎可以确定要承受的治疗之苦，而且结果如何仍未可知。很难想象，我为什么要让自己经历这样的痛苦折磨。"我说了我会考虑。但老实说，我觉得什么用也没有。"

母亲伸出手，我还来不及把手抽走，她就紧紧抓住了我的手腕。她把我的手腕翻过来，露出了一道道凸起的鲜红疤痕。"你好好看看你都对你自己做了什么。"

我开始使用我的手肘、手腕和膝盖抬起沉重的锅，放平烧水壶，用水泵灌满水壶，把水壶放在炉灶上。我的小臂上有多处烫伤。这是一部分原因，另一部分原因是多年以来，我的手臂变细了，越发跟树枝一样，我时常用宽大的袖子来遮掩。我抽回我的手臂，把袖子卷下来，遮住伤疤。"没人能治好我的病。"

"现在还没有定论。"

"我很好，妈妈。"

"如果你的病情继续恶化，那你就走不了路了。你想过这一点吗？"

我把桌上的碎屑弄到一起。我当然想过。我要用手肘抵着墙壁，才能走过十四英尺长的食品室。我每天都在想这个问题。

"等你的腿不听使唤了，你觉得你还能很好吗？"她追问。

"决定了。"父亲突然说，我们都扭头看着他，"她要去波士顿，就是这样。"

母亲点点头，显然很惊讶。父亲很少这么有力地表达意见。"你听到你爸爸的话了。"她说。

看起来就算争吵也没用。谁知道呢，也许他们是对的，或许他们可以做些什么，逆转或者至少减缓我的病情恶化。我打包了两个一样大的旅行袋帮我维持平衡，艾尔找邻居借了汽车，送我去波特兰，这样我就不必一个人倒火车。我来到波士顿，塞姆和拉蒙娜开着哈兰那辆崭新的天蓝色凯迪拉克轿车接上我，去了南区哈里森大道的市立医院。医院是一栋庄严的砖砌建筑，带有巨大的立柱和角塔圆顶，我答应接受为期一个星期的"观察"。

一个长着丰满胸脯的护士推着坐在轮椅上的我进了电梯，塞姆和拉蒙娜跟在一旁。我们来到八楼一个小单间，里面有一张铁床，还可以看到旁边的楼顶。这里有股涂料稀释剂的气味。

"探访时间是什么时候？"拉蒙娜问。

护士看看我的记录表。"不得探访。"

"不得探访？为什么不能？"塞姆问。

"遵照医嘱，病人需要多休息。不能有人打扰。"

"没这个必要吧。"拉蒙娜道。

"这是医生的命令。"护士道，"待会儿我会出去，你们可以和她待十分钟，然后，她就必须安顿下来。一个星期后，你们再来接她。"她看了我一眼，扬起鹰钩鼻子，"床上有一件病号服是给你穿的。医生下午晚些时候来查房。有什么问题吗？"

我摇摇头。没有问题。只是……"这是什么味道？"

"乙醚。"拉蒙娜说，"太难闻了。我记得我割扁桃体的时候用过这个。"

"还有煮得过久的豌豆味。"塞姆补充道。

护士走后，拉蒙娜从她随身携带的包里拿出一本书，放在床头柜上。是《我的安东尼娅》。"我还没看过，不过显然这本书现在很流行。讲的是内布拉斯加州的乡村生活。"她耸耸肩,"不是我喜欢的类型,但如果你无聊了⋯⋯"

我看着带有青铜色字母的封面,发现这肯定是卡瑟创作的草原三部曲的第三本。按照沃尔顿的建议,我读过其他两本。《啊,拓荒者!》这本书中的一句话跃入我的脑海:"在这个世界上,人必须尽可能地攫取幸福。失去幸福总是比找到幸福容易⋯⋯"

"我们会去找护士问清楚你什么时候出院,到时候我们来接你。"塞姆道。

"我数着时间等你们来。"我说。

"你看完了那本书,我可以带其他书来。"拉蒙娜说,"现在人人都在谈论舍伍德·安德森写的小说。"

一群穿着白大褂、跟鹅差不多的医生每天都来一次,他们走进房间,围在我的床边。为首的是一个专家,此人有一双大眼睛,戴着一副过大的眼镜,我给他起了个绰号,叫"大人物"。医生们要我站起来、挥动手臂、用力跺脚,然后,他们小声交流几句,便鱼贯离开。看他们那样子,就好像我没有耳朵,但我把他们说的每句话都听得清清楚楚。头几天,他们认为电疗或许管用。但到了第四天,他们又说电疗会造成严重的后果。似乎没人知道我到底得了什么病。第七天,"大人物"宣布我可以出院,让塞姆和拉蒙娜带我走,他带着道貌岸然的微笑给我开了处方。

"你应该按照你以前的生活方式生活。"他宣布,用手指搭成尖塔,其他医生都在做记录,"多吃有营养的食物。尽可能多去户外。安静的乡村生活比药物或治疗对你更有好处。"

"要我说，她大老远来到波士顿，可不是为了知道这个。"拉蒙娜低声道。

在回家的火车上，我眯眼看着窗外，只见蓝丝绒一样的天空中挂着一轮犹如银币一样的满月。我做了父母希望我做的事。他们不必再为了我们并没有寻求的治疗而烦恼了。不管我得了什么病，病情都将加深。我想到了具有毁灭性的欲望：想要一些不切实际的东西，相信我有可能得到拯救。这次来波士顿，只是确定了我的一个认知：折磨着我的病痛根本无药可医。不管我举着绑有破布的船桨多久，都不会有船从远处来救我。

我虽然只有二十五岁，但从心底里清楚，我过上不同生活的唯一机会消失了。

我从背包里拿出已经卷了角的《我的安东尼娅》，我把这本书看了两遍。我翻着书，寻找末尾的一句话。啊，找到了："有些记忆便是现实，好过可能再次发生在人们身上的事。"也许的确如此，我心想。也许甜蜜时光的回忆已经足够生动，足够有存在感，足以让我克服接踵而至的失望，并支撑我度过余生。

艾尔瓦诺若是早生几年，或许会和我们的祖先一样，成为一名船长。他性格坚忍，非常适合航海。他对大海的热爱已经渗透到了骨子里。不管什么样的天气，他都是天不亮就起来，天空中刚现出一抹光亮，他便驾船出海。但是，父亲的手变得僵硬，关节变得凸出，塞姆没有丝毫从波士顿返回的意思，而弗雷德在库辛的干货店找了工作，并且搬去了镇里的公寓，只有艾尔来打理农场。

"农场打理得很好。"春天的一个早晨，我无意中听到父亲告诉他，"我存下了两千多美元。马匹和设备的欠款都付清了。现在该由你来接手了。"

那天上午晚些时候，艾尔把我们的母马泰茜套在雪橇的滑板上，牵着它去岸边，把他每天用来出海的平底小船放在上面。他把马牵到祖屋，把小船拖进与厨房相连的棚屋中，将船倒立在干草垛上，把所有渔具都收了起来。然后，他把他的帆船"金鸳号"停在利托尔岛海岬的尖端。

"你在干什么？"我问他，"为什么把船都收起来？"

"那个时代已经过去了，克里斯蒂。"

"但也许有一天……"

"我宁愿再也看不到它们。"他说。

接下来的几个月，盗贼光临了停在岛边的帆船，偷走了索具、提灯，甚至还偷走了几块木板，只剩下被摧毁的残骸留在草地上慢慢腐烂。马厩后面的渔具棚年久失修，里面的工具就犹如很久以前的纪念物一样慢慢变得破烂：捕网、诱饵桶、捻缝材料、龙虾捕网。这些东西都像化石一样干燥，裸露在外。

到了下午晚些时候，艾尔做完了家务活，我偶尔会看到他在棚屋里，躺在平底船下面的一堆马鞍褥上熟睡。我很为他难过，但我理解他。对曾经带给你快乐的东西抱有希望，只会让你心生痛苦。必须想办法逼迫自己忘记。

一天，一个送货员从洛克兰送来一架轮椅，从那时候开始，父亲就离不开它了。

"你要那东西做什么？"我问他。

"应该也给你买一架。"他说。

"不用了，谢谢。"

父亲说，不管他做什么，都觉得骨头疼。他的手臂和双腿都变细了，绵软无力。他的四肢扭曲着，这样的情况我看来十分眼熟。但他说他这是关节炎，并且拒绝相信他得了和我同样的病。

我们两个都很骄傲，但我们的骄傲并不相同。我的骄傲以反抗的形式表现出来，他却用羞愧来体现骄傲。在我看来，使用轮椅就表示我放弃了，甘心成为祖屋里的一粒尘埃。我觉得轮椅是牢笼，他却认为那是王座，他用这样的方式来维持他那短暂即逝的尊严。他觉得我走路踉跄、经常摔倒很不体面，不仅不顾脸面，还很可怜。他是对的，我是不顾脸面。我愿意冒着受伤和受辱的风险，自主选择四处走动。我觉得，不管怎样，我虽然姓奥劳森，却更像哈索恩家的人。我从骨子里便是桀骜不驯的，并且拒绝在乎别人的想法。

我不止一次地想知道，羞愧和骄傲是否只是同一枚硬币的两面。

出于乐观，也可能是因为否认现实，反正父亲花了 472 美元，从洛克兰的诺克斯县汽车售卖会买了一辆黑色福特敞篷汽车。那是一辆 T 型发动机小汽车，车身闪闪发亮，开起来很有力。尽管汽车是父亲的骄傲，但他身体羸弱，根本开不了车。我也开不了。所以艾尔成了家里的司机，载着父亲和其余人去我们要去的地方。不管风吹雨打，他都每天开车去邮局，为我们在这条路上的邻居取信件，在回来的路上把信给他们送去。他为母亲去托马斯顿和洛克兰办事。汽车让艾尔有了些许自由：他开始时不时在晚上开车出去，通常都是去菲尔斯杂货店。他们一群男人在那里打牌，老欧文·菲尔斯从中收一点钱。

就是在这样一个夜晚，艾尔听说洛克兰有个叫 S.J. 波尔的医生可以治好关节炎。第二天，他就开车载父亲去了洛克兰求医。他们两个回来时兴致勃勃地聊着苹果，还说什么只要进行治疗即可，不需要手术。在吃晚饭的时候，我们仔细看了父亲要签的协议。协议的主要意思是他必须吃大量苹果。祖屋后面有一片小果园，是他在十五年前种植的，树上结满了闪亮的红苹果和绿苹果。但显然这并不符合医生的规定。他必须吃一种特殊的苹果，那种苹果在托马斯顿卖五分钱一个。

我翻阅合约。"我完全明白，S.J. 波尔医生相信他可以帮助并且治好我，但他绝不保证任何事。"那上面写道，"双方都同意，我付给医生的钱将不予退还。我已到法定年龄。"

"我都五十七了，当然到法定年龄了。"父亲大笑。

母亲噘起嘴："有治好的吗？"

"波尔医生给我看了很多他治好的人提供的证明书。"艾尔道。

"卡蒂，"父亲坚决地握住母亲的手，"这可能是个法子。"

她缓缓地点点头，但没有再说什么。

"到底需要多少钱？"我问。

"可以接受。"父亲说。

"是多少？"

艾尔牢牢地看着我："爸爸已经很久都没有希望了。"

"那代价是多少？"

"就因为你治不好，克里斯蒂……"

"我就是不能理解，我们明明有个很好的果园，里面长满了苹果，为什么还要去买苹果。"

"那个医生是专家，能把爸爸治好。你难道不希望这样吗？"

我看过一篇小说，有个叫伊凡·伊里奇的人，他相信他非常正直诚实，可他发现他不得不承受可怕的命运，因为未知原因将不久于人世，为此，他非常愤怒。父亲就是这样。他成了瘸子，为此愤怒不已。他一直都认为勤劳和讲究卫生就是品行端正，而品行端正就应该得到回报。我并不惊讶他会如此不顾一切地相信苹果治病这个荒谬的故事。

父亲签了协议，付了为期三十个星期即三十个疗程的费用，而这是最低限度。每到星期二，艾尔便扶他坐进汽车的乘客座，驱车前往洛克兰。每去一次，他的协议上都会被打上一个印记。而在我看来，去看病只不过是花钱买更多神秘的药片，登记他对那些昂贵苹果的摄入量而已。

父亲一向都用强有力的手打理农场，出售蓝莓、蔬菜、牛奶、黄油、鸡和鸡蛋，他割冰、下鱼梁，赚取多余的收入。他经常强调储蓄非常重要。但现在，为了能好起来，他似乎愿意对那个医生唯命是从。

在一个星期二的早晨，父亲这个时候已经接受治疗大约四个月了，艾尔和父亲出门去洛克兰接受每星期一次的治疗。才一个小时，我便听到了关车门的声音，我连忙从厨房窗户向外看去。他们回来了，艾尔面沉如水，搀扶父亲从车上下来。艾尔先把父亲送到楼上他的房间，随后来到厨房，重重坐了下来。"老天。"他说。

"出什么事了？"

"完全是个诡计。"他用手捋着头发，"我们到了波尔的诊室，就发现整栋楼都拉着百叶窗。有人告诉我们，几天前，他被愤怒的病人赶出了镇子。很多人都把棺材本赔进去了。"

在接下来的几个月，事情的严重程度逐渐变得清晰起来。父亲的两千美元存款都打了水漂。我们连账单都付不起了。父亲比以往更加虚弱，整天没精打采，情绪低落，待在楼上不下来。我很想同情他，却很难做到。苹果。曾经诱惑夏娃的苹果现在引诱了我那容易上当受骗的可怜父亲，他们都是被一条口蜜腹剑的蛇诱惑了。

那是 10 月一个寒冷的星期四早晨，父亲要艾尔把他的轮椅推到贝壳屋。一小时后，一辆四门褐红色豪华克莱斯勒汽车停在祖屋前，一个身着整洁灰色套装的女人从后座走下来。司机留在车里。

敲门声响起，我要过去开门，但父亲粗暴地说："我去吧。"

我从后门走廊听到了他们的一部分对话：捡钱不错……有钱人……合适的沿海陆地……不会再来……

那个女人说了句"我走啦"便真的走了，我从厨房窗户看着她钻进克莱斯勒汽车的后座，拍拍司机的肩膀，而父亲独自在贝壳屋里坐了一会儿。然后，他笨拙地移动轮椅，来到厨房。"艾尔瓦诺呢？"

"想必在挤奶吧。怎么了？"

"去把他找来，再把你妈妈叫来。"

等我从畜棚回来，看到父亲已经去了餐厅。母亲大多时候都待在楼上，现在则坐在桌首位置，肩膀上披着一条围巾。艾尔从我身后走进屋，靠墙站着，他穿着沾满污渍的连体服。

"那位女士是替一个叫斯奈克斯的实业家来的。"父亲突然道，"他们出五万美元，买下我们的房子和土地。他们付现金。"

我瞪着他。"什么?！"

艾尔向前探身："你是说五万美元?"

"是的，五万美元。"

"那可是一大笔钱啊。"艾尔道。

父亲点点头。"的确是一大笔钱。"他停顿片刻，让这个消息在每个人心里沉淀。我环顾四周，我们三个人全都目瞪口呆。然后，他说："我不喜欢这么说，但我觉得如果我们明智的话，就该接受他们的报价。"

"约翰，你肯定是在开玩笑。"母亲道。

"我是认真的。"

"太荒唐了。"她坐直身体，用围巾紧紧裹着肩膀。

父亲抬起一只手："等等，卡蒂。我的存款都花光了。这或许是条出路。"他摇摇头，"我也不想这么说，但我们眼下的选择并不多。如果现在不抓住这个机会……"

"那我们……以后……去哪里?"艾尔问。他结结巴巴地说出这句话，我看得出来，他是在评估父亲的精神状态，思考我和他是不是也要考虑这个因素。

"我想找一个小一点的房子。"父亲说，"而且，有了钱，我就可以帮你成家立业。"

　　我们都沉默了一会儿，思考着这件事。现在，在我看来，与沃尔顿相处的那段日子就像一个梦，一个幻觉，朦胧不清，与我之前和之后的生活没有半点关系。而除了那段时间，我一直都住在这栋房子里，就像是软体动物住在贝壳里，从未想象我会和它分离。我觉得自己在这里是理所应当的，就跟破旧的楼梯、走廊里的鲸油灯、门前露台外的草地和海湾一样。

　　母亲突然从椅子上站起来。"自从 1743 年以来，这栋房子就属于我的家族。一代代哈索恩家的人在这里生活，在这里死去。不能因为有人出钱买，就把房子卖掉。"

　　"五万美元呀。"父亲用畸形的指关节敲着桌子，"告诉你吧，再也不会有人出这样的价钱了。"

　　她拉拉她的裙子，咬紧牙关，她脖子上的血管犹如一道道水流。我从未见过他们两个像这样起冲突。"房子是我的，不是你的。"她恶狠狠地说，"我们要住在这里。"

　　父亲面色沉郁，但他没有说话。母亲是哈索恩家的人，他不是。对话结束了。

　　在这栋他急于卖掉的房子里，父亲坐在轮椅上，在一楼一个小房间里，度过了接下来的十五年，鲜少外出。在弟弟们的帮助下，我和艾尔省吃俭用，学习利用更少的资源生活。我们勉强维持农场不至于破产。但有时候我也想知道，我们都想知道，如果我们放手了，是不是会更好。

1921 年 7 月，塞姆哈哈笑着把我们一家人都聚在贝壳屋。他拉着他那位戴眼镜、担任唱诗班领唱的女朋友玛丽的手，宣布他已经向她求婚了。

"我当然答应了！"玛丽笑靥如花。她伸出左手，向我们展示她从她祖母那里继承的一枚朴素的订婚戒指。

这个消息并不让人觉得特别意外：他们两个在玛丽的家乡莫尔登邂逅，当时塞姆留下来为赫伯特·卡尔工作。现在，他们在一起也有几年了。我看着他走到她身边，耳语了什么，她双颊绯红，他把她的头发拂到耳后。"我太为你们两个高兴了。"我告诉他们。而且，尽管看到他们两个我不由得为自己难过，但我是真心祝福他们的。善良的塞姆值得找到真爱。

按照玛丽的话说，她和塞姆的婚礼是在"草坪"上举办的，不过我们奥尔森家的人向来觉得那里是田野。艾尔和弗雷德搭了棚架，还从田庄礼堂借来了二十把椅子，摆成两排。在几天的时间里，我烤了面包卷、蓝莓和草莓馅饼，还做了一个塞姆最喜欢的口味的结婚蛋糕：柠檬味，带有黄油糖霜。玛丽穿了一条蕾丝长裙，戴着面纱；塞姆穿了一套深灰色西装。一支来自洛克兰的三人乐队在岸边的陡坡上演奏了乐曲，弗雷德曾在海边举办了烤蛤野餐。

这对新婚夫妇度完蜜月，便搬进了我们的祖屋，好存钱买他们自己的房子。我很高兴家里又来了一个女人，特别是像玛丽这样年轻友善的女人，她为人坚强，性格温和，又非常爱笑。在家里，她是个好伴，会帮我做饭和打扫卫生。

她和塞姆住在三楼的一个卧室里，离我们其余人很远。很快，玛丽就怀孕了。拉蒙娜在信中说她晨吐严重，但玛丽完全没有遇到这种情况。我们一起坐在壁炉边，她编织毯子，我为孩子缝连衫裙，聊着天气、田产、我们都认识的人，比如最近刚刚结婚的格特鲁德·吉本斯（她寄来了结婚请柬，但我没去）。

"那姑娘骨子里就跟博德牧羊犬一样。就是忍不住把人聚在一起嚼舌根。但她这个人并不坏。"玛丽说。

听到这儿，我不由得笑了，既因为格特鲁德就是这样的人，还因为玛丽说的是事实，没有丝毫敌意。我并没有提到我在舞会上对格特鲁德说了尖酸刻薄的话。那实在没什么可骄傲的。

几个月后，我三更半夜醒来，听到了一声低沉的呻吟声，我躺在黑暗的卧室里，只能听到我的呼吸声。我坐起来，竖耳倾听。几分钟过去了，又有呻吟声响起，这次声音大了一些，我恍然大悟：宝宝要出生了。我听到塞姆下了两层楼梯，一直跑出前门，脚步声非常沉重。他是去找助产士了。

我像每天早晨一样弯曲双腿，小心翼翼地把腿放在床下，一手握着门锁，一手去拿挂在门后挂钩上的长裙。我摸黑穿上鞋袜，然后靠着栏杆下楼。父亲在门厅，坐在轮椅上用瑞典语轻声嘀咕着什么，想穿过不同的门口去厨房。他肯定是自己从床上起来的，而通常都是艾尔帮他起床。

我从摆在地上的水缸里把水壶打满水，在炉灶里生火，拿出燕麦煮粥，拿出面包做了烤吐司，这时候，太阳在天空中升了起来。过了一会儿，我听到汽车停在祖屋前。助产士背着一个大袋子，下了车。然后，后门开了，格特鲁德·吉本斯走下车来。她来这里做什么？

"看看我把谁带来了。"塞姆走进厨房道，"玛丽觉得再找个人帮忙会更好。"

"你好吗，克里斯蒂娜？"格特鲁德在他后面说，脸上露出灿烂的笑容。

"我很好，格特鲁德。"我说，试着维持轻松的声音。

自从很久以前的那次舞会，我们一直未曾见面，现在面对面，只觉得拘谨尴尬。

"我知道你和你妈妈上下楼梯不方便。"她说，"我很荣幸可以帮上忙。亲爱的玛丽在哪里？"

所有人都在楼上来来回回地忙碌着，我则来到后院，天气清冷，现在还早，后院都笼罩在祖屋的阴影中。艾尔已经翻过菜园里的土地，昨天下过雨，泥土散发出新鲜潮湿的气味。泰茜在远处的田野上嘶鸣。罗莉贴着我的小腿，在我的双腿之间穿行。我坐在石头台阶上，把它抱在我的腿上，但它叫了两声溜走了。我的心情很不好，感觉自己十分没用。初春的时候，我们收到信，拉蒙娜和哈兰生下了一个女儿，孩子叫罗丝，重七磅九盎司。6月，埃洛伊丝嫁给了比尔·里弗斯。几个星期后，阿尔瓦和伊娃·舒曼私奔。我很为塞姆和玛丽高兴，但是，婚礼、孩子降生、洗礼等仪式都在提醒我，我有多么孤独。相比之下，我的生活是多么沉闷无趣。

我不禁泪盈于睫。

"啊，你在这里呀！"我回头看到格特鲁德的脸出现在纱门内，

"我满屋子找你呢。助产士眼下用不上我。她说玛丽可以顺产。"

我用手背擦擦脸，盼着她看不到，但没什么能逃过格特鲁德的眼睛："你这是怎么了？受伤了？"

"没有。"

她想要打开纱门，但我正好挡住了："是不是出什么事了？"

"没有。"

"我能出去吗？"

我最不愿意的就是向格特鲁德·吉本斯解释我为什么掉眼泪了。毕竟，她是出于好奇和无聊才来这里的，而且，她这个人就好打听。"求你了，再让我独自待会儿。"

但她偏偏不配合："哎呀，克里斯蒂娜，你是不是……"

"我说过了，"我抬高声音告诉她，"不要来烦我。"

"好吧。"她觉得被冒犯了，便安静下来。过了一会儿，她冷冷地说："我是下来帮忙准备早饭的。但我看到你已经把火灭了。"

我摇摇晃晃地站起来。我猛地拉开门，把她吓了一大跳，泪水模糊了我的视线。我跟跄着走进厨房。我是如此笨拙，我更恼火了。所有的一切都是模糊的，格特鲁德还是用往常那种呆滞、评判和怜悯的目光瞧着我。

我讨厌她这样。我讨厌她清楚地看到了我的人，却不明白我的心。

我歪歪斜斜地穿过食品室，迫使她不得不后退，贴着墙壁。我想去楼上我的卧室，关上门，但那意味着我必须在她的注视下上楼。我意识到我并不在乎。我只需要到房间里去。我靠着墙，沿着走廊一点点蹭到楼梯边。我用小臂和手肘支撑着，爬上狭窄的楼梯，每走几步就停下来休息一下，我很清楚格特鲁德听到了我的每一声咕哝声。我来到顶端的楼梯平台，往下一看，只见她站在门厅，双手叉腰："老实说，克里斯蒂娜，我不明白……"

但我不听。我也不能听。我转过身，沿着地板扭动到我的卧室。进去后，我一脚把门踢上。

我躺在我房间的地板上，喘着大气。过了几分钟，我听到有脚步声上楼。

然后，敲门声响起。

"克里斯蒂娜？"格特鲁德的声音中夹杂着假装的担心。

我向后挪动，抓住床柱，然后转过身，坐在床垫上，试着让如雷的心跳放缓。她站在门的另一边，散发出叫人难受的热气。我感觉浑身燥热。

又一声敲门声响起。

"走开。"

"看在老天的分上，让我进去吧。"

我没有上锁。过了一会儿，我看到白色陶瓷门把手在转动。格特鲁德走进来，关上房门。她很担心，生面团似的脸皱成一团："你是怎么了？"

我真希望可以绕过她身边跑开，但我唯一的求救对象便是我的语言。"我没邀请你进来。"

"是你弟弟要我来的。老实说吧，这栋房子里一共有三个身体衰弱的人，我觉得你应该感激我。"

"我向你保证，我不感激。"

我们盯着彼此看了一会儿。然后，她说："现在你给我听好了。每一天，你都为这个家做早饭。你现在必须振作起来，马上去准备点吃的。你心里哪里来的这么多恨意？"

我不确定我自己明白这个问题。但我此刻怒火中烧，感觉非常好。反正要比伤心难过好。我不希望放走这种感觉。我双臂抱怀。

她叹口气。"我们即将迎来新生命，宝宝马上就要出世了！恕我直言，你就跟个小孩子似的。也许别人没和你说过这些话，但我肯定他们都是这么想的。"她抚摩着我腿边的床单，抚平褶皱。"有时候，我们都需要一个好朋友对我们坦诚相告。"

我躲开她的手："你不是我的朋友。更谈不上什么好朋友了。"

"啊……你怎么能这么说呢？你是什么意思？"

"我的意思是……"我是什么意思呢？"你看到我这么不幸，就只会幸灾乐祸，你会感觉自己高我一等。"

她的脖子顿时变得通红。她把一只手放在喉咙上："你怎么能说这么可怕的话。"

"这就是我的感觉。"

"我还邀请你去参加我的婚礼呢！我要提醒你，你没去。也没送礼物。"

我有些后悔。我都忘了送礼物了。但我现在没心情道歉："我们还是坦诚相待吧，格特鲁德，你压根儿就不想我去参加婚礼。"

"你不要以为你知道我的想法！"她抬高声音厉声道。

然后，她指指天花板，把一根手指放在唇边："嘘！"

"是你大声说话的。"我平静地说。

　　"克里斯蒂娜，你这样的行为实在愚蠢。"她说，忽然有些专横，"毫无疑问，你和沃尔顿·霍尔的事对你来说是一个很大的打击。"听到她说出他的名字，我不由得颤抖起来。"但现在是时候往前走了。你不要再沉浸在不幸中不能自拔了。你难道不希望你弟弟和玛丽好？我们还是忘了这件事吧，赶快去做点吃的，大家都饿了。"

　　她提起沃尔顿，是加上了最后一根稻草："滚出我的房间。"

　　她不可置信地笑了笑："啊，我……"

　　"如果你现在不离开我的房间，那我发誓我永远都不再和你说话。"

　　"好吧，克里斯蒂娜……"

　　"我说真的，格特鲁德。"

　　"太不像话了。我长这么大……"她环顾四周，仿佛我的房间里有隐形人会来帮她。

　　我在床上动了动，扭过身不看她。

　　她站了一会儿，粗重地呼吸着。"你的心真冷酷，克里斯蒂娜·奥尔森。"她说。然后，她打开门，走进走廊，使劲甩上门。我听到她在楼梯平台上犹豫了一会儿。然后，重重的脚步声下了楼梯。

　　有沉闷的说话声传来。她在餐厅里和父亲说话。纱门嘎吱一声开了又关。

　　我一定会信守承诺，沃尔顿曾这样发誓。他的话是那么空洞，但我的不是。虽然我们住在一个小地方，肯定会抬头不见低头见，但我说到做到，再也没有和格特鲁德·吉本斯说话。

几小时后，我的侄子约翰·威廉——以他外公的美国名字命名——在三楼出生的时候，我已经来到楼下的食品室，用一块凉布洗了脸，用马鬃刷梳了头。我把火拨旺，在桌上摆上了火鸡肉片、腌豆和苹果煎糕。我弟弟塞姆把一个小包放在我怀里，就跟刚从烤箱里拿出来的面包一样温热紧实。我低头看着那孩子的脸。约翰·威廉。他用一对深色的眼睛牢牢地注视着我，皱着眉头，像在琢磨我是谁。我的悲伤减轻，消散在了空气中。对这个孩子，我唯一体会到的便是爱。

刺鱼

———————

小 小 的 世 界

1946—1947 年 ///

　　这栋老房子的护墙板和木瓦经过了风吹日晒、冰雪侵袭，白色的油漆所剩无几。而在屋内，柴烟、燃料油、烟草早已熏黑了壁纸。有时候，感觉我和艾尔住在一栋闹鬼的房子里，我们的父母、外祖父母、所有那些船长及他们的妻儿的幽魂都在这栋房子里游荡。我依然开着厨房和棚屋之间的门，方便女巫们出入。

　　到处都是鬼魂和女巫。一想到这个，我便觉得异常安心。

　　近来，大多时候，房子里都静悄悄的。我开始觉得安静也是一种声音。毕竟，即便是在三更半夜，这个世界也从未有过绝对的安静。床铺嘎吱响，狼嚎，风呼呼吹过树林，大海时而咆哮时而沉寂。当然了，能看的东西有很多。春日时节，我看着鹿，闻着风中的气味，跟着身上长着斑点的小鹿。到了夏天，兔子和浣熊便会出来。秋天，公麋迈着大步走过田野。而在 12 月的积雪中，红色的狐狸是那么显眼。

　　时间在累积的时候犹如积雪，退去的时候却像潮水。我和艾尔整日做着我们每天都会做的事。什么时候想起床了，就起床。日光从天空中消失，我们就去睡觉。我们只是按照我们自己的日程表做事。秋

冬两季，我们蛰伏不出，把我们的心跳减缓到冬眠的节奏。到了 3
月，我们努力让自己振作起来。6 月和 7 月，人们带着旅行袋，从远
方驱车而来。待到八九月份，他们便驱车前往相反的方向。一年又一
年，就这样过去了。每个季节都同前一年的类似，差别只在细微。我
们的对话时常围绕天气进行。今年夏天会不会比去年热，今年的霜降
会不会比去年早，12 月的积雪会有多深？

我们这样的生活像极了等待。

夏天，我通常天不亮就起来，生好火炉煮粥。（在我的小床上，
我很少能睡一整夜，即便是在睡梦中，我的双腿也跳动着作痛）我给
自己盛一碗粥，摸黑喝光，边吃边听祖屋里的各种声响和外面海鸥的
鸣叫声。等艾尔走进厨房，我就给他一碗粥，他把粥拿到厨台，从母
亲的雕花玻璃碗中舀出糖，撒在粥上。

"该去挤牛奶了。"他吃完了便会这么说。他把粥碗拿到食品室的
水槽边，用水泵抽出水。

"我能洗碗。"有时候，我抗议，"你去干活吧。"

但他总是把我们的碗都洗干净。

"不费事的。"艾尔去了畜棚，我就坐在旧椅子上，眺望窗外通往
镇子的公路。而在另一个方向，我可以看到圣乔治河与河那边的大
海。阳光洒在水面上，闪烁着微光，风吹过长草，雕刻出种种图案。
上午 10 点左右，安迪通常会出现，在楼上待到午饭时间，下午晚些
时候才会离开。门开着，拓普希和几只猫便随意进出。有时候，会有
一只友好的豪猪爬上台阶，大摇大摆地穿过厨房，消失在食品室。我
会迷迷糊糊地睡着，在喵喵的猫叫声中醒来。我尚未从沉睡中完全清

醒过来，只觉得猫叫声像是远方的发动机的响声。罗莉看到我眼神闪烁，便向我的脸伸展身体，它的爪子深深嵌入我的肩膀。我把手伸到它的肚子下面，隔着它温热的皮肤，感觉它的快速心跳。

下午，我去花园里拔野草、修剪枝叶。我的花园姹紫嫣红，有罂粟花和三色堇，有各式各样的香豌豆，有的是淡蓝色，有的是桃红色，还有品红色。红色天竺葵种在斯普雷牌起酥油罐头盒与旧蓝色油漆罐里，摆在窗台上，长得饱满健康。白色丁香花和艾尔最喜欢的粉玫瑰在棚屋边上已经有一百年，我摘下几枝丁香，插在花瓶里。猫咪趴在阳光下，懒洋洋地眨眼睛。我愿意一辈子留在这里。

但在冬天，清晨寒冷刺骨，躺在床上都能看到自己的哈气。要去畜棚，必须用锄头敲碎积雪上方结的冰，狂风肆虐，树枝都被吹断，天空阴沉，就跟石头一个颜色。到了这个时候，你就会觉得，只要有选择，任谁也不会住在这里。让这栋老房子暖和起来，就像是让龙虾笼暖和起来。必须不停地往燃木炉里添柴，不然我们就会冻僵。一整个冬天，我们需要十一捆柴火，才能支撑到春天。没有电，屋内很早就一片漆黑。上床睡觉之前，艾尔会用木柴封上火，好让余烬可以烧上一整夜。我用烤箱把砖块加热，然后用毛巾包好放在被子下面。许多个夜晚，我们8点就上床了，在各自的房间里盯着天花板。

我很想知道，是我们的天性决定了我们的选择，还是出于超出我们控制的因素，我们才选择了某种生活？或许这两个问题根本无法梳理，就好像岩石上的一团海藻，它们从根部就是缠结在一起的。我想到哈索恩家那些早已逝去的先人，他们毫无道理地将过去抛在了身后。我们是他们的子孙，继承了他们的叛逆和顽强，一代代繁衍生息，坚持到底，直到我们最后一个人被埋葬在田野尽头的墓地之中。

　　这张明信片上带有东京的邮戳，上面印着一座拱桥，桥尽头是一栋带有弯曲屋顶的大宅第。"二重桥：皇宫主入口。"明信片正面的英语说明这样写道，旁边是一串日文。这张卡片与我在 1945 年的过去几个月收到的六张明信片大致相同，但约翰写在背面的潦草字迹却是一个惊喜："克里斯蒂娜姑妈，我终于……要回家了！"

　　我的老朋友沙蒂·哈姆也有理由庆祝：她的儿子克莱德受伤了，但他也要回家了，而且只是上臂有些皮肉伤，双腿也只是被弹片击中，没有严重的伤。她眼泪汪汪地和我说起这个消息："我们本可能遇到不同的情况。"她说，"一想到别人的遭遇……"

　　女邮政局长贝莎·多塞特的两个儿子都被征召入伍了，她的小儿子在法国阵亡。格特鲁德·吉本斯的侄子在洛克兰长大，是一名战斗机飞行员，在太平洋阵亡。很多年前在波士顿公园看到那些军人，我从未想过另一个世界的战争会把我们也搅进去。我想象不出还会有多少人失去生命。

　　"你可以给格特鲁德写个纸条。"沙蒂轻声说，"我肯定那对她很重要。"

　　"算了吧。"

　　"已经过去很久了。"

　　"的确如此。"

　　然而，尽管我很为格特鲁德难过，但我知道我还是不会伸出手。

我太老了，也太固执。她好管闲事，反应迟钝，是我无法宽恕的。

　　而且，如果我诚实一点，就会承认还有其他原因。格特鲁德成了可怜过我、没有试着了解我，甚至抛弃了我的那些人的替身。她给了我一个地方，倾倒我心中的怨恨。

　　约翰用了几个星期，才坐轮船从日本到南太平洋的金银岛，再从那里坐船到了旧金山。然后，他又花了五天时间坐火车来到波士顿。1945 年的平安夜，他在那里正式从海军退役。圣诞节那天，他出现在祖屋，穿着军装，胸口别满了奖章。他带来了几包名叫金平糖的浅色硬糖，我对他的糖不感兴趣。而且，他还添了个动不动喜欢拥抱的习惯，这可不是奥尔森家的风格。

　　约翰长高了，也瘦了，他有些冷漠，却还是像往常一样温文尔雅。"我恨不得马上把我的捕龙虾船从棚屋里拿出来，驾船出海。"他告诉我，"我太想这里了。"

　　他很快就安顿了下来。1946 年春天，他和当地一个叫玛乔丽·乔丹的女人订了婚。"你会来参加婚礼吧，克里斯蒂娜姑妈？"他拉着我的手央求道。

　　我都走不了路了，又怎么能去参加婚礼呢？"老天，你的婚礼并不需要我。"

　　"我当然需要你。就算背你，我也会把你背去。"

　　我示意他靠近。我不知道该说什么，但我想说话。他希望我去，我很感动。"我真高兴你活着。"我告诉他，此时，他就蹲在我旁边。

他大笑两声，亲吻了我的脸颊："我也很高兴我活着。这么说你会去了？"

"是的。"

沙蒂听到我把这个消息告诉她，高兴得一拍双手："多有趣啊！好吧，我们需要给你选条连衣裙。我带你去洛克兰。"

"我才不要去商店买。我自己做。"

她充满怀疑地看着我："你有多久没做裙子了？"

"估摸是有段时间了。"我手心冲上，举起我那关节凸出的手，"我知道我的手看起来很可怕，但它们还算听使唤。"

她叹息着说："你坚持的话，我就带你去买布料。"

第二天早晨，沙蒂搀扶我坐上她那辆奶油色帕卡德轿车，带我去了洛克兰的森特·克莱恩百货公司。路上，我开始担心。她要怎么带我进百货公司呢？沙蒂停好车，探身过来，拍拍我的肩膀。她好像能读懂我的心思，说："我进去给你拿些样本出来吧。你喜欢什么样的？"

我长吁一口气。我都不知道我一直屏住呼吸来着："那样最好了。印花丝绸吧。"

"好的。"

我看着她快步穿过旋转门。十分钟后，她拿着一本服饰图样和三块布料从旋转门走了出来。"现在什么都限量，没有丝绸。"她说，"不过我找到了一些不错的选择。"她把布料交给我：一块天蓝色细点瑞士布、一块印花人造丝和一块淡粉色阔幅棉布。我当然选择粉色。

回到家，在餐厅里，我把棉布铺在餐桌上，研究图册封面上的图片：模特苗条优雅，和我一点也不像，她穿着一条连衣裙，上身是紧身的，裙子由不同颜色的布块做成。我把折叠着的轻薄图样从封套里拿出来，放在布料上，再从缝纫篮里找出针垫，试着把图样固定住。我惊讶地发现我的手指抖得厉害。我费了很大劲，总算把一部分图样固定在了布料上。我用沉重的银剪刀剪开布料，但边缘参差不齐。我打开缝纫机，在机器边上坐了一会儿，抚摩着弯曲的曲线，触摸着依旧锋利的针。

我突然害怕起来。害怕我会毁了这条裙子。

我向后靠在椅背上。不光是因为长裙或我那不听使唤的手，还有关所有的一切。我为我的未来担心。未来，我不可避免地会走向虚弱，我害怕我会越来越依赖他人，余生都将在这栋如同破贝壳一样的房子里度过。

几天后，沙蒂来找我，她摸了摸弯弯曲曲的一排别针，查看了参差不齐的剪裁。"你已经开始做了。"她轻声说，"还是我拿到枫汁湾，让凯瑟琳·贝莉做完吧。"她没有看我的眼睛。我看得出来，她是不希望我尴尬。我点点头，她说"那好吧"，并且小心地把布料和图样折好，收拾好粉线轴和说明。她从我的缝纫盒里拿出黄色卷尺并展开，测量了我的腰围、臀围、胸围，把数字记在纸上，又把纸塞进一个袋子。

几个星期后，我穿着新裙子坐在厨房里，正要去参加婚礼，这时候安迪和以往一样，突然出现在门口。

他猛地停在门口，道："老天，克里斯蒂娜。"他大步走过来，抚摩着我的衣袖，轻声自言自语，"太漂亮了，就像个褪了色的龙虾壳。"

现在到了夏天，大多数星期五，我都会去库辛田庄礼堂，但我不会随着音乐摇摆，也不会在朋友们进出舞池时和他们聊天。他们哈哈笑着开玩笑、调情，胆大的还会到外面抽烟，用小扁酒瓶喝酒。我现在负责提供水果混合饮料、切磅饼、摆放糖蜜蛋糕。我收走脏餐巾，在隔板后面的水槽边清洗脏杯子。干这个活的女人大都比我大，而且都已结婚，只有几个和我差不多年纪。她们都乏人问津，而且没有子女。

我并不适应这份工作，我也不确定以后能不能适应。有那么一段时间，我总是和往常一样，把礼服鞋装在袋子里带来，一到舞厅便换上。但有一个晚上，舞厅里特别热，我离开送餐桌，走到外面，把长袜卷下来脱掉，换回了平跟便鞋。有什么要紧呢？

那是 8 月一个阴雨绵绵的星期五，我、弗雷德和他的未婚妻罗拉步行去田庄礼堂。罗拉穿着白色连衣裙，几小时前，我才按照新的麦考尔图册把裙子缝好。走着走着，我滑了一跤。我连忙伸手，希望可以阻止我滑倒，但我的手臂不够稳，支撑不住我的重量。我重重地跌倒在夹杂着碎石的烂泥中，衣袖一下子就扯破了，我的下巴擦破了皮。

"啊！"弗雷德喊道，向我跑了过来，"你没事吧？"

　　我的下巴在滴血，我的手腕跳动着作痛，我面朝下趴在烂泥中，我花几个星期才做好的裙子弄脏了。裙摆飘到了我的臀部，我的灯笼裤和畸形的双腿露在外面。我缓缓地用手肘支撑起身体，看到我的上衣也撕破了。我忽然厌倦了这一切，厌倦了不断的羞辱和疼痛，厌倦了暴露，厌倦了我明知自己不正常却还要表现得很正常，我的泪水夺眶而出。我很想说，不，我不好。我浑身都是污泥，我很丢脸，我很难为情。我一直都在背负着负担，一直都很尴尬。

　　"你能起来吗？"罗拉站在我身边，亲切地问。她蹲下："我来扶你吧。"

　　我把头扭到一边。

　　"好像没摔断骨头。"弗雷德一边嗫嗫地说，一边用农民的手娴熟地摸着我的手腕和脚踝，"但恐怕是摔青了，有些地方肿了。真可怜。"他让我活动手指，就算是在我不觉得疼痛的时候，那也不容易。看到我疼得五官皱在一起，他说："可能是严重的扭伤。不能去玩了，不然伤势有可能加重。"

　　罗拉和我一起等弗雷德回家开车。回到家，他们两个扶着我走进前门。到了楼上我的房间，罗拉从挂钩上取下我的睡衣，小心地帮我脱掉衣服，弗雷德轻轻地为我洗了脸和手臂。他们一出去，我便钻进毯子里，扭头冲着墙。

　　我怎么这么快就从童话里的少女堕落成了悲惨的老处女？我都没意识到，突然就成了老处女。曼密说，在她那个时代，女人到了三十岁还没结婚，就会被称为刺鱼。那种鱼是扁平的，长满了刺，酷似史前生物。她说，他们就管布丽奇特·毕晓普叫刺鱼。刺鱼。我也将成为刺鱼。

后来，母亲病得很严重，她和父亲只好分房睡，我便贡献出了我的房间。她很痛苦，她的肾病恶化了，双腿水肿。她开始在会客椅上坐着睡觉。我搬到了楼下，在餐厅里摆了张简陋小床，睡在上面。每天早晨我都要把小床卷起来，塞进壁橱。还不赖，我距离厨房和厕所更近了，也终于不必再走楼梯，我悄悄松了口气。

上午，我准备好午饭，端着午饭走过狭窄的食品室，送到餐厅的橡木圆桌上。我、父亲和艾尔一起吃，我还会分出一盘食物，让艾尔拿到楼上给母亲。有煎的或煮的土豆、青豆，烤鸡、烤火鸡或烤火腿，胡萝卜、洋葱和土豆炖牛肉。每隔几天，我用酸味酵头制作面包。看到面包发起来，按下，看着面包再次发起来。夏天和秋天，我用艾尔从灌木丛摘下来的蓝莓和他在园子里种的草莓做果酱、果冻、蛋糕和馅饼。

我们用需要做的家务来标记日期，住在农场里的人家向来都是这么做的。艾尔负责喂鸡、喂马和喂猪，秋天砍柴，天气变冷了就杀猪，到了冬天他还要割冰。我收鸡蛋，再由艾尔开车带我去镇里把鸡蛋卖掉。他选择时间播种，这样到了7月4日，我们就能吃上新鲜的青豆。到了9月，田野里结满了玉米。海鸥会飞过来吃大餐，破坏庄稼，于是艾尔杀了几只海鸥，把它们挂在杆子上，以示警告。到了仲夏割草晒干的季节，我从餐厅窗户看到他戴着鸭舌帽，带着六个雇来的人并排着镰刀割草，再用耙子把新割下来的草放到干草架上。他们把干草拉到畜棚，用那里的滑轮吊车把干草吊到割草机上。燕子在窝里受到了打扰，便不停飞进飞出。

7月末和8月是收割蓝莓的季节，艾尔使用沉重的钢铁手耙，从低矮的蓝莓丛中收集小小的深色莓果。这工作非常辛苦，要顶着烈日俯身向低矮的灌木，把蓝莓放进木箱，进行挑选和称重。一整个夏天，他的背都晒伤脱皮了，他的指关节上都是擦伤，布满了伤疤，他的腰一直都是疼的。

除了田庄礼堂里的社交活动、时不时参加缝纫会、沙蒂偶尔来看我，我见到的人并不多。我的大多数老朋友和熟人都忙着和她们新结婚的丈夫你侬我侬，开始新生活。不管怎样，我和我的大多数已结婚生子的女同学有一点相似。我们在一起的时候，我看得出来，她们谈论丈夫和怀孕，都有些难为情。但这个差距只是凸显了一直以来的真相。我从不曾像她们那样自如地移动，也不曾像她们那样开怀大笑。我的智慧一向都更为讽刺、更为陌生、也更难识别。

我时不时翻阅那本艾米莉·狄金森的诗集，书很小，是蓝色的。当初，我的老师克洛利太太把它塞在我的手里。我还记得在我离开学校的时候，她对我说的那句话：*你的心灵，将带给你慰藉。*

有时候的确如此，有时候则不是。

没人可以和我谈论诗歌，我只好自己分析诗歌的含义。找不到人谈论诗歌，实在叫人沮丧，却也感觉异常自由。我想要那些诗歌有什么意义，就可以让它们有什么意义。

> 多数疯狂是最神圣智慧的——
> 对于敏锐的眼睛——

多数只会——最彻底的疯狂——

对大多数而言

这，和别的一样，盛行——

赞同——你就是明智的——

反对——你将立刻陷入危险——

并被锁链加身——

我想象艾米莉坐在她的小书桌边上，背对整个世界。在周围的人眼中，她肯定是个怪人，而且有点精神错乱。她还说过传统生活的人才是疯子，人们甚至会认为她有些危险。

我好奇的是捆绑着她的那条锁链，我很想知道它是否与我的相同。

我的猫和所有猫一样，也生了小猫。艾尔把小猫装在箱子里带到镇上，尽可能多地送人。但没过多久，我就养了十二只小猫。它们挤在我的脚边，喵喵叫着，跳来跳去，有时候还对彼此发狠。艾尔对此有很多怨言，张开大手，把它们从桌边推开。它们要是绕着他的腿走来走去，他就会把它们踢开，还嘟囔着要把它们装在麻袋里，再装入石块，沉到水塘里，好一劳永逸。"太多了，克里斯蒂，我们得把它们丢掉。"

"啊？然后呢，要我对着空屋子说话吗？"

他咬着嘴唇，返回了畜棚。

一天晚上晚些时候，我躺在餐厅里我的小床上，四周一片黑暗，我听到楼上有动静，就在我的正上方。是母亲的卧室。我立即坐起来，摸到了蜡烛和火柴，来到门厅。"妈妈？"我喊道，"你还好吗？"

没人回答。

艾尔和塞姆出去玩牌了。父亲在他的房间里睡觉，呼噜打得震天响。（没必要叫醒他，他的身体还不如我）我已经几个月没上过楼了，但我知道，我现在必须上去。我用手肘支撑身体，尽可能快地爬上楼梯。我爬得费力，脖子上都是汗。我来到顶端，努力站起来，摸索着穿过走廊，来到母亲的房门前，把门推开。借着月光，我看到她跪在地板上，慌里慌张地摸着被子，想爬回床上，她的睡衣堆在大腿上。

她转过身，困惑地看着我。

"我来了，妈妈。"我在黑暗中跌跌撞撞地走着，跌倒在她旁边的地板上。我用我的手、手肘甚至是我的肩膀试着扶她起来，但她重得像一袋面粉，我根本无法将她抬起来。

她哭了起来。"我只想回到床上去。"

"我知道。"我痛苦地说。我觉得我很无助，也很生气：我气我自己这么虚弱，气艾尔竟然出去。过了几分钟，她呜咽着，把头枕在我的腿上。我拉过她的睡衣，盖住她的整条腿，抚摩她的头发。

过了一会儿，可能是十五分钟，也可能是半小时，楼下的前门开了。"艾尔！"我喊道。

"克里斯蒂？你在哪儿呢？"

"楼上。"

楼梯上响起脚步声，门开了。我看到艾尔神情疑惑地看着母亲瘫倒在地上，头搭在我的腿上，我则搂着她的脑袋。"出什么事了？"

"她从床上掉下来了，我扶不起她。"

"老天。"艾尔走过来，轻轻地把母亲抱到床上，给她盖好被子，亲吻了她的额头。

他搀扶我下楼、帮我躺在餐厅中的小床上，我说："太可怕了。她现在这样，你不能丢下我一个人照顾她。"

"爸爸在家。"

"你知道他根本帮不上忙。"

艾尔沉默了一会儿。然后，他说："我需要我自己的生活，克里斯蒂。这不是过分的要求。"

"她可能会死的。"

"她不会的。"

"我很难处理这种情况。"

"我明白。"他叹了口气，"我明白。"

几个月后，大约是感恩节的一个星期后，我和往常一样，很早就醒了，到厨房里把火拨旺，开始做面包。我头顶上方的地板嘎吱直响，可知是艾尔起了床、穿好了衣服，去父亲的房间看他，隐约可以听到父亲用厚重的低音和艾尔比较高的声音在交谈。我把面粉舀进陶碗，加上一点盐，我的手做着熟悉的工作，同时大脑自由地计划一天的事：腌甜菜、切火腿，在烤炉里加热，用来当午饭；有时间的话，就做姜饼，有很多衣服需要缝补……我加了一勺酵母、一点糖蜜，拿起火炉上的炖锅倒入些温水，开始揉面。

在楼上，艾尔敲敲母亲的门，也可能只是我觉得我听到了敲门声，毕竟我已经习惯了他每天都会做的事。然后，我听到一声尖叫："妈妈！"接着传来家具刮擦地面的声音。

我立马就感觉到发生了什么事。我抬头望着天花板，两只手还插在面团里。

艾尔跑下楼梯。他气喘吁吁地跑进厨房。

"她去了？"我小声道。

他点点头。

我身子一软，跪在地上。

第二天，罗拉带来了丧祭花束挂在前门。黑色的圆形花束，带有长飘带，中间粘着假花。母亲肯定不喜欢这东西。她不喜欢假花，我也不喜欢。

"是为了让社区知道家里在办丧事。"罗拉看到我皱眉，便说道。

"我想他们根本就不知道这东西是干这个用的。"我说。

狂风吹了一整夜，将大部分积雪都吹进了海里。邻居们三三两两地像乌鸦一样来到祖屋，他们的黑色围巾和外套在风中摆动。他们敲敲前门，把外套挂在门厅的挂钩上，蜂拥着从母亲的尸体边走过。女人们拥进厨房。她们很清楚在这样的情况下该怎么办，毕竟她们一直以来都在做这样的工作。莉萨·杜博诺夫拆开一块香草蛋糕，玛丽-维奥莱特·沃尔扎勒诺切火鸡肉，安娜贝拉·温斯坦负责洗碗碟。男人们双手插在衣兜里，一边眯缝着眼看着地平线，一边谈论龙虾的价格。我从厨房窗户看到几个男人在院子里抽烟卷和烟斗，他们跺着脚、耸着肩，传着一个扁平酒壶喝酒。

邻居们的怜悯并不纯粹，就像是一壶凉水在高温中蒸馏。最简单的探询都夹杂着没有说出来的话。*担心你……非常遗憾……真高兴我不是你……*只要我进厨房，那些女人就不再说话，但我听到她们小声嘀咕：*愿老天帮帮克里斯蒂娜吧，她母亲不在了，她该怎么办？*我很想告诉她们，我母亲其实已经很久都没帮过我什么了，我以后会过得很好。但要说出这样的话，我肯定会口气不善，于是我保持缄默。

在第三天下午晚些时候，我们聚在家族墓地，围在母亲的墓穴边，狂风呼呼吹着，天空是黄灰色的，就像胎膜一样。库辛浸信会教堂的卡特神父翻开《圣经》，清清喉咙。他说，生活在农场上，尤其能注意到上帝的创造物都是赤条条地独自降临人世，并且只能在世上生活很短一段时间。饥饿、寒冷、受尽迫害和折磨，得到释放。我们每一个人都经历过怀疑和绝望的时刻，都感觉背负着沉重的负担。但是，将自己献给上帝，接受他的祝福，就能得到慰藉。我们能做的最好的事便是欣赏上帝创造的绿色大地上的奇迹，尽量避开灾祸，相信他。

这篇总结母亲一生的布道太好了，却没能改变众人的情绪。

离开墓地之前，玛丽演唱了母亲最喜欢的福音歌曲：

> 哦，当我看到他的脸时，会多么高兴，
> 宝石躺在他的脚边；
> 它会使我比在黄金城中更甜蜜，

我的皇冠上是否有星星。

玛丽那动听的歌声在空中飘荡，一曲终了，我们大多数人都哭了。我也哭了，尽管我依然不清楚那些星星代表什么。我想，我总觉得那些星星有很深的寓意，其实是我会错意了。

7月的一个早晨，我和往常一样坐在厨房的椅子上，听到有人敲窗户。一个留着棕色直发、长着一对棕色大眼的女孩盯着我看。侧门开着，到了夏天那扇门从不关。我冲门口点点头，她来到门槛边，小心翼翼地走进屋内。

"有事吗？"

"我是来讨杯水喝的。"女孩穿着白色宽松直筒连衣裙，打着赤脚。她很警惕，但显然并不害怕，仿佛习惯了走进陌生人家里。

"自便吧。"我告诉她，指了指食品室里的手泵。她侧身穿过厨房，一转身不见了。我坐在椅子上能听到沉重铁臂吱吱嘎嘎地上下移动和哗哗的流水声。

"我能用一下这里的杯子吗？"她喊道。

"当然。"

她绕过转角走了回来，用一个有缺口的白色杯子咕咚咕咚喝着水。"这下好多了。"她说着把杯子放在厨台上，"我叫贝琪。我和我的堂兄弟也住在这条路上，我们是来避暑的。你肯定是克里斯蒂娜。"

见她如此直率，我情不自禁地笑了出来："你怎么知道？"

"他们告诉我，这栋房子里只有一个女人，叫克里斯蒂娜，所以我猜出来了。"

一直在我脚边溜达的罗莉跃到了我的腿上。那个姑娘抚摩它的下巴，它喵喵叫了起来。然后，她看了一眼其他在厨房里乱转的猫咪。它们该吃早餐了。"你养了这么多猫啊。"

"是的。"

"猫咪喜欢你，只是因为你给它们吃的。"

"你这话可说得不对。"罗莉趴下，露出肚子让人抚摩，"我猜，你没养过猫吧？"

"没有。"

"那狗呢？"

她点点头："我的狗叫小斑点。"

"我的狗叫拓普希。"

"在哪儿呢？"

"可能和我弟弟艾尔在田野里。不太喜欢猫。"

"是你的狗，还是你弟弟不喜欢猫？"

我笑了起来："他们两个都不太喜欢。"

"这倒不意外。男孩子都不喜欢猫。"

"有些就喜欢。"

"并不多。"

"你似乎对你的意见很有把握。"我告诉她。

"我很爱思考。"她说，"希望你别介意，能告诉我你是怎么了吗？"

在我的一生中，我都对这个问题愤怒无比。但这个女孩坦率地表现出了她的好奇，我感觉自己必须回答："医生也不知道。"

"我一出生，我的骨骼就是畸形的。"她说，"为了好起来，我做了各种各样的锻炼。我的身体现在还有点弯，看到了吧？孩子们都拿我开玩笑。"她耸耸肩，"你了解的。"

我也耸耸肩。我的确了解。

小姑娘冲餐具柜上的碗碟一扬下巴："看看那堆脏碗碟。你可以请人来帮忙的。"她走到餐具柜边上，拿起一摞盘子，拿到食品室的铸铁长水槽边。

接下来，叫我大吃一惊的是，她竟然洗起了盘子。

1935 年，父亲去世，终年七十二岁。在此之前的很长一段时间里，他一直疾病缠身，而且很不快乐，所以，死反倒成了一种解脱。几十年来，我始终在尽全力照顾这个让我在十二岁便辍学的男人。是他为了一个不切实际的计划，就把家里的钱打了水漂。我是他唯一的女儿，得了和他一样的病，身体虚弱，他却让我打理整个家，而且从没说过谢谢。我做饭给他吃，他吃完了，我洗碗碟，洗他的脏衣服，闻他的酸臭口气，而他能看到的只是他自己的不幸。

我不得不提醒我自己，他曾经也很善良、公正和坚强。

弟弟们带着妻子来到祖屋，我们进行了熟悉的哀悼仪式，送上糕点、茶水和火腿片，接受吊唁，唱赞美诗。尸体存放在贝壳屋，并将入葬家族墓地。我站在父亲的坟墓边，我想到他在人生最后几年的情形：在前厅里坐在轮椅上，痛苦不堪，把一块无烟煤握在掌心，凝视着窗外的大海。我并不知道他心中有何渴望，但我能猜测。他渴望他身体强壮的青年时期，他希望可以站起来走路，他渴望他从未返回的故土和他的家人。他渴望得到一种明确的归属感，他想知道他归属何方，归属何人，以及其中的原因。他是否为了曾经做过的打算和失误而后悔，曾经，那些选择为他打开了这个世界，却最终让他禁锢于这世界一隅？

我一辈子都和这个男人生活在一起，却从未真正了解他。在我看来，他恰似一片结冰的海湾，上面是厚冰，下面则是翻腾的海水。

吊唁的人都离开后，我忽然觉得高三层带屋顶窗的祖屋是如此空荡。很多房间都空着。塞姆和弗雷德都开始经营他们自己的家庭农场了，他们还一起做木材和干草生意。现在只剩下我和艾尔了，还有那辆摆在贝壳屋中央的轮椅。

"你想要的话，就归你了。"艾尔说，"还可以用。"

我看着那个讨厌的东西，座面很脏，已经凹陷，轮子都生锈了。"我恨那辆轮椅。我再也不想看到它。"

他瞪大眼睛。我想这还是我第一次把这话大声说出来。他抽着烟斗，站了一会儿。然后，他走到燃木炉边上，磕掉烟斗里的烟灰，说："好吧。那我们就把它扔掉。"

我看着艾尔把轮椅拖出前门，拖下台阶，轮椅摇晃了两下，歪向一边，翻倒在地。他走进畜棚，几分钟后，他牵着套在小马车上的泰茜走了出来。他牵着缰绳，把马牵到轮椅边上，把轮椅搬到马车上。

他冲我行了个脱帽礼，对我笑笑，便牵着马车去了海湾。

大约半小时后，我从窗户看到艾尔牵着泰茜从田野走了回来。马车上是空的。

"你把轮椅怎么了？"他走进厨房门的时候，我问道。

他坐在他常坐的椅子上，摘下帽子，放在他前面的长凳上。他在口袋里摸了摸，拿出棕色旧烟斗和一袋烟叶，又从裤兜里拿出一个火柴纸夹。他把烟叶装进烟斗，用手指压实。他又加了些烟叶，再次压实。他把烟斗放进嘴里，点燃，还用手握成杯状护住烟斗，免得火焰熄灭。他把火柴甩灭，坐在那里抽起了烟斗。

我知道最好不要催促他。反正我们有的是时间。

"你知道神秘隧道边上的那块大石头吧？很高的那块？"过了一会儿，他说。

我点点头。

他吸了一口烟斗，把烟斗从嘴里拿出来，把烟喷了出来："我把轮椅推到了那块石头的顶端，然后推了下去。"

"没了。"我说，"终于摆脱它了。"

"终于摆脱它了。"他说。

在我的余生，我经常想起那辆轮椅沉在神秘隧道附近的咸腥海底，早已摔了个稀巴烂，锈迹斑斑。神秘隧道曾为我开启了一个神秘的世界，那个世界里充满了各种可能，但随着时间的流逝，那里有了其他意义。沃尔顿就是在那里向我许下了空口诺言。那里就像是一条小径，充满了各种希冀，但尽头只是一堆石头。那里犹如一个储藏室，收藏着我的破碎的梦想，是我一触及便消失了的宝藏。

轮椅如同愚人宝藏，就在下方的海底深处。

沙蒂站在我的厨房里，放下鸡肉，说："外面的人说的都是真的？我听说艾尔看上了温恩学校的新老师？"

我不由得感觉皮肤有些刺痛："你在说什么？"

"那个女人应该是叫安琪·特雷沃格。她在格特鲁德·吉本斯家里寄宿。"

在格特鲁德·吉本斯家里……寄宿？"我从没听说过。"

"他肯定会是个好丈夫，哪个姑娘能嫁给他，那是走运了。"

"我可不这么看。"我生硬地说。

艾尔开始每星期出去三四个晚上，通常都是去菲尔斯杂货店打牌。他知道我不喜欢晚上一个人待在家，但他偏要出去。每逢星期六，他经常开车去托马斯顿，那里的商店和酒吧营业到 9 点。反正他就是这么告诉我的。现在我很想知道他是不是去了格特鲁德·吉本斯的家？

我并没有提起我听说了他和老师的事，但一连好几天，我都没搭理他。他并没有问为什么。

这之后的几个星期，我都没听说关于任何女人的进一步消息。但后来的一天，艾尔若无其事地提起他要帮一个人，此人和他的女儿住在哈索恩角附近。"他们需要木柴。"他道，"我和他说了，这个周末我会给他们砍些柴火。"

"他的女儿多大了？"我问。

"什么？"

"你听到我的话了？"

"你打听这个做什么？"

"问问而已。"

他看了我一眼，抓抓脑袋："她年纪不小，非要打探，就太无礼了。"

"和你一样大吗？"

他的脚动了动："不是。"

"她只有四十来岁？"

"我不能说。"

"结婚了吗？"

他重重地叹了口气，道："应该是离婚了。"

"知道了。"

几天后，我问沙蒂："哈索恩角有个离婚的女人，叫什么名字？"

"你是说艾斯黛儿·巴特利特？"

我耸耸肩。

"和父亲住在一起的那个女人？"

"就是她。"

沙蒂探身过来。"有人说她结过三次婚，她的丈夫一个比一个年纪大，一个比一个有钱。谁知道呢，说不定只是别人胡说八道而已。但她看起来确实非常富有。她给她父亲买了一辆全新的庞蒂亚克汽车。你打听这个做什么？"

"艾尔为她父亲打零工。"

沙蒂双眼放光："她长得很美，有一头棕色鬈发。祝你弟弟好运。"

艾尔依然如常。他仍然做着家里和畜棚里的工作。但最近，他越来越随心所欲地出门。

那天是 7 月 4 日，天气晴朗，是一年一度在利托尔岛附近的海岸烤蛤的日子。我的弟妹玛丽负责烤蛤会，她腌了胡萝卜，还做了野生大黄馅饼；罗拉做了炸鸡、酵母面包卷。她们收拾好毯子、软帽、餐具和盘子，把它们放在篮子里，等待送到海滩。今年，我唯一的任务是做滴面软饼，这对我来说是信手拈来。一大清早，我就忙活了起来。在大家于中午前陆续来到的时候，已经有六十块软饼放在食品室的架子上冷却了。我还抽时间换了围裙。每次穿围裙，我都会把围裙弄脏，或是弄上面粉，或是弄上猪油。做完了这些，我就坐在厨房里等他们来。

"亲爱的，你看起来真不错！"罗拉道。

"她有什么时候不好过吗？"玛丽说。

我晓得她们都是好意，但她们口吻轻快，让我觉得自己有一百岁了。

罗拉去把软饼打包，玛丽则搀扶我上车。她把车开到海面上方的草地，还在那里放了一把椅子，让我远离危险的岩石。我的侄子、侄女和他们的朋友早就到海滩了，他们向海里投石子，看谁扔得最远，谁的石子跳得次数最多。他们喊着叫着，他们的声音与海鸥的叫声融合在了一起。

我的侄子约翰十四岁了，是孩子们中最大的一个，他从沙滩爬了上来，和我一起坐了一会儿。我们看着其他人在草地上玩游戏：红毛狗、红绿灯、迈大步、捉迷藏。他们爬上松树眺望小岛，我和艾尔以前就这样玩。他们就好像爬上桅杆的水手，而田野就如同一片黄色的大海。大人们坐在羊毛毯上，拨弄着篝火，倒出水果酒，眯眼看着我们，笑着冲我们挥手。只有艾尔一个人缺席。

过了一会儿，我听到旧福特汽车发动机那熟悉的咔嗒声在祖屋附近响起。引擎关闭。我扭过头，看到艾尔下车，绕到车子另一边，打开乘客门。一个女人走下汽车。她面带笑容，身材苗条，留着一头浅棕色复古鬈发。

肯定是艾斯黛儿。我的心一沉。他从未对我说过会带她来这里。

"哇，快看呀。"约翰说，"艾尔带女朋友来了。"

他们从小路走了过来。艾尔在前，带着羞涩的笑容，穿着一件我从未见过的清爽白衬衫。走在他身后的女人穿着蓝色连衣裙，步伐稳健，哈哈大笑着，脸上有两个酒窝，一只手拿着一个篮子，另一只手拿着一顶草帽。我很想跑开，但我做不到。我被困住了，像一只落入陷阱的狐狸，惊慌失措，不停地扭动，却动弹不得。

"今天真是个好天气。"艾尔说。仿佛我们是在五金店碰到的熟人。

"是呀。"约翰道。

我牢牢地注视着艾尔，没有说话。

他连脖子都红了。他清清喉咙："克里斯蒂娜，这位是艾斯黛儿。我和你说过了，我一直在为她父亲打零工。"

"我们家里也有工作要干。"我说。艾斯黛儿的笑容消失了。

"我们去下面见见其他人吧。"艾尔对她说。

她看着他，然后向我和约翰点点头。

"见到你们很高兴。"她轻声说。

"我也是。"约翰道。

他们转身，去了下面的岩石。

约翰把指关节弄得嘎嘎作响："我再去拿一块大黄馅饼。"

我点点头。

"你还好吗，克里斯蒂娜姑妈？"

"我很好。"

"要不要我给你拿点什么？"

"不用了，谢谢。"

约翰回到烤蛤场地，我看着艾尔和艾斯黛儿笑眯眯地聊着天，还指着一艘帆船，并且接过了食物。我坐在他们上方，就像一块炽热的煤炭。

罗拉爬上来，坐在我身边。过了一会儿，我弟弟弗雷德从下面带来了食物：一块玉米，包在烧焦的绿皮中，还是温热的，一碗蛤肉，一块蓝莓蛋糕。我摇摇头。不，我是不会吃的。他们的声音带着做作的欢快，他们赞美蓝天、如镜的水面、美味的滴面软饼、漂亮的裙子。

我和沃尔顿就曾坐在这片海滩上。那是多少年前的事了？我知道大家都在想什么。可怜的克里斯蒂娜，永远是被丢下的那一个。

我感觉自己筑起堡垒，准备迎接挑战。

塞姆爬上来，坐在我椅子旁边的草地上。"怎么了？"他拍着我的膝盖问。

我低头看着他放在我膝盖上的手，又看看他。他赶紧把手拿开。

"没怎么。"我说。

他叹口气："这很不好，克里斯蒂娜。"

"我不明白你在说什么。"

"你要毁了这次野餐。"

"我才没做过这样的事。"

"不，你做了，你知道你做了。而且，你把艾尔搞得很不开心。"

"如果他要把那个……拜金女带来……"我脱口而出。塞姆握住我的手。"住口。不然你会为你的话后悔的。"

"会后悔的人是他……"

"得了吧。"他厉声道，"你不觉得艾尔理应得到幸福吗？"

"我觉得艾尔一直都很幸福。"

他盘腿坐着。"听着，克里斯蒂娜，你很清楚艾尔会一直照顾你。他以后也会这样。你不满意他……他和别人的关系，感觉有点……有点……心胸狭窄。"

"我才没有不满意。我只是在质疑他的判断。"

塞姆又和我坐了一会儿，我知道他还有话要说。那些话就在他的嘴边。我能猜到他想说什么。但他好像认为还是绝口不提为妙。他又拍拍我的膝盖，站起来，回到其他人身边。

几分钟后，艾尔和艾斯黛儿顺着海岸爬了上去，回到福特车边。他们从我身边开过，并没有看我。就连孩子们都好像很警惕，在草地上玩耍的时候，都和我保持安全距离。一小时后，罗拉和玛丽把毯子打包，把食物放进食盒。她们来接我，搀扶我上车，并没有说什么，但她们的脸色都很严肃。

玛丽和罗拉扶我坐在厨房的椅子上，便回车里拿用锡纸包着的剩饭。"这样你们就能对付好几天了。"玛丽说。她小心翼翼地把饭菜放在地板下面的冰盒里，随后对我勉强挤出一丝笑容："还有什么事吗？"

"我很好。"

"那就祝你独立纪念日快乐。"

"祝你独立纪念日快乐。"罗拉附和道。

我点点头。我们几个好像都不是很快乐。

她们走后，我把罗莉抱到腿上。我注意到天竺葵都枯萎了，蓝色花盆上布满了裂缝。火炉里的火已经熄灭。空气潮湿，很快就要下雨了。我忽然有种奇怪的感觉，好像是从上方看着我自己坐在过去三十年来几乎每天都坐着的地方。天竺葵，带裂缝的花盆，腿上的猫，必须重新生的火，在地平线上集结的雨，一个方向是通往镇里的公路，另一个方向是延伸入海的圣乔治河。

我不知道过了多久，但我听到艾尔的车嘎啦嘎啦开上了车道。门嘎吱一声开了，随即乓地关闭。脚步声来到厨房门廊，随即纱门被打开了。

他看到我，不由得一缩："我不知道你在这里。"

"是呀。"

"太黑了。"

"我不介意。"

"要不要我点灯？"

"不要紧。"

他叹了口气。"那好吧。我想我要上床睡觉了。"他把帽子挂在门边的挂钩上，转身要走。

"她结过三次婚了。"我说。我的心在我的胸腔里咚咚狂跳。

"什么?"

"你知道这件事吗?"

他喘了口大气:"我觉得那不是……"

"你知道这件事吗,艾尔?"

"当然知道。"

"我还听说她……很有野心。"

"这是什么意思?"

"我听说,她的动机十分可疑。"

他皱起眉头:"是谁告诉你的。"

"我不能说。"我知道我伤害他了,但我不在乎。我喜欢这些犀利的言语。每一个字都像是一把匕首。他伤害了我,所以我也要伤害他。

"艾斯黛儿可能有什么'动机'?"他双手叉腰,轻声说道,"除了我自己,我什么都没有。"

"她可能想要我们的祖屋。"

"她才不想要祖屋!"他厉声道,"没人想要这栋祖屋。我也不想要。"

我感觉自己像是挨了一巴掌:"你不能这么想。我们有责任。我们的家族……哈索恩家族。还有妈妈……"

"妈妈已经死了。什么哈索恩家族,去见鬼吧。该死的,那时候有机会,我们就该把这房子卖了。这里已经变得跟监狱差不多了,你难道看不出来吗?我们都是犯人。不,或许你是犯人,而我是典狱官。我再也不能继续下去了,克里斯蒂。我想要生活。真正的生活。"

他敲打了他的胸口一下，发出沉闷的重击声，"我要去外面的世界。"
他冲窗户一挥手臂。

我好像从未听过他一次说这么多话。我屏住呼吸。然后，我说：
"我一直不知道你是这么想的。"

"以前都无所谓，但现在我觉得……我觉得我或许可以过不一样
的生活。你知道那是一种什么感觉，对吧？"

艾尔从没这么直接地和我说过话。我想我一直都以为他没有像我那
样深刻的感情，但显然我错了。"那都是很久以前的事了。那不一样。"

"为什么？因为这不是你的事？"

我有些退缩。"不是的。"我厉声道，"因为我们年纪大了。而且，
我们属于这里。"

"不，不是的。这里只是我们死后入葬的地方。"

他的声音听起来有些哽咽。想必他是在哭。我也哭了："那我怎
么办呢？我一辈子都为这个家洗衣做饭。现在，你要把我像垃圾一样
扔掉了？"

"得了吧。"他说，"我当然不会那么做。你知道的，不管我去哪
里，都欢迎你和我一起。"

"我不接受别人的施舍。"

"我从没这么说过。"

"艾尔瓦诺，这里是我的家。也是你的家。"

"克里斯蒂娜……"他的声音听来很疲倦，十分压抑。等到我意
识到他不会再说话了，我才发现他早已离开了房间。

第二天一早，我醒了过来，房子里静悄悄的。我的第一个念头就是艾尔走了。但当我望着窗外，只见他的福特汽车还停在昨晚的老地方。我像往常一样做着早晨常做的家务，艾尔也照常从畜棚进屋吃午饭。他一句话都没说。然后，他把盘子洗了，说了声谢谢，便又出去了。就在我把刚刚搅拌好的黄油放在棚屋陶罐里的时候，我注意到了高高挂在椽子上的平底小船。

那时候有机会，我们就该把这房子卖了……你是犯人，而我是典狱官。他的话飘浮在我们之间的空气中。但只要我们不提起，就可以假装我们从未说过那些话。

接下来的几个月，我每天早晨醒来，都以为他走了。

艾尔并没有再把艾斯黛儿带到家里来，也没有提起她的名字。一天，沙蒂无意中提到，她听说艾斯黛儿认识了一个有两个孩子的男人，搬去了洛克兰。

随着时间的推移，我和艾尔恢复了老样子。但他变了。一只鸟撞上了二楼的一扇窗户，撞碎了玻璃，他没有把窗户修好，只是拿了块破布塞住了洞。他把那辆旧 T 型发动机小汽车留在棚屋后面腐烂。他再也不会清理燃木炉，只是把灰烬往后推，腾出空间放新木头。经过漫长的冬季，祖屋的白漆都掉了，下面的灰色木板露在外面，他也不去补漆。田野一点点地荒废了，农具长时间不用，都生锈了。两三年后，艾尔只耕种一小块土地。

这就好像他选择因为祖屋和田野需要他而惩罚它们。他也可能是在惩罚我。

克里斯蒂娜的世界

1948 年 ///

　　在田野中，土地散发着酵母的气味。每一根尖尖的草叶都是独立不同的。鲜艳的黄色驴蹄草挂在花茎上，像是一把把小小的枯萎花束；黄色和黑色相间的虎斑燕尾凤蝶在空中盘旋。这是一个 5 月的温暖午后，我要去找沙蒂，她就住在弯道另一边的小屋里。她提出开车来接我，但我更喜欢自己去。我用手肘撑着地，拖着身体一点点往前挪，过了大约一小时才到。戴在膝盖上的棉垫已经磨损，被青草染成了绿色。这么靠近地面，唯一的声响便是我自己的粗重呼吸和蟋蟀的叫声。黑色的苍蝇绕着圈地飞，嗡嗡声不绝于耳。空气中夹杂着咸腥味、薰衣草的花香和泥土的芬芳。

　　我再也不能走路了。我只能挪动椅子在餐桌和炉灶之间移动，把地板磨出了很深的凹槽。我绝对不会用轮椅。所以我必须选择：留在屋内，待在安全的厨房里和我在餐厅的小床上，或是尽可能去任何我需要去的地方。我选择了后者。每隔一个星期，我都会去看父母。我爬过大片的黄色草地，来到他们入葬的祖坟，从那里聆听各种声响，俯瞰大海。在温暖的午后，我会带上一个小桶，去摘蓝莓。

　　我喜欢在草地中休息，看着渔船驶离克莱德港，经过孟希根岛，前往无垠的大海。

我来到沙蒂家，看到她正在前门廊上等我。"老天。"她带着明媚的笑容说，"看看你自己。我看还是给你来杯冰茶吧。"

"那太好了。"

沙蒂走进屋，我拖着身体爬上台阶，靠在木栏杆上，累得上气不接下气。她用一个大托盘端出了一碗莓果、一罐薄荷冰茶、两个杯子、一块湿毛巾。

"给你，亲爱的。"她把凉爽的毛巾交给我，"克里斯蒂娜，真高兴你能来看我。"

"今天的天气真不错。"我说着擦了脸和脖子。

"当然。真希望今年夏天和去年一样，不会太热，千万不要像两年前那样。还记得那时候吗？就连晚上都很难熬。"

"是呀。"我表示赞同。

我和沙蒂并没有聊个不停。我们在一起，很多时间都是在安静中度过的。傍晚的阳光下，今天海湾里的海水闪闪发光，像一块破碎的玻璃。门廊边的丁香花散发着香草的香气。我们吃了她今天早些时候摘的覆盆子和黑莓，还喝了冰茶，凉爽的薄荷叶像是圆片糖果，滑进我们的嘴。

我的年纪越大，就越是相信最大的仁慈便是接受。

自从我在门口抱怨过那幅肖像画，安迪便没有再要我为他做模特。但在7月初的一个温暖下午，他突然走进厨房，说："你能不能为我坐在草地里？只要二十分钟就好。充其量半小时。"

"干什么？"

"我脑海中有个想法，但我就是想象不出来。"

"为什么不行？"

"我找不到正确的角度。"

他很清楚我不愿意。我害羞，很难为情。"去找艾尔吧。"

他摇摇头。"艾尔再也不会做模特了，你知道的。"

"我也是。"

"你一直都在摆姿势啊，克里斯蒂娜。对你来说一点也不难。"

"你在说什么？"

"艾尔一向不安分。但你知道怎么一动不动。"

我拍拍椅子扶手，说："我们面对现实吧，安迪，我没有其他选择。"

"这是事实。但不只如此。"他一边摸着下巴，一边思考，"你知道怎么摆姿势给别人看。"

我轻笑两声。"这么说实在奇怪。"

"对不起，听起来是挺怪的。我的意思是，你已经习惯了被人观察，而不是……被人看。人们总是关心你，担心你，看你如何生活。这当然是好意，但也妨碍了你。而且，我觉得你已经弄清楚了该怎么转移他们的担忧或是怜悯，这个办法就是过这种……"他抬起一只手臂，像是举起了一个球，"有尊严和冷漠的生活。"

我不晓得该如何答复。从没有人这样和我说话，告诉我一些我并不知道却始终明白是实话的东西。

"对吗？"他说。

我不想太快缴械投降："也许吧。"

"就跟瑞典女王一样。"他说。

"得了吧。"

他笑了："你坐在厨房的椅子上，统治整个库辛。"

"你现在是在取笑我。"

"我发誓我没有。"他伸出一只手，"给我当模特吧，克里斯蒂娜。"

"这一次，你会不会把我画得像害了大病一样？"

他大笑起来："这次不会了。我保证。"

安迪离开厨房，去拿绘画工具。我滑下椅子，沿着地板爬到敞开的门边。我爬下台阶，来到草地上一片阴凉的地方。手指下的土地摸起来凉凉的，很有弹力。我用胳膊支撑自己，停在那里等待。安迪走到门口看着我，他眯起眼睛。他走下台阶，歪着脑袋，缓缓地绕着我走了一圈。他指示我："像这样。把腿盘在下面。再往后面一点。"我感觉自己就像牲口市场里的小母牛。他一只手拿着铅笔，另一只手拿着速写簿。然后，他打开速写簿，咕哝一声，坐在十英尺开外的门前露台上，画了起来。

过了一会儿，我的背就开始疼了。我说："现在至少过了一小时了吧。"

"今天阳光这么好，待在外面也不错吧？"安迪看着我，又看看速写簿，伸了个懒腰。

"你说过二十分钟的。"

他举起炭笔，露出了满面的笑容："得了吧，克里斯蒂娜。你知道的，男孩子想诱惑你，什么话都说得出来。"

"的确如此。"

他扬起眉毛。

我没有再说话。

又过了几分钟，他说："嘿，你那条粉色连衣裙呢？就是你穿着去约翰婚礼的那件？"

"在走廊的壁橱里。"

"你去穿上吧？"

"现在？"

"为什么不呢？"

我累了。我的双腿跳动着作痛："我们在这里待的时间已经超出你的承诺了。今天够了。"

"那就明天吧。"

我翻了个白眼。尽管如此，我们都知道我会同意。

第二天一大早，我要艾尔从壁橱里找出那件粉色棉布长裙。他把裙子放在餐桌上，我把他赶出房间，费力地穿上长裙，拉下来盖住臀部。然后，我把他叫进来给我系上纽扣。做完了，他说："我一直都很喜欢那个颜色。"

艾尔从不轻易赞美别人。感觉真是太好了。我对他微微一笑。

一小时后，安迪从远处走来，我就从厨房窗户望着他。他带着工具盒走上小山，走路一瘸一拐，身体微微有些失衡。他走得很费力，不时哼哼一声。他既勇敢又脆弱，我不禁为这样一个可爱的他而异常感动。

说来也怪，我的手竟然是湿冷的。就像一个姑娘在等待和她约会的小伙子。

"啊，克里斯蒂娜！"他走进门，冲我吹了声口哨，"你真是……太美了。"

我情不自禁地脸红了。

"今天天气不错，适合外出。我们找点东西给你坐，让你舒服点。"他把工具箱放在一把椅子上，"我看到房子前面的一个卧室里有一堆被子。"他去了楼上。几分钟后，他回来了，一只手抱着一床我做的旧双人结婚喜被，另一只手臂夹着他那个晃晃悠悠的画架和速写簿。"我先把这些东西拿出去。要不要我回来接你？"

"这个……"一般来说，我一定会拒绝。但我要是爬下台阶和草地，那身上的裙子就完了。"好吧。"

我看着他在昨天那片草地上支起画架。他展开被子，把它铺在地上，把扇形边缘拉开抚平。然后，他回屋里接我。他站在距离我很近的地方，把我的手臂搭在他的肩膀上，把我从椅子上拉了起来。自从我和沃尔顿分手以来，我还从未和与我没有亲戚关系的男人如此接近过。我清清楚楚地感觉到我的身体贴着安迪的身体，我的脆弱骨骼和纸质的皮肤贴着他温暖坚实的胸膛，他那强壮的手臂紧紧抓着我枯瘦的手臂。我的感觉忽然变得敏锐起来。我像是有了鹰的眼，猫的耳朵，狗的鼻子。他的呼吸拂到我的脸上，甜腻腻的。我听到他的牙齿发出轻轻的咔咔声。我的大脑注意到那种气味，心中忽然一动。"你在吃……黄油糖？"

"是呀。"

他没有注意到我别开了脸。

他的手臂在我的手肘下面，支撑着我的重量，半是走，半是抱地把我带到了外面。我的心狂跳着，我很想知道他有没有听到我的心跳声。他把我轻轻放在被子上，调整我的双腿，抚平我的裙子，把我的头发别在耳朵后面。然后，他在夹克口袋里翻找，拿出一个玻璃纸袋，里面装满了琥珀色的包装糖果。"提醒你哟，吃这个会上瘾。"

"不，我不吃。"我举起一只手说，"闻着都受不了，更别提吃了。"

"怎么可能？所有人都喜欢黄油糖。"

"我偏不喜欢。"从前的记忆是那么叫人心碎，我不得不屏住呼吸。我和沃尔顿一起在田庄礼堂跳舞，他的脸颊贴着我的脸，感觉有些刺痒。他用一只手扶着我的腰，他的呼吸拂在我的脖子上……"我的一个熟人就喜欢吃这种糖。"

"背后还有故事呀。"他说，把玻璃纸袋塞回口袋，"让我猜猜，就是你昨天暗指的那个男孩子吧？"

我别开脸："我没有暗指任何男孩。"

他把黄油糖吐到手里，扔到艾尔的玫瑰丛里。他调整画架，把速写簿放在上面，打开工具盒。"恕我直言，"他说着拿出笔，"今天我们也得在这里待上一个多小时。这下你就不用担心没时间给我讲他的事了。"

我沉默了一段时间。我听着安迪的笔唰唰地在纸上游走。然后，我做了个深呼吸。"他……是来这里避暑的。"

"就来了一个夏天？"

"是四个夏天。四个。"

"你当时多大？"

"二十一岁。"

"和我认识贝琪的年纪差不多。"他说，把两根手指摆成 L 形，眯眼从手指之间看着我。"他是认真的吗？"

"不知道。"我艰难地吞了吞口水，"他承诺过……要和我在一起。"

"你是指他答应你会娶你？"

我点点头。他的承诺，是指这个吧？我不确定。

"啊，克里斯蒂娜。"安迪叹息道，"出什么事了？"

他的态度让我很想把从未对别人说过的事告诉他，即便是那些痛苦和丢脸的事。

我真的很想向他倾诉。

"老实说吧，克里斯蒂娜。"我给安迪讲完整件事，他摇着头说，"那个人听起来挺无趣的，还那么传统。你到底看上他什么了？"

"我不知道。"我又一次想到母亲打开前门，迎来了一位瑞典水手，就跟童话里一样：长发公主放下她的头发，灰姑娘穿上水晶鞋，睡美人得到王子的吻便醒了过来。她们都有机会过上幸福的生活，至少看来是这样的。但吸引她们的是王子，还是逃离的机会？

我对沃尔顿的爱，对他的痴迷，在多大程度上是关于我对自己获得拯救的幻想。而在他出现之前，我甚至都不知道自己抱着那样的幻想？

"我觉得我只是……"*想要被爱*，我差一点就把这句话说出来了。但我羞于这样说。"只是想要正常的生活吧。"

安迪叹了口气。"这就是问题所在吧？听着，别怪我说话不好听，你过不了正常的生活，即便你以为那就是你想要的。我和你，我们并不'正常'。我们并没有进入传统的盒子里。"他又摇摇头，说，"要我说，你是逃过一劫。就算那个男人活到一百岁，他也不会知道信念的力量。"

我吞下哽在喉咙里的硬块：他知道他并不想要我。

"呸。他是个软弱的家伙。太容易动摇了。相信我吧，你要是跟了他，会痛苦一辈子。那个人会一点点地伤透你的心，让你的心化为碎片。现在你的心虽然受伤了，但至少还是完整的。"

他或许是对的，我的心或许是完整的。但我想到了一些人，其中有些甚至是我爱的人，我和他们保持一定的距离。我想到了我是怎么对艾尔和艾斯黛儿的。我想到了我对格特鲁德说过的话，对她的埋怨，而在我侄子出生的那个时候，她只是来帮忙而已。*我发誓我永远都不再和你说话*。她说我有一颗冷酷的心，或许她是对的。"我感觉好像……好像我的心包裹在一层冰里。"

"这是从什么时候开始的？"

"不知道，也许一直是这样。"

他为手中的笔扣上笔帽。"我能明白你为什么会有这种感觉。但我并不认同。你是在保护你自己，这是可以理解的。老天，克里斯蒂娜，你一直都很辛苦。你这一生都在照顾你的家人。你的双腿还有问题。"他目不转睛地看着我，我又一次觉得他能看穿我的心，这种感觉实在是太不可思议了。"在我看来，你有宽阔的胸怀，这一点一向都很明显。只要看看你和贝琪就知道了。你们两个感情多好啊。而且，你那么爱你的侄子，这一点不会有错。但最重要的是你和艾尔，你们一直住在这栋房子里。你们两个相亲相爱。那个家伙，那个沃尔顿，"他嘲弄着说出他的名字，"他在这里没有任何意义。你把那个可怜的家伙吓跑了。"他冷冰冰地说，"艾尔是怎么看他的？"

"他对沃尔顿没什么看法。"

"我可不这么认为。"他合上速写簿说，"艾尔很清楚。"

我的心布满了伤痕，受尽了折磨。而且，谁知道呢，可能我的心早已融化。听到他的话，我的心直往下沉。**你们两个相亲相爱**。安迪并不清楚事情的全部。

不过他说对了一件事：艾尔确实什么都清楚。他一向都心思清明。他怜悯我，对我忠诚。但我给他的回报便是将他的帮助视作理所应当，破坏了他和一个女人的关系。他要是能和她在一起，说不定会很幸福。那个女人很可能会改变他的生活。我能想象他们两个住在一个小而整洁的房子里，他的淡粉色玫瑰开在他新搭的棚架上。艾尔天不亮就起来，驾驶捕龙虾船出海，检查捕网，拉一下网就知道能打上来多少龙虾。他会在中午回家，厨房里温暖舒适，火边摆着高背椅，他哄着孩子，妻子问他这一天过得怎么样……

我沉浸在自己的悲伤和恐慌中，因此拒绝了他一直给予我的尊重。我有什么权利不让他把握他唯一获得爱的机会？

"我有话和你说，艾尔瓦诺。"我告诉他，现在正值黄昏时分，我们在厨房里，坐在炉灶边上喝茶，"虽然我现在说已经改变不了什么了，但是……我无权强迫你留下来。"

我几乎看不清他的五官，但我看到他有些退缩。

他叹了口气。

"你和她在一起，一定会很幸福。"

"我并没有觉得现在不幸福。"他的声音很轻，我几乎听不到。

"你是爱她的，对吗？"我哽咽着，艰难地说出这句话，"我却把你留了下来。"

"克里斯蒂……"

"你能原谅我吗？"

艾尔坐在他那张破旧的椅子上前后摇晃。他伸手从衣兜里拿出烟斗，把烟叶压实，把一根火柴在烤箱门上一擦点燃。他小声嘟囔着什么。

"什么？"

他吸了一口，把烟呼出："我说，是我自己把自己留在了这里。"

我想了想："你是同情我。"

"不是的。这是我的选择。"

我摇摇头："你有什么选择？我让你感觉你是要抛弃我，但你其实只是要过你自己的生活。"

"好吧。"他挥挥一只手，"我怎么能丢下这一切呢？"

一直到他对我露出一个苦笑，我才知道他是在开玩笑。

"别人都不知道我有多喜欢吃麦片粥。"他说，"而且，你也会这么对我的。"

我当然不会这么做。艾尔真的很善良，或者说，相信这一点，或许对他来说比较容易。不管怎么样，都不能为我的所作所为提供借口。我们两个不是夫妻，只是姐弟，我们却注定要在我们从小一直住着的这栋房子里住到老、住到死，与祖先的幽魂为伴，过着幽魂曾过的生活。壁橱里藏着一摞信。棚屋的橡子上挂着一艘平底小船。等我们化为了尘土，将不会有人知道我们曾一起在这里过着什么样的生活，我们有什么样的欲望和怀疑，我们的亲密和我们的孤独。

在我的记忆中，我和艾尔从未拥抱过。除了他搀扶我到处走，我不记得我们上一次有肢体接触是什么时候。但是，此时此刻，在昏暗的光线中，我握住他的一只手，他用另一只手握住我的另一只手。我有种弄丢东西的感觉，比如我弄丢了一卷线，遍寻不获，却发现线就在最显眼的地方，就在餐具柜上，被布料压在下面。

我想到曼密很多年前对我说过的话：爱和被爱的方式有很多种。真糟糕，我花了大半生，才理解了这句话的含义。

安迪画穿粉裙、趴在草地上的我，几天后，他把画带到楼上。我挪动着椅子，一早晨都在厨房里忙活。我把饼干放在厨台上冷却，在炉灶上炖了一锅鸡汤。中午，他下楼吃饭，就着鸡汤吃饼干，在食品室里用手泵抽水大口喝着，吃完用手背抹了抹嘴，就回楼上了。下午，我烤了一个蓝莓馅饼，趁热切下一块，放在盘子里推到楼梯边上，叫他下来拿。看到他脸上的笑容，我感觉自己费力也是值得的。

傍晚，他划船回家。第二天，他又来了，噔噔噔跑上楼，房子里静悄悄，他沉重的脚步声是唯一的声响。我听到他在楼上走来走去，打开门，关上门，走进不同的房间。

一晃几个星期过去了。

一晃两个月过去了。

到处都留有安迪的痕迹，即便他不在祖屋里。

鸡蛋味，溅出来的蛋彩画颜料。一支已经变干、呈扇形散开的画笔、一块溅满颜料的木板。

天气变凉了。他依然在工作。他没有像往常一样在 8 月末回宾夕法尼亚州。我没问他为什么，有点害怕如果我大声说出来了，就会提醒他，他回家的时间都过了。

他在楼上画画，我便做每天都做的工作。烧水沏茶、揉面做面包，抚摸我腿上的猫，看窗外的野草随风摆动，和艾尔聊聊天气，望着落日余晖，就像是在看一部彩色电影。但我一直都在想安迪，他就像童话里的一个人物，在远处的房间里，把稻草编成黄金。

10 月的一天早晨，安迪没有出现。我已经有好几个星期没见过贝琪了，但第二天，我正在补袜子，就看到她把头探进厨房。"克里斯蒂娜！你和艾尔来不来吃饭？"

"去你家吗？"我惊讶地问。他们以前从未邀请过我们。

她点点头。"安迪和艾尔说过了，他们说好了，让艾尔开车带你去。求你了，就答应吧！就是吃顿便饭，不是什么大餐。我们一定会很高兴的。就算是送行宴了，我们就要回查兹福德了。"

"这么说，安迪完成了这一季的画作？"

"总算完成了。"她说，"我敢说，恢复平和安静，感觉一定很好。"

"我们并不介意。我们有的是时间享受平和安静。"

　　几天后的傍晚，艾尔身着一件淡蓝色带领子的衬衫，这衣服是几年前我给他做的，但我很少看到他穿。他把我从厨房的椅子上抱起来，走下台阶，把我放在旧福特车的后座。我已经很久没坐车出去了。事实上，除了去沙蒂家，我已经很久没去过别的地方了。我穿着深蓝色棉布长裙和白衬衫，裙子上有不同的布块，这身衣服是一套旧制服，但至少没有磨破或弄脏。我把头发向后梳，用丝带绑上。

　　汽车后座很暗，十分凉爽。我们在车道上颠簸而行，我向后靠在座位上，闭上眼，感觉发动机的震颤在我的腿上蔓延，而紧张的感觉正在侵蚀我的心。除了在祖屋，我从未在其他地方见过安迪，那时候的他穿着粘有颜料的靴子，口袋里鼓鼓囊囊地装着鸡蛋。他在他自己家里，会不会变成另外一个人？

　　艾尔在一个红绿灯处向右转，在一条通畅的道路上开了很久。我听到很大的交通信号灯的声音，我们缓缓地右转，随即响起了车轮碾过砾石的嘎啦声。"到了，克里斯蒂。"他说。

　　我睁开眼。面前有一栋白色木板小屋，棚架上爬满了白色铁线莲，窗户是深色的，种着整齐的绿色金钟柏树。我知道他们已经搬出了马厩，但小屋再一次提醒我：贝琪终于得到了她的房子。

　　她站在门廊上，穿着黑色瘦腿裤、薄荷绿衬衫，涂着红色唇膏，笑着挥手："欢迎！"安迪在她身后，也在挥手。看到他在这里，与周围格格不入，感觉很奇怪。他穿着清爽的白衬衫、没有任何污点的干净裤子和鞋子，他的头发梳得整整齐齐。他看起来就是漂亮而普通的房子里的一个帅气而普通的男人。只有看到他手上的颜料，才知道他就是我认识的那个安迪。

艾尔下车，打开我那边的车门。他和安迪搀扶我走上台阶，来到屋内。贝琪撑着门，两个小男孩像小鱼一样跑来跑去。

"尼古拉斯！杰米！"贝琪责备道，"你们两个去楼上玩吧。你们表现好的话，我就给你们送蛋糕上去。"

艾尔和安迪搀着我走进一个陈设简陋的房间，里面摆着一张红色长沙发，沙发前面是一张低矮的椭圆形木桌，还有两把条纹高背椅。他们让我坐在沙发上，贝琪走进一扇摇门，用托盘端出来一小碗萝卜、一盘芥末蘸蛋、一小罐红舌青橄榄。（我倒是见过这种橄榄，只是没吃过）她坐在我旁边，让安迪和艾尔坐在我们对面的高背椅上。

安迪看起来有点战战兢兢。他在椅子上扭动着，冲我露出一个古怪的微笑。艾尔瞥了一眼我的脑袋上方，然后看看安迪。他似乎也很紧张不安。

"要牙签吗？"贝琪说。

我拿过一根牙签，插了一个橄榄送进嘴里。有点咸，纹理有点像肉。该把牙签放哪里？我看到安迪的盘子边上有一小堆牙签，便把我的牙签放在我的盘子上。我环顾房间，只见墙壁上挂满了安迪的画，那些画镶在画框里，看起来都很眼熟。有一幅水彩画，画的是艾尔在耙蓝莓，他抽着烟斗，戴着帽子，画的是他的侧面像；有一幅炭笔素描，画的是艾尔坐在前门台阶上；还有一大幅蛋彩画，画的是三楼的一个房间里，曼密的蕾丝窗帘随风摆动。

"镶了画框，真好看。"我告诉安迪。

"都是贝琪安排的。"他说，"她给画起了名字，还镶了画框。"

"我们是分而治之。"贝琪说，"克里斯蒂娜，来杯雪莉酒吗？"

"不了，谢谢，我只在节假日喝酒。"我不想这么说，但我害怕把酒洒在衬衫上。

"那好吧。艾尔呢？"贝琪问。

"来杯酒很好。"他说。

我和艾尔都不习惯被人服侍，所以都很僵硬和拘谨。贝琪尽全力让我们放松下来。"听说明天会下雨呢。"她说着交给艾尔一小杯雪莉酒。

"那正好，对我们有好处。"艾尔说着喝了一小口。他皱了皱眉。我想他从未喝过雪莉酒。他把杯子放在桌上。

我瞥了一眼贝琪，但她似乎并没注意到。她轻笑一声，道："我知道下雨对农作物好，但是，告诉你吧，下雨天和孩子们困在屋里，可不是什么有意思的事。"

艾尔玩味地看了安迪一眼。"你应该让他们去画画。"他说。

安迪晃晃脑袋："他们只会乱画一通。其实，尼古拉斯好像没有这方面的天分，至于杰米嘛，我觉得他倒是有点天赋。"

"看在老天的分上，他才两岁。"贝琪说，"尼基只有五岁。现在什么都看不出来。"

"我觉得说不定可以看出来。我父亲说过，他在我只有八个月大的时候，就看出我天赋异禀了。"

"你父亲……"贝琪翻翻白眼。

我又插了一颗橄榄，问："你们过几天就回宾夕法尼亚了吗？"

贝琪点点头："已经开始收拾了。真舍不得离开。不过我们今年在这里住得比以前都久。"

"感觉好像你们才来。"我说。

"老天，克里斯蒂娜，你肯定就是说说而已！毕竟安迪一直都在打扰你们。"

"他没有打扰我们。"

"除了我缠着她给我做模特。"安迪看了我一眼，"那还真是挺打扰她的。"

我耸耸肩："这次我倒是不介意。"

"真高兴他没再找我做模特。"艾尔说。

安迪大笑着摇了摇头："我吸取教训啦。"

"好啦。"贝琪站起来说，"我得上去看看两个孩子了。安迪，你能把盘子收一下吗？"

我看到他们两个对视一眼。

"遵命，夫人。"他说。贝琪离开房间后，他把碗收在一起，放回到托盘上。"你们两个自己照顾自己吧。我只是个雇来的用人。"我们看着他举着托盘，拖着脚穿过摇门。

"他们的房子真不错。"只剩下我们两个的时候，艾尔说。

"非常好。"我们两个并不习惯闲谈，都很不自然，"我喜欢吃那种橄榄。"

他露出一脸苦相："我不喜欢。吃着跟橡胶一样。"

我一听就乐了："橄榄的确是一种橡胶。"

　　我们紧张地坐着，没再交谈，我发现艾尔的目光再次瞟向我头顶上方的墙壁上。他看了我一会儿，又看着墙壁。

　　"怎么了？"我问。

　　他扬了扬下巴。

　　我在椅子上挪动两下，探着脖子去看他看的东西。那是一幅画，一幅很大的画，几乎占满了我头顶上方的整面墙壁。画中有一个女孩子穿着淡粉色连衣裙，系着黑色细腰带，背景是一片黄色的田野。她的深色头发在风中摆动着。看不到她的脸。她探身向地平线上一栋影影绰绰的银色房屋和畜棚，天空是浅浅的彩虹色。

　　我看着艾尔。

　　"想必是你吧。"他说。

　　我又看着那幅画。那个女孩趴在地上，但看起来像在空中飘浮。她比她周围的一切都要大。她就像人面马身的怪物，也像极了美人鱼。她有点四不像：裙子是我的，头发是我的，瘦弱的手臂是我的，但岁月在我的身体上留下的痕迹被抹去了。画中的女孩轻盈、年轻。

　　我感觉有什么东西压在我的肩上。是一只手，安迪的手。"我终于画完了。"他说，"你怎么看？"

　　我仔细观察那个女孩。她的皮肤和田野的颜色差不多，她的连衣裙已经褪色，如同阳光炙烤的白骨，她的头发像僵硬的野草。她似乎永远年轻，也和土地一样古老，像极了童书里关于进化的线条画：一个海洋生物长出了四肢，一点点爬到了岸上。

　　"这幅画叫《克里斯蒂娜的世界》。"他说，"是贝琪起的名字，她一向都是这样。"

"《克里斯蒂娜的世界》？"我默默地重复道。

他大笑起来："一个长满青草的巨大星球。你就在中间。"

"不过，这也不完全是我吧？"我问。

"这得由你来告诉我。"

我又看着那幅画。尽管不同之处十分明显，但这个女孩依然异常熟悉。从她身上，我看到了十二岁的自己，在一个并不多见的下午，逃脱了家务的束缚。我还看到二十多岁的我，从一颗破碎的心中寻找救赎。我还看到了几天前的我，去祖坟为我的父母扫墓，祖坟的这一边是干草堆上的平底小船，另一边是海底的轮椅。我的脑海深处，一个词浮现出来：提喻法。部分代表整体。

克里斯蒂娜的世界。

事实是，这个地方，这栋房子，这片田野和天空，只是世界的一小部分。但贝琪是对的：这里是我的整个世界。

"你告诉过我，你觉得你是个女孩。"安迪说。

我缓缓地点点头。

"我想画的就是那个。"他指着画说，"我想要表现出……欲望和犹豫。"

我握住他的手，将他的手拉到我的唇边。我看得出来，他有些吃惊。我以前从没这样做过。我也很惊讶。

我想到了多年来人们对我的看法：负担，顺从的女儿，女朋友，心怀恶意的可怜人，残废……

这是我写给世界的信，世界从来不回信给我。

"你诠释出了别人看不到的我。"我告诉他。

他握握我的肩膀。我们两个都看着画，没有说话。

她在一个长满野草的星球上。她的愿望很简单：仰着脸面对太阳，感受它的温暖；抓住她手下的泥土；逃离并且重返她自小到大居住的那栋房子。

隔着一段距离观察她的生活，只觉得像照片一样清晰，像童话一样神秘。

这个女孩生活在破碎的梦想和承诺中。她还活着，必将一直生活在那片山腹，她在世界的中心，而那个世界只到画布的边缘。她的亲人是女巫和迫害者、探险家和深居简出的人、梦想家和实用主义者。她的世界既有限制，也是无界的，在那个地方，门口的陌生人可能握着能开启她后半生的钥匙。

她最大的心愿，她真正的渴望，也是我们所有人的心愿，便是得到别人的关注。

看，她就在那里。

作者注

小小的世界

我从小在缅因州的班戈长大，在我八岁那年，父亲送给我一幅出自当地一位艺术家之手的木刻画，创作灵感来自安德鲁·怀斯的《克里斯蒂娜的世界》。他说，看到这幅画，他就想起了我，我很理解他为什么这么想：我们的名字一样，又都在缅因州长大，头发都随风摆动。这个女孩身穿淡粉色连衣裙，身材纤弱，背对观者，面冲远处陡坡上一座饱经风霜的灰白色房屋。在我的整个童年，我都围绕着她，设想各种各样的故事。

　　多年以来，我一直相信这幅画是一项罗夏克墨迹测验，是一个魔术，是一只灵巧的手。正如大卫·米歇利斯在《令人惊奇和不可思议：怀斯传统》中所写："怀斯的画作具有脚踏实地的自然主义风格，非常具有迷惑性。他的作品通通超越表面，具有深刻的含义。"安德鲁·怀斯的画一向都充满奇迹和神秘的暗流。他痴迷于诠释人类体验中的阴暗面。干燥如枯骨的草异常清晰，细节刻画得十分详细。山上有一栋破烂房子，一架神秘的梯子通往二楼的一扇窗户，一件洗好的衣服如同幽灵一样在风中摆荡。乍一看，草地上的瘦弱女子很放松，但有些萎靡不振，细看下却可以看出怪异的不和谐。她的手臂特别细，是扭曲的。也许，她的真正年龄要大得多。她像是故意摆好了姿势，十分警惕，对那所房子既充满渴望，又有些犹豫。她是在害怕吗？她没有面对观者，她似乎在凝视二楼一扇幽暗的窗户。她在阴影中看到了什么？

我写完小说《孤儿列车》后，便开始寻找另一个让我全心全意投入其中的故事。在做研究的过程中，我对 20 世纪初和 20 世纪中叶的美国有了深入的了解。我认为，如果把故事背景设在那个时间，一定能写出很好的故事。我对乡村生活尤为感兴趣：人们如何度日，他们需要什么样的情感工具，才能熬过困难时期。和创作《孤儿列车》一样，我喜欢在书中融入一些重要的现实历史时刻，将虚构和非虚构的因素融合在一起，填入细节，诠释出一个受人忽视或是引人注目的故事。

在完成那本小说的几个月后，一天，一个作家朋友说，她在纽约现代艺术博物馆看到了那幅画，还想起了我。我马上就知道我找到了主题。

两年来，我一直沉浸在克里斯蒂娜的世界中。在纽约现代艺术博物馆中，我在那幅画前面一坐就是几个小时，听着来自全球的参观者做出的各种评价。有的热情，有的令人不安，有的着迷，有的不屑一顾。（我最喜欢的评价来自一个丹麦女人："真是太……毛骨悚然了。"）我研究了著名的怀斯三杰（N.C.怀斯，他的儿子安德鲁·怀斯，安德鲁的儿子杰米）的作品。体会到了丰富和复杂的家族传承。在缅因州，我经常去洛克兰的范斯沃思博物馆，对那里十分熟悉。在那里，有一栋楼都用来展出怀斯三杰的作品，克里斯蒂娜的世界在库辛，那是一个古老的临海农场，现在则是范斯沃思博物馆的一部分。我采访了艺术史学家和美国历史学家，并且有幸结识了几位来自奥尔森祖宅的导游，他们给我寄来了一些文章和信件。若单凭我自己，是绝对找不到的。我读了传记、自传、讣告、杂志、报道、艺术史、美术书和评论文章。我看了很多关于塞勒姆女巫审判的资料，这在克里斯蒂娜的家族史中是一次重要事件。（多有意思！）我收集了明信片，甚至还买了《克里斯蒂娜的世界》的仿品，挂在我家里的墙上。

我得到了下面这些发现。克里斯蒂娜·奥尔森是塞勒姆女巫审判中一位臭名昭著的首席法官和贫穷的瑞典泥煤挖掘部族的后代，她摆出了一个特别的姿势，因此成了代表性的美国标志。在怀斯的作品中，她坚定且充满渴望，勇敢却脆弱，虽然清楚地被人看到，但是神秘莫测。她独自一人身处一片如同海洋的干草地上，是大自然衬托下的一个人，完全处在当下，却清楚地提醒人们想起浩瀚的时间。纽约现代艺术博物馆馆长劳拉·霍普曼在《怀斯：克里斯蒂娜的世界》中写道："与其说那幅画是肖像画，倒不如说是一幅心理学风景画，刻画的是一种心理状态，而不是一个地方。"

正如詹姆斯·惠斯勒的《惠斯勒的母亲》（1871 年）中的人物侧面像和格兰特·伍德在 1909 年创作的《美国哥特式》中相貌平平的农村夫妇，克里斯蒂娜代表着许多我们认为鲜明的美国特色：顽强的个人主义和安静的力量，在障碍面前目空一切，以及坚持不懈的毅力。

就跟我创作《孤儿列车》一样，只要有可能，我便在《小小的世界》中融入真实的史实。和真正的克里斯蒂娜一样，我的角色也在1893 年出生，在缅因州库辛一座荒凉山丘上一栋朴素的房子里长大，并且有三个弟弟。一百年前，她的三个祖先在隆冬季节逃出了马萨诸塞州，并且将他们的姓氏改成了"哈索恩"，与他们的亲戚约翰·霍索恩断绝关系，免得名声受损。约翰·霍索恩是塞勒姆女巫审判的首席法官，也是唯一没有公开认错的法官。在绞刑台上，一个被判死罪的女巫诅咒霍索恩的家族，女巫审判影响了这个家族的几代人。据库辛的镇民说，哈索恩家的三个人在逃跑的时候是带着女巫一起走的。纳撒尼尔·霍桑也是约翰·霍索恩的亲戚，他也改了姓氏，免得别人知道他们的亲戚关系。他在《小伙子布朗》中描写了他的曾祖父的残忍无情，那本书讲的是有些人害怕他们自己心中的黑暗，而这种人最可能认为别人的心也是黑暗的。

　　另一个真实的故事成了我的小说中同样重要的一部分。山上的这栋房子祖祖辈辈都叫哈索恩农庄。但在 1890 年的初冬，有一天风雪交加，一艘渔船在运送制作灰浆和砖块的石灰的途中，卡在了圣乔治河水道附近的冰块中，一个名叫约翰·奥劳森的年轻瑞典水手无处可去。船长是库辛本地人，便收留了他。奥劳森从河冰上来到马洛尼船长的小屋，在那里度过了整个冬天，等待河冰融化，重返大海。在马洛尼船长的小屋附近，有一座小山，山上有一栋白色的大房子，属于一位受人尊敬的船长塞缪尔·哈索恩。约翰很快就了解到了住在哈索恩山上的那家人的事：那家人就要绝后了，也就是没有男性继承人来传承家族的姓氏。只过了几个月，这个年轻水手便自学了英语，把名字改成了约翰·奥尔森，并且结识了哈索恩家的女儿，也就是"老处女"凯特，她三十四岁，比他大六岁。在短短的一个月内，塞缪尔·哈索恩去世，约翰·奥尔森娶了凯特，接管了农场。他们的大女儿克里斯蒂娜在一年后出生，这栋白色大农庄也改名为奥尔森农庄。哈索恩家确实绝后了。

　　据大家说，克里斯蒂娜从小就活泼好动。她对生活充满热情，头脑聪明，虽然她患上了退化性疾病，行动不便，但她决定不接受别人的怜悯。（她生前并未得到确诊，但现在的神经科专家认为，她患上了一种名叫腓骨肌萎缩症的综合征，这是一种遗传疾病，会对四肢的神经造成损坏）克里斯蒂娜拒绝使用轮椅。后来，她无法走路，便爬着到各处去。几年前，演员克莱儿·丹尼斯在长达一小时的舞蹈表演中扮演了克里斯蒂娜，强调了她虽然得了重病，但依然强烈渴望可以自由地走动。

　　克里斯蒂娜脑筋灵活，口齿伶俐，具有一种不可忽视的力量。人到晚年，克里斯蒂娜长着一头干草一样的头发和鹰钩鼻子。她一生未婚，性格独立，所以，库辛的一些镇民便说她是女巫。安德鲁·怀斯时而称呼她"女巫"，时而叫她"女王"，还说她是"缅因州的面孔"。

　　1939 年，怀斯和他未来的妻子贝琪·詹姆斯第一次出现在克里斯蒂娜的前门，而贝琪从小就常来奥尔森农场。他当时二十二岁，贝琪十七岁，克里斯蒂娜四十六岁。他几乎每天都去农场，与克里斯蒂娜聊上几个小时，画风景、静物和叫他着迷的房子。"新英格兰的世界就在那栋房子里。"怀斯说，"像蜘蛛网一样，像在阁楼里腐烂的骨架、干枯的骨头。那里就像是为在海上迷失的水手准备的墓碑，奥尔森家的一个祖先从一艘横帆船的帆桁端跌落下来，就此失踪。对我而言那里就是通往大海的入口，从那里就可以接触到贻贝、蛤蜊、海怪和鲸。那里让人有种挥之不去的感觉，那便是人们来到这里，就像是回到了故土。"

后来，怀斯开始画克里斯蒂娜。"对于她，我感兴趣的是她出现在了奇怪的地方和奇怪的时间。"他说，"伟大的英国画家约翰·康斯太布尔常说，你永远不需要把生活添加到场景中，因为如果你静静地坐着等待，生活就会在正确的地点发生意外。对我来说一直都是这样的，克里斯蒂娜就是个有故事的人。"

在接下来的三十年，克里斯蒂娜一直都是安德鲁·怀斯的缪斯女神，是他的灵感来源。我相信，他们从彼此身上认清了他们自己身上的矛盾。他们二人都接受朴素，却渴望美丽；他们都对其他人好奇，却与世隔绝到了几近病态的程度。他们倔强独立，却依赖其他人照顾他们的基本需要：怀斯依靠的是他妻子贝琪，克里斯蒂娜则要依靠艾尔瓦诺。

"我的记忆比事物本身更真实。"怀斯说，"我经常想起我要给克里斯蒂娜画画的那天，她穿着粉色连衣裙，就像在海滩上找到的褪色变皱的龙虾壳。我不断地在心中刻画她，她住在山上，山上的草在生长。有一天，她也将埋葬在这里的土地之下。很快，她便成了我画中的人物，她爬过山丘，爬向山顶干火绒箱一样的房子。从那个人物的身上我感受到了孤独。也许，我小时候也很孤独。那既是她的经历，也是我的经历。"

"在克里斯蒂娜的世界里，"怀斯道，"我画那座山和那片草地画了两三个月，我一点点地把画画出来，呈现在你们面前。大地开始涌现，就像是整颗星球……后来，我开始在我花费数月画成的星球上画出克里斯蒂娜这个人物，我在她的肩上画上了粉色的色调，这几乎把我吹到房间对面。"

　　克里斯蒂娜成了画家的缪斯女神，这看似是一个被动的角色，但克里斯蒂娜终于得到了她终身渴望的自主和目的。我相信，怀斯发自本能地要触及克里斯蒂娜的自我核心。在画中，她充满了矛盾，既独一无二，又很有代表性。这是非常矛盾的一点，既充满活力，又非常脆弱。她是那么孤独，但往事犹如幽灵一样环绕着她。和那栋房子、土地一样，她是不屈不挠的。作为美国人性格力量的象征，她的身上洋溢着活力，流芳百世。

　　出于很多原因，这是我写过的最难的一本书。克里斯蒂娜·奥尔森是一个真实的人，这本小说里的很多人物也都是真实的，对于她的生活、她的家族和她与安德鲁·怀斯的关系，我做了大量研究。然而，在某些地方，我不得不放弃我查找到的信息，让我的角色把故事向前推进。毕竟，《小小的世界》只是一本小说。若要了解这本书中角色的传记事实，则不该从本书寻找。希望被我的小说吸引的读者可以在《感谢》中寻找非虚构的信息。最重要的是，我希望我写了一个公道的故事。

感谢

小 小 的 世 界

我出生在英国的剑桥市，刚出生那几年，我和父母、妹妹住在附近一个叫斯沃弗姆巴尔贝克的小村庄，我们居住的房子是 13 世纪建成的。站在客厅里抬头看，就能看到一个圆形的轮廓，那里曾是屋顶上的一个洞，原来的住户在那里生火。那里没有冰箱或中央供暖系统，我们使用冰盒和煤气加热器，而这是十分花钱的。几年后，我们举家前往田纳西州，住在一座废弃的农场里，房子里没有暖气，最近才通了电。最后，我们搬去了缅因州，搬进了一栋带有基本设施的正常的房子里。但每逢周末、节假日和夏天，我们就会去一个湖心小岛。父亲在那里建造了一座营地，我们在那里使用户外手泵抽水，用煤气灯和蜡烛照明，用壁炉取暖，使用户外厕所。冬天，我们穿着雪地鞋走过结冰的湖面，要砍掉前门的冰，才能进屋。我和妹妹穿着外套，围在壁炉边，等着父母把火烧旺，我们好取暖。

所以，我想要感谢我的父亲威廉·贝克和我已经不在人世的母亲克里斯蒂娜·贝克，是他们教会了他们的四个女儿亲近大自然，这不仅可以更好地了解所处的世界，还能让内心的世界有更深刻的领悟。毫无疑问，正是我那不同寻常的童年，我才会成为作家。在我最新的两本小说《孤儿列车》和《小小的世界》中，我都是通过我的儿时经历来创造出过着简单生活的角色，他们都没有我们大多数人认为有必要的现代设施。

　　2013 年 7 月一个阳光明媚的下午，在一个名叫艾丽卡·戴利的年轻女导游的带领下，我参观了克里斯蒂娜·奥尔森在缅因州库辛的祖屋。艾丽卡注意到我一直在记录，便问我是不是在写文章，我坦白说我在考虑写小说。就在我离开祖屋的时候，另一个讲解员雷妮·戴维斯将我拉到一边，把她的名片放在我的手里，说有任何问题都可以联络她。我真的和雷妮联系了，而且，我们很快就成了朋友。我们在缅因州洛克兰见了面，甚至还在佛罗里达的萨拉索塔见过，她在那里有一所房子，而我是去那里演讲。几个月后，另一个讲解员南希·琼斯给我发了一封电子邮件，提议给我介绍几个了解克里斯蒂娜的人。通过她，我认识了安德鲁·怀斯的外甥大卫·洛克威尔，他对怀斯三杰和奥尔森农庄的了解非常全面；珍·奥尔森·布鲁克斯，她是克里斯蒂娜的侄女，对克里斯蒂娜十分熟悉；九十岁的茹瓦·威尔米茨，她是克里斯蒂娜的一个远方亲戚，在 20 世纪三四十年代，那时候她还小，去找过克里斯蒂娜，她给我讲了那时候发生的事；罗纳德·J. 安德森，医学博士，哈佛医学院教授，曾在医学杂志《灯塔》中令人信服地争论道：克里斯蒂娜得的是遗传性运动和感觉神经疾病，名叫腓骨肌萎缩症。2015 年，全国临床风湿病学会会议碰巧在缅因州举行，我和南希去会上听了他的讲座：《安德鲁·怀斯和克里斯蒂娜的世界：克里斯蒂娜神秘疾病的种种线索》。

　　在创作这本小说的过程中，我阅读了所有我能得到的关于怀斯和奥尔森家族的资料。有两本传记是我的试金石：《克里斯蒂娜·奥尔森：她的世界不仅在画布上》，作者珍·奥尔森·布鲁克斯和黛博拉·达尔方索,《安德鲁·怀斯:神秘生活》,作者理查德·梅里曼。这两本书都被我翻烂了,我只好多买了几本。(特别感谢理查德的妻子和女儿,伊丽莎白·梅里曼和梅雷迪斯·兰蒂斯一直以来给我的帮助)贝琪·詹姆斯·怀斯提供了漂亮的画册、初步研究和回忆录,这些关于《克里斯蒂娜的世界》的资料,对我的研究也非常重要。其他相关资料包括:《安德鲁·怀斯:自传》,这本书的序由托马斯·霍文编写;《安德鲁·怀斯,克里斯蒂娜的世界和奥尔森田庄》,作者麦克尔·K.科曼耐基和中村大丰;《怀斯:克里斯蒂娜的世界》,由纽约现代艺术博物馆出版,作者劳拉·霍普曼;《重新认识安德鲁·怀斯》,编辑大卫·卡特弗里斯;《令人惊奇和不可思议:怀斯传统》,该书前言由大卫·米歇利斯编写;《安德鲁·怀斯:记忆与魔力》,作者安妮·克劳森·克努特松。对于克里斯蒂娜的生活和当时人们在乡村的生活,以下书籍让我受益良多,得到了很多细节:《约翰·奥尔森:我的故事》,该书由他的女儿维吉尼亚·奥尔森记述整理;《旧时缅因州妇女》,作者格里娜·约翰逊·史密斯;《我们去森林》,作者路易斯·狄金森·里奇;《农用机械及其使用方法》,作者乔治·A.马丁。此外一些参考书籍概不赘述。

我参考了很多视频资料,包括:哈得孙河影视公司制作的纪录片《克里斯蒂娜的世界》,旁白朱丽叶·哈里斯;《伯纳黛特》,讲的是患有腓骨肌萎缩症的当代年轻女性伯纳黛特·斯卡杜奇奥的故事;英国广播公司影片《麦克尔·佩林在怀斯的世界》;波士顿艺术博物馆的影像资料,在影片中,安德鲁的儿子杰米·怀斯一边创作名为《地狱》的画作，一边谈他的创作过程。

约翰·维格是我的一个可以信赖的朋友，他是一位很有天赋的作家和编辑，他最先看到了本书手稿。而且，他不是看了一次，而是看了很多次。（我早晨醒来，发现他凌晨3点给我发邮件，说："我又想到了一点……"）因为他的严谨和周到，手稿才能精益求精。

我的三个姐妹辛西娅·贝壳、克拉拉·贝克和凯瑟琳·贝克－皮茨是我的理想读者，她们对手稿的评论犀利且充满智慧。在此感谢范斯沃思艺术博物馆的首席讲解员麦克尔·科曼耐基，他耐心地回答了我的很多问题，并且在读过手稿后，提出了敏锐和深刻的意见。雷妮·戴维斯、南希·琼斯、大卫·洛克威尔对本书进行了事实核查；安妮·伯特、爱丽丝·艾略特·达克、路易斯·德萨尔沃、帕梅拉·雷德蒙·萨特兰和马修·托马斯，在大的方面和小的细节对手稿进行了修改。玛丽娜·布达何斯给我提供了很多创意。我的丈夫大卫·克兰为我打气，提供了宝贵的评论。劳里·麦吉出色地整理了我的上一本小说，于是我再次找到了她（并且再一次受惠于她的仔细和严谨）。我的代理人格里·托马经验丰富，言辞幽默，一直以来都支持着我。作家出版社的西蒙·利普斯加和安德里拉·莫里森也给我提供了很大的帮助。

我与我的编辑凯瑟琳·尼特奇尔合作了很久。每合作一本小说，我对她的欣赏都会增加。她为人冷静，态度温和，非常严格。有了凯特的巧妙指导和敏锐编辑，这本书的水平提高了很多。我还要感谢威廉·莫罗出版社和哈珀·柯林斯的团队给予我的支持：麦克尔·莫里森、利亚特·斯特利克、弗兰克·艾尔班尼斯、詹妮弗·哈特、凯特琳·肯尼迪、莫里·瓦克斯曼、尼亚梅克·瓦利亚亚、斯蒂芬妮·瓦尔利桥、瓦尔格·威斯曼。

　　从我个人的角度，我非常感激我的丈夫大卫和我的儿子海登、威尔、伊莱，没有他们，我自己的小小世界将变得荒芜贫瘠。